新 潮 文 庫

麦ふみクーツェ

いしいしんじ著

新 潮 社 版

7741

目次

本文絵　いしいしんじ

麦ふみクーツェ

第一章

手術台で

麦ふみのことなんてなにもしらなかった。

石だたみのしかれた港町でそだったし、土の匂《にお》いよりか、あぶらぎった工場の煙やビールまじりのかげろうのほうが、ぼくの鼻にはよほどなじんでた。海から吹きつける強い風はときどき思いもよらないものを街なかへとはこんでくる。水夫の下着。ゆいごん状。みたこともない外国の旗。それから夜には、沖合を泳ぐばけものたちの低いほえ声。

路地では水夫たちがよくなぐりあいをしていた。船乗りのけんかはあっというまに勝負がつく。引き分けってない。腕っぷしの強いほうがほぼ一発で相手をのしちまって、意気ようようと酒場へかえっていく。こどもたちは、負けた水夫の両腕をつかんで別の酒場へとはこび、コップ一杯の水を頭からぶっかける。弱い水夫たちはいつも鼻血にまみれたコインを二、三枚はくれた。

はじめてクーツェにあったのは小学校にはいってすぐ。

真夏のむしあつい晩。

真夜中ひどい気分でぼくはめざめ、目をこすりながら右のベッド、つづいて左のベッドをみた。そこには父さんもおじいちゃんもいない。ぼくはベッドをおりはだしで寝室を三周する。ぼくの足音のほか、うちはしずまりかえっている。寝室のとなりの物置をのぞく。誰《だれ》もいない。木の階段をおりた正面が、石づくりの古い台所で、こんなのつかってるうちは近所でもめずらしい。その台所に父さんはいない。つづき部屋の居間の古いソファに、おじいちゃんの姿もない。玄関の扉にはさびた錠がおりてる。

ぼくは階段をかけあがりベッドにとびこむ。

あたまにシーツをまきつけ、胸のなかでこうつぶやく。

ひとりきり？　こんな最悪の夜、鍵《かぎ》のかかったうちのなかにただひとりだけ？

ぼくは暗闇《くらやみ》のなかいっそうかたくあたまのシーツをしぼる。

これは罰かなにか？

ひょっとして、今夜だけのことじゃないのかもしれない。これからずっと、あるいは、いままでもずっと、ぼくはこうして毎晩とりのこされていたのかも。誰もいないこの石のうちで、なんにも音のしない、くらいくらい夜の底に。

ぼくは身ぶるいし、夢だよ、と自分につぶやく。仰向《あおむ》けになり、両手を胸の上でぎゅっとにぎりあわせて。

きっと、ほんとうは両どなりにふたりはちゃんといる。朝になって父さんのいつものオムレツをたべ、おじいちゃんとならんで運河を散歩する、そのころにはこんな気分、消えちゃってるにきまっている。これは悪い夢。父さんもおじいちゃんもここにいないって夢を、ぼくはただみてるだけ。

そのときだ。

とん、たたん

と、それはきこえた。

なんだろう？　ぼくはシーツのなか耳をそばだてる。

とん、たたん、とん

うちの外からくりかえし音がきこえてくる。なにかやわらかいものをたたくような単調な物音。はじめて耳にする音だけれど、ふしぎとこわさはかんじない。シーツから頭をのぞかせると、寝室には光がみちている。

おどろきだ、もう朝がきたなんて！

朝の陽ざしが白いシーツを、壁《かべ》の水彩画《すいさいが》を、ぼくのおもちゃのヨットを金色にそめている。ぼくははだしで冷えた床におりる。

とん、たたん

音は光といっしょに窓のほうからまっすぐにやってきていた。ぼくは窓辺にあゆみより外をみおろす。そして息をのんだ。

うちの前には港から運河がつづいていて、そこを毎朝、運搬用のはしけが行き来している、そのはずだった。朝の散歩のとちゅう、はしけの水夫がお菓子やボールやなんかを投げてよこし、ぼくが上手にうけとると水夫たちはいっせいに口笛を鳴らして、それにこたえるかのように、おじいちゃんは杖《つえ》を敷石《しきいし》にくわんくわんと打ちつけたものだった。

ぼくは窓の下の光景から目をはなせない。そこには運河なんてなかった。運河どころか、街そのものがきえていた。黄色くだだっぴろい土地が、えんえんとつづいてるばかり、そのはるか遠い先には、黄金色《こがねいろ》にかがやく地平線がみえる。ぼくは食い入るようにみつめた。まばたきする間もおしかった。おそらく、はじめて海を目の前にしたひとの気分って、あのときのぼくと同じとおもう。

とん、たたん

ぼくはあわてて視線をおとす。うちの玄関先に、へんてこな身なりのひとがいて、足元の土をふんでいる。はばひろい麦わら帽、シャツ、ぶかぶかのズボン、そのどれもが土とおんなじ真っ黄色。ただし靴《くつ》だけがちがう。やたらおおきくてよこはばのあるその革靴だけは裏返したように黒い。ぼくは音をたてないよう気をつけて窓をあける。へんてこなそのひとはうつむいたまま、立派な靴を一歩ずつ、一歩ずつとなりにずらし、横ばいにすすんでいく。足もとからふかぶかと黄色い土煙がまいあがる。

とん、たたん、とん
こらえきれずにぼくはたずねた。

「ねえ、なにしてるの?」

そのひとは顔をあげずにこたえる。

――麦ふみだよ。

かわいた声だった。男にも、女のひとの声にもきこえた。

ぼくはたずねる。

「きみ、なんていうの?」

――クーツェだよ。

そのひとは横ばいの足ぶみをやめない。

ぼくはあいまいにうなずき、口のなかでクーツェ、クーツェとくりかえしてみる。そしてきく。

「これって、名字? あだ名かなにか?」

――わからないよ。

とん、たたん、とん
ふうん。ぼくは高みからクーツェの麦ふみをみつめた。夏の空気はとてもいい匂いがする。太陽が黄色い土とクーツェと、ぼくのあたまをてらす。麦ふみのリズムに合わせぼくはいつのまにか指で窓辺をたたいてる。
とん、たたん、とん
ぼくもいつかあの土地におりて麦ふみをしたいな、よしきめた、大きくなったらクーツェとならんでぼくは黄色い土のはるか遠くまで麦ふみをする、ねえ、クーツェ、麦ふみ用の立派な黒靴を手に入れたらぼくはそっちいくよ、ほら、拍子《ひょうし》をとるのはぼくだってけっこううまいんだ。
とん、たたん
とん
「おきなさい」
からだをゆさぶられぼくはさっと身をおこした。ぼくのあたまにまきついたシーツをはぎとり、とがめるような目線をまぶしげにふせ、父さんはつづけた。お前がおきてこないからおじいちゃんはひとりで散歩にいったよ。はやく歯をみがきなさい。父さんはたまごを買ってくる。
ほんとうの朝の光は夢のなかほどきれいじゃなかった。ぼくはのろのろ顔をあらい歯ブラシを口になげいれた。あけはなした戸口から、運河のざわめきが耳にとどく。こどもたちがお菓子をもとめ運河ぞいの道をはしっていく。口をゆすぐとさびた鉄の味が口にのこり、ぼくはくちびるをにがい舌でなめる。

あれ、そら耳だろうか？

誘われるように階段をのぼる。

そら耳じゃない。ベッドのちょうど真上あたり、天井裏から、まちがいなくその音はきこえていた。ぼくは椅子《いす》から戸棚《とだな》の上にうつり、羽目板《はめいた》をはずして屋根裏に頭をつっこんだ。そこにはワインボトル大のクーツェがいて、夢と同じように、とん、たたん、と横ばいで足ぶみをしていた。


それから何年ものあいだ、うちでひとりになるたびぼくは戸棚にあがり、屋根裏のクーツェに会うことになる。ぼくがなにかたずねると、クーツェはいつも、ふしぎないいまわしでもってそれにこたえる。

たとえば、

「あの黄色い土地のあたりにはさ、クーツェしか住んでないの？」

――いないってことはないよ。が、いるってことでもない。

クーツェは足ぶみにあわせうたうようにつぶやく。

――いるといないとは、距離のもんだい。

とん、たたん、とん

おもてであの足音がきこえてくることもあった。たとえば酒場でおじいちゃんを待ってるとき。学校のかえりみち。足音につづき、クーツェの淡々《たんたん》とした声が耳のそばでする。そのたびにぼくははっとしてたちどまる。なにをいうにせよ、クーツェの声に感情があらわれることはなかった。のちに街をおそった災難、用務員さんの事故、それに「ねずみ男」の最期《さいご》を予言したときにさえ、クーツェの足音はしごく無表情だった。ぼくにしかきこえないかわいた声でクーツェはさまざまなことをぼくにだけ告げた。淡々と麦ふみをつづけながら。

とん、たたん、とん

あれからもう十年以上たつ。

こうして薄闇のなか手術台に横たわっていても、あの足音だけは耳の奥にひびいてくる。そして音のひとつひとつが、ぼくの閉じたまぶたにさまざまな風景を呼びおこす。

とん

小学校、中学校の教室。

たたん

コンサートホールにならぶ金色の楽器。銀色の杖。指揮者のタクト。

とん
ねずみたち。七匹の犬。チェロのひびき。
たたん
結局あのころぼくが知らなかったのは、麦ふみばかりじゃない、その他いろんなこと
について、ぼくはとことん無知だったのだ。
そしてひょっとして、それは、今にしても同じなんじゃないだろうか。
クーツェ、ねえクーツェ、きみもやっぱりそうおもうかい？
とん、たたん、とん
みえないクーツェはこたえない。足音だけが闇のなかひびく。
白い服をきたおおぜいのひとが部屋にはいってくる気配がする。

吹奏楽の王様

街についたおじいちゃんがはじめて鳴らしたものは、埠頭《ふとう》二番倉庫の鉄扉だった。一週間の船旅の後この大きな島の港にたどりついた、とある夕方、赤ん坊のぼくを寝かしつけたおじいちゃんは、宿屋の主人にたずねたんだそうだ。毎日、今時分になるときまってきこえてくる、あのひどい物音はいったいなんだね。

「ああ、あれね」

太った主人は宿帳をめくりながら鼻で笑い、

「役場の連中の鼓笛隊《こてきたい》でさあ。なんでも来月、軍艦《ぐんかん》がつくらしくってね、歓迎式のためとかで、十人ほどで、ぶんちゃかぶんちゃかやってるんで。気障《きざわ》りなら、ねえおやじさん、このおれとポーカーでもひとついかがです？」

宿帳から目をあげると、おじいちゃんは待合いから消えちゃっていた。

その日は夕方から小ぬか雨がふっていた。雨のなか、銀色の杖を打ちならしながらものすごい勢いで通りをいくおじいちゃんの姿を、たくさんのひとが目撃してる。酒場のバーテンさんはおさないぼくにいった、びっくりしたぜ、まっしぐらに店の前を横切ってな、おまえのじいさんったら、まるで背中に火のついた伝道師みたいだった。いいや、やまねこだな、と巡査《じゅんさ》さんが口をはさむ。おれの目にはね、港の積み荷からまっくろいやまねこが逃げだしたようにみえた。あいにく、おれがつかまえるのはひとだけだ。やまねこは管轄《かんかつ》じゃないんでね。

埠頭に着いたおじいちゃんは、迷わずに倉庫街をつっきった。音の出どころははっきりしていた。街で二番目に古い穀物倉庫。そこからふぞろいならっぱの音がもれだしている。緑に塗《ぬ》られたおおきな鉄扉の前に立ち、おじいちゃんは銀の杖をふりあげた。

「でてこい！」

おじいちゃんは叫び、がんがんと鉄の扉を打った。なかにいたみんなはあわてて床にはらばいになった。雷《かみなり》が落ちたんだとおもったそうだ。

「おまえらは、つらよごしだ！　音楽家の、つらよごしだぞ！」

小雨を浴びながらおじいちゃんは二番倉庫の鉄扉をたたきつづけた。その激しい音は街じゅうにひびきわたり、酒場の前や学校の正門を越え、赴任《ふにん》の手続きで教員室にいる父さんの耳にまでもちゃんと届いた。校長が憮然《ぶぜん》としていったそうだ。

「どこの工場だろう、まったくこんな夕暮れに」

すると父さんは疲れ切った口調で、

「あれは、ええ、あれはたしかに、わたしの父にまちがいありません」

校長は目をそばだて、

「きみのお父上は、酒乱かなにかか？」

父さんは苦笑して首をふった。

「それより、よほどたちの悪いものです」

雷の音にまじる怒号に気づいたクラリネット担当の肉屋さんは、しめった倉庫の床をはいすすみ、こわごわと鉄の扉をひきあけた。黒い上着をぐっしょりとしめらせたおじいちゃんは、暗い海底から海藻《かいそう》ごとひきあげられたなにかみたいにみえた。つかつかと杖を鳴らして倉庫へはいると、おまえらがまずやらなくちゃならんのは、チューニングだ、とおじいちゃんはいった。

「それが終われば、ロングトーンだな。みっちりしこんでやらなくては」

おじいちゃんは椅子を自分のまわりに並べるよう命じた。そのことばにはあきらかに外国語のなまりがあった。よその国からきた老人の淡々とした口調に、倉庫にいる全員、なにもいいたてることができなかった。ロングトーンとは、管楽器を安定した同じ音程でながくながく吹き鳴らす練習のことだ。この日からしばらく楽隊のらっぱ吹きたちは、さかなの酢漬《すづ》けやマスタード焼きをたべられなくなった。傷だらけのはれたくちびるにひどくしみたからだ。

学校の用務員さんのスクラップブックによれば、

〈魔法の杖のひとふりが、わが街に、ほんとうの音楽をもたらしたのである〉

と、その翌年、楽天家でしられる古株の新聞記者が、ある日の文化欄《らん》をこんな文章でむすんでいる。

〈それまで街では、たとえていうなら、自分の仕事さえおぼつかないふいご職人がらっぱをかかえて背中をまるめ、ぷーぷーやっていたにすぎない〉

二年もたたず、ぼくがことばをはなせるようになるころには、街の鼓笛隊は四十五人に増え、吹奏楽団といってはばかりのない編成となった。島全土のコンクールで十位にはいったのが効いて、議会も新しい楽器に予算をさくことを満場一致できめた。

つぎつぎと荷揚げされる楽団あての荷物は、波止場にならんだ七名のらっぱ吹きによるファンファーレで迎えられた。いつもの強い海風はやみ、ひらたく凪《な》いだ海原にバランスのとれた金管の音がえんえんと高らかにひびきわたった。新聞に例の記者はこんなコメントを寄せている。

〈港につどった諸君らは目《ま》の当《あ》たりにしただろう、昨日われらの街の楽団は、いまいましい海からの風を、そのファンファーレでもって沈黙せしめた。吹奏楽は昔から風の音楽と呼ばれている。わが楽団から吹きだすうつくしい風が、海に、荒々しい海風に、勝

利したのである〉

やがてのち、このうわついたコメントはこっぴどく裏切られることになる。

おじいちゃんは吹奏楽の王様だった。

担当はおもにティンパニ。どの楽団でもいちばんうしろの、いちばん高いところに置かれる、四台のそれぞれ音程のちがうたいこ。リハーサルのときでさえ真っ黒な上下に黒いネクタイをしめ、最後尾のおじいちゃんは楽団全体をながめまわす。そしてそっと息を吸い、タクトをかまえた郵便局長にうなずいてみせる。

ゆるやかに音楽がはじまる。

空気には色がある。おさないぼくの目にもそれがわかった。

楽団の演奏がはじまると倉庫のしめった空気がじょじょに輝きだす。まるですきとおった金属みたいにきらきらと光る。床にすわったぼくたちは、まるでもったいないもののように、少しずつ鼻からその空気を吸い込む。するとからだに、きらびやかなその輝きがうつる気がした。吹奏楽は魔法の風だ。

指揮者が音楽の出口に立っているとするなら、風の吹きだすいちばん奥にいるのがおじいちゃんだった。打楽器が吹奏楽の背骨をつくる、ってのがいつもの口癖《くちぐせ》で、管楽器の音程がすこしでもふらつくと、わざとチューニングをはずしたティンパニが、ぼいーん、と鳴った。すぐさま恥ずかしげに団員のひとりがうつむく。ホルン吹きなんて、なんべんうつむかされたかしれない。おじいちゃんは指揮者に対してさえこれをやった。

「いやいや、ありがたいとおもってるよ」

練習の合間、郵便局長さんは汗まみれのタクトをふきながらいった。

「なんせ、外国の一流オーケストラとおんなじ指導を受けられるんだからな。そこで長年首席をつとめたってティンパニストから、じきじきにだ。おまえのじいさんのことはみんな好きさ。酒場でだってさ、すこぶるおだやかな紳士《しんし》じゃあないか」

ただ、ふだんのおだやかさは音楽に向かうと消え失《う》せた。どんなわずかなアンサンブルの乱れも、おじいちゃんの耳はききのがさなかった。楽団員たちは、はじめは暇つぶしのため、のちにはコンクールでの入選をめざし練習にはげんでいた。けれどおじいちゃんだけはちがった。なにか別の、得体のしれないもののために、一心に音楽をかなでようとしてるみたいにみえた。楽団員たちはそんなおじいちゃんにひっぱられ、楽団はやがてすぐコンクール上位の常連となった。役場の正面玄関にはらっぱとたいこをかたどったシンボルマークがかかげられた。

おだやかな紳士？

たしかにそうだ。リハーサル以外でおじいちゃんは、はためにはほんとうに無口でおだやかだった。酒場でもいちばん奥の鏡の前にすわり、透明なお酒をうまそうにのんでいる。ざわざわとした店内で、白シャツに黒ネクタイをつけた、やせぎすのからだはほとんど目立たない。むかえにきたぼくに気づくと、「ねこ、ねこ」と手招きし、バーテンダーに、あいたグラスをテーブルに並べるようにいう。

「ねこ、たたいておくれ」

ぼくはうんとうなずき、マドラーを両手に持つと、正確な四拍子で大小のグラスを打ちはじめる。おじいちゃんはきもちよさげに目をとじている。酒場のでたらめなざわめきがな、おまえのリズムで整然とする、きんと張りつめるんだ、とおじいちゃんはいっていた。

気分がいいとおじいちゃん自身、細長い指をしめらせて、ずらりとならぶグラスのふちをつぎつぎとすばやくなでてみせる。すると、それぞれのグラスの底から、ふしぎな音がぶおぶおとひびきでる。それこそ魔法だった。短いその演奏がおわると、酒場のあちこちから拍手《はくしゅ》がおきた。実際にこういう楽器があるんだよ、とおじいちゃんはぼくの耳にささやいた。オーケストラでつかわれることもある、そう、およそこの世に、打楽器でないものなどなにもないのだよ。

おじいちゃんによれば、打楽器こそが音楽の根元、そして華《はな》、ということだった。二本足の猿《さる》がはじめて鳴らした音楽は、石や骨をつかった打楽器のアンサンブルだったろう。作曲家が吹奏楽にあたらしい音色を組み入れるとき、その音はきまって打楽器奏者の担当になる。雨音に突風。馬の駆け足、むち打ちのひびき。さまざまな動物の鳴き声さえ、打楽器パートにはふくまれる。

赤ん坊のぼくをあやしながら鳴きまねを教えて以来、おじいちゃんはぼくのことを、ねこ、と呼んでいた。ねこ、調子はどうだね？　そうきかれるとぼくはきまって喉《のど》をしぼり、にゃあ、と返事をした。市場でも、リハーサルステージの上でも、ぼくは鳴いた。はずかしかったけれど、さからえなかった。ちいさいころからの習慣を勝手に破るのはひどくきまりがわるくおもえて。

ぼくの鳴きまねは、ほかの誰《だれ》のともちがう、と楽団のみんなはいっていた。うまいってより、ねこそのもの。あるいは、ねこよりずっとねこっぽい。正直、気味がわるいくらいだよ。

たしか、小学校にはいるほんの少し前、おじいちゃんから古い行進曲の譜面《ふめん》をみせられたことがある。五線譜の上には、「ねこの声　ほがらかに」って指定が書いてあった。たまげた。びっくりだった。「ねこの声」って楽器がほんとうにあるのだ。それは、おもりのはいった缶詰みたいなかたちなのらしい。よりこだわりのある楽団の場合、譜面のこの部分は、打楽器奏者が自分自身の喉で鳴らす。

おまえの声は楽団の誰の楽器より筋がいいぞ、とおじいちゃんはごきげんでいった。まだきれいな歯をみせ、

「いずれわしとならんでステージに立とうな、どうだい、ねこ？」

つまり、ぼくはなかば楽器として育てられたわけだ。

たしかにおだやかな紳士だった。

夜は見も知らぬ新米水夫に一杯おごってやった。朝になれば港から吹きよせられたさまざまなごみを拾いあつめ、近所のおばさん連中に会釈《えしゃく》をおくった。しかし、こと音楽となると、おじいちゃんはあきらかに常軌《じょうき》を逸《いっ》していた。

この鳴きまねのせいでぼくはその後、いい目にも、ずいぶんひどい目にもあうことになる。

いちばんうしろの高いところ

いちばんうしろにすわり高いところからみおろす、ってことについて、ぼくも自分なりに経験をつんでいた。

ぼくはからだのおおきなこどもだった。おさないころから年齢をたずねられ、ぼくがこたえをかえすと、相手はきまってぎょっとしたものだ。

同年輩で成長のはやい子でもだいたいぼくの胸元までしか背がなかった。小学校の入学式では、ぼくだけが列からひとりはなれて立たされた。列にならぶと前の子がひどく泣いたからだ。

朝礼や運動会でもおなじだった。学校の敷地《しきち》には、小学校に隣接して中学校もあった。そっちの校舎でさえ、ぼくより背の高い子をみつけるのはむずかしかったとおもう。校医さんは毎年、内臓からしみでるなにかの量がおかしい、くわしく調べるべきでしょう、とむずかしい顔でいってたけど、父さんもおじいちゃんも、あまり気にかけてはいない様子だった。
九学年の生徒のほぼ半数を船乗りのこどもが占めていて、休み時間にはやはりそこいらじゅうでけんかがたえなかった。うでっぷしにさほど差がないせいで、こどもたちのなぐりあいは五分、十分と、えんえんといつまでもつづくかにみえる。けれど、
ごん、ごおん
用務員さんの鐘《かね》が鳴るとさっと波がひくようにけんかはやむ。生徒たちはみな水道でこぶしをあらいいっせいに教室へとはいっていく。あれは用務員さんのいったとおり、水夫のこどもの、けんかじょうずの血ってものなんだとおもう。
このぼくがなぐりっこにまざることはなかった。教室での席はきまっていちばんうしろだった。席替えのくじびきでは、いつだってぼくの席は最初から除外された。
いちばんうしろにすわって目の前にいならぶ頭をぼんやりとながめてると、ぼくはしょっちゅう、自分がどこか別の部屋にいて、黒いカーテンのすきまから教室をぬすみみてるような気分になった。先生が誰かをゆびさす。その子がなにかとんちんかんなことをいって、教室じゅうに笑いがひろがる。けどぼくは、ぽかんとしている。なにがなんだかわからず、きょろきょろとまわりをみまわしているうち、笑いの波はおさまり、教室の空気はもとのしずけさをとりもどす。教室が海とするなら、ぼくはまさに肩から上をつきだしたはなれ小島だった。

ただ、いちばんうしろからみてるせいで、よくわかることだってある。あいつとあいつは次の休み時間けんかするな、とか、あの女の子はゆうべねちがえちゃったんだな、とか。歴史の先生はやたらあの子をひいきしてる、たぶんあの子の親に借金をもうしこんでるな、だとか。

授業中、まだクーツェの声がきこえてこなかったころ、ぼくは頭のなかで勝手にクラスの席順を並べかえ、ひまをつぶしたものだった。あの女の子のとなりになって、きっとあいつはげんなり。そのまうしろで、やせっぽちがやきもちをやく。クラスいちのおしゃべりをまんまんなかにもってこよう。ぼくのとなりには、めがねの買えない文句ったれのあいつ。先生、黒板がみえません、みえません！　もっとおおきくかいてくださ い！　うるさいぞ、と作文の教師。めがねがないなら望遠鏡なり双眼鏡なりどの船からでもぬすんでこい！　ぼくは胸のうちでにやにやと笑う。

この想像上のクラスにけっして登場しなかったのが、ぼくの父さんだった。

父さんは数学の先生をしていた。おじいちゃんとこの街にやってきたのは、大学で職を世話してもらうためだったらしい。生まれそだった外国でおじいちゃんとともに、「ひどい暮らし」をおくっていた父さんは、ここでなら教授の口があるといわれ、紹介状を書いてもらったのだそうだ。

どこでどうはなしがこんがらがったのか、というのは、当時この街には大学なんてもちろんなかったし、たぶん今だってないからだ。途方にくれた父さんに役場の教育長は、小中学校にならな教員のあきがありますな、といった。結局父さんは、水夫の乱暴なこどもたち九学年相手に数学を教えるという、およそこころの踊りそうにない仕事に就《つ》くことになった。

外国でのひどい暮らし、ってどんなものだったか、父さんはけしてはなそうとしなかった。父さんはその他いろんなことについてあまりはなしたがらないひとで、そんな父さんの授業たるや、悲惨《ひさん》だった。

いちばんうしろにすわったぼくにはいつも、父さんの表情がよくみえた。若しらがの長髪の下に、皺《しわ》のめだちはじめた半泣き顔。まるで、口のなかにすずめばちがはいってるような口調で、ぼそぼそと声をだす。生徒たちの背中から、全員きいちゃいないってこともぼくにはわかる。

「ここまではいいね」

父さんはうつむいたままつぶやく。「では、どうなるかというと……ここからがむずかしい」

クラスいちのおしゃべりがげらげらと笑いだし、となりの子が背をのばしてそのまんがをのぞきこむ。父さんは上の空で黒板に字を書いていく。女の子は編み棒の動きをやすめない。

ぼくはいたたまれず教科書に目をおとす。と、ここにもめんどうな数字の列。みなれない記号。へんてこな絵文字がかたまりになって、ぼくに命じる。証明せよ、証明せよ、証明せよ。

用務員さんが鐘を鳴らすまでの小一時間、架空《かくう》のクラスをでっちあげる余裕なんてなく、父さんへの同情、それにねじくれたはずかしさだけが、ぼくの頭のなかでぐるぐるとまわった。

ただし同級生は、父さんのことでぼくをからかうどころか、誰ひとりとして、はなしかけさえもしなかった。生徒だけじゃない、教師たちもふくめ、みんなまるでぼくがそこにいないみたいにふるまっていた。休み時間はひとり、なぐりあう生徒たちのあいだを、ゆっくりと歩いた。

のちにクーツェがいったとおり、

——でかいものは目立つ、けれど、でかすぎるとそれはときにみえなくもなる。

父さんはうちに帰ると、ごはんをつくる以外、ほとんどの時間を階段のとちゅうですごしていた。れんが造りの二階建て、上の階には三人の寝室と物置、下には台所とつづき部屋の居間。百年近く前、このうちを建てたひとは、階段に異常なまでのこだわりがあったんだろう、ほこりくさい家のなかで、木製のその階段だけはすみずみにまでていねいな細工がほどこされていて、てすりなんか、そのまま美術工芸品として通用しそうな、森をうつした浮き彫《ぼ》りになっていた。この階段のちょうどまんなか、十二段目に父さんは腰かけ、うんうんうなりながら紙の束に数式を書きちらしていく。

世界じゅうの数学者が頭を悩ませているという、ある有名な問題の証明に、父さんはとりくんでいるらしかった。論文のコンクールで賞をとれば、もっとおおきな街のちゃんとした大学に正教授としてむかえられるということだった。

考えがまとまらないと父さんは、階段の十三段目をこきざみにボールペンで打つ。ひたすら、こつ、こつ、こつ、と。まるで霧《きり》のなかで自分の居場所をさぐろうとするみたいに。

ぼくはよく、その音をじっと居間のソファできいていた。

おじいちゃんは遅くまで二番倉庫にいて、楽団の練習がおわってもひとり酒場へ足をむけた。ぼくがむかえにいっても、父さんがたぶん起きてるあいだ、うちへはなかなか帰ろうとしなかった。ぼくの目には、おじいちゃんが父さんを避《さ》けてるようにみえていた。ただ、今にしておもいかえせば、父さんだって倉庫はもちろん、吹奏楽コンクールの会場にさえ顔をみせたことがない。

一階の居間で、倉庫の床で、ぼくはただ一心に、ふたりの鳴らす音に耳をすませていた。膝《ひざ》をかかえ、おおきすぎるこのからだをおりたたむようにして。

恐竜

用務員さんをのぞき、楽団のメンバーは、紳士としておじいちゃんを認めてはいても、親しくつきあおうとまではなかなかしたがらなかった。おじいちゃんのほうで、すすんでつきあいをもとめなかったせいもあるだろうけど、やっぱりみなリハーサルでの迫力に怖《お》じけちゃってたんだと思う。音楽がからむとおじいちゃんは気楽さからもっとも縁遠い人物になる。

じゃあ用務員さんが、音楽の話題をもちださなかったか、というと、これが正反対で、用務員さんはおじいちゃんのそばで音楽のはなししかしなかったし、それ以外きいたがることもなかった。倉庫ではじめて会って以来、音楽家としてのおじいちゃんを神様みたいにあがめていたのだ。打楽器奏者は、彼のほかにまだ四名いたけれど、倉庫の外でおじいちゃんとまじわることはほとんどなかったようにおもう。

「ねこ、おまえのじいさんは、なんでもほんとうをしってる」

用務員さんはいっていた。「わかるか、おまえのじいさんは、おんがくそのものだってことをよ」

用務員さんのことばはききとりづらかった。舌足らずというか、切れ目切れ目がはっきりとせず、のびたカセットテープをまわしてるみたいにぼやぼやとはなす。おじいちゃんよりほんのすこし年下っていうけど、顔や手足には皺ひとつなく、ぴっかぴかの肌《はだ》をしている。彼は全身に毛がなかった。目鼻がいやに中央に寄っていて、身のこなしはがくがくと、まるで歯車のずれた人形みたいだ。若いころは船乗りで、あちこちに旅したあげく、南洋の島で熱病にかかったんだそうだ。以来四十年以上学校に住みこみ、小学生と中学生の番人をしている。

おじいちゃんが二番倉庫の扉を打ちならした夜、用務員さんも倉庫のなかにいた。鼓笛隊の大だいこを担当していたのは、ほかのみんなが重いたいこ運びをめんどうがって、彼におしつけたんだとぼくはおもう。誰かの声が、雷《かみなり》だ、というのをきき、床にぱっとうつぶせ、さいごまで立ち上がろうとしなかったらしい。

「おれは、おくびょうだからさ」

と用務員さんははずかしそうに笑っていた。「なかでも、かみなりがさ、いのいっとうこわい」

南洋の島の、しめった小屋でうなされているあいだ、外はずっと嵐《あらし》だった。水夫だった用務員さんはそのとき、稲光《いなびかり》が何度もからだをつきぬけるのを感じたという。

ともあれ打楽器担当ってことで、おじいちゃんが用務員さんにつけるレッスンはとくにきびしく、はためには、ほとんどしごきにうつった。ぼくがみたのだとこんなのがある。小だいこの皮の上にピンポン玉をのせ、こまかなロールでドラミングをはじめる。ピンポン玉を小だいこから落とさず、ほぼ顔の高さにたもちながら、用務員さんはえんえんとたいこを打ちつづける。一時間も、二時間がすぎても。

運河沿いの公園で、なにかをかたかたたたく音がきこえてくれば、それは、おじいちゃんが用務員さんにレッスンをつけてるんだった。空き缶、ベンチ、樫《かし》の木に郵便ポスト。おじいちゃんのいったとおり、この世におよそ打楽器でないものはなにもない。吹奏楽の王様とその愛弟子《まなでし》は、街のあらゆるものをたたいて歩いてた。

ふしぎなことに、打楽器をたたくときにだけ、用務員さんの不自然な動作はぴたりとやんだ。それも、おじいちゃんに教わったとおり打つと、からだがこれまでになくなめらかに動くんだそうだ。じいさんの音楽が、自分のからだをしゃんとさせる、

「ほんとうのおんがくって、そういうなにかなのさ」

そう用務員さんはいっていた。

学校の鐘は、機械でならすんじゃない。錫《すず》でできた巨大な鐘を用務員さんが綱を引っ

ぱり全身でひびかせる。

校庭に古びた木造の鐘楼《しょうろう》がある。そのてっぺんにあがり、綱をこぶしに巻きつけて一度二度と鐘を押し、いきおいをつけたあと全身でひっぱる。鐘はすごい音をたてた。間近できくともう耳がつぶれそうになったほどだ。じっさい用務員さんは油のしみた真綿でかたく耳栓をして綱をひいた。鐘の音が、ひょっとして、雷を連想させたのかもしれない。ともあれ、用務員さんの鐘は水夫のこどもたちのけんかをしずめ、ぼくを息詰まる数学から解放してくれた。みんなにとってそれは、ただの鐘以上のものだった。

長い休み時間や放課後、ぼくはよく用務員さんの部屋をたずねていった。学校でぼくがまともなこどもとしてあつかってもらえるのは、この場所でだけだったし、水夫にまつわる古い冗談《じょうだん》や楽団員のこども時代の失敗談をきかせてもらうのがたのしかった。そして、忘れちゃいけない、なによりあのスクラップブックの山があった。

部屋のいっぽうの壁《かべ》ぎわがスチール製の棚《たな》で、そのほとんどを青い背表紙のファイルが占めていた。日曜になると用務員さんは埠頭《ふとう》にでかけ、外国船の水夫から読み捨てのゴシップ雑誌を束でもらう。そして、気に入った記事を切り抜いてはファイルにとじていく。

ぼくは腹ばいになって夢中で読んだ。五千キロを旅したおいぼれ犬、おならを自在にあやつり流行歌を吹きならすコメディアン、雪男が住むという氷でできた山村などなど。

この世のあらゆるなぞが青いファイルにはつめこまれてるようにみえた。

なかでも、ぼくと用務員さんのお気に入りは「恐竜」にまつわるはなしだ。恐竜は、世界じゅうの湖や海峡《かいきょう》で目撃されていた。何千万年前に滅んだはずの巨大な恐竜の子孫が、今もなお生きている。はなれた場所に一頭ずつがちりぢりになって、ときおり水底から、仲間をもとめてあがってくる。恐竜たちは、かなしげな声でほえるんだそうだ。長い首をもたげ、遠くのどこかをなつかしむようなまなざしで、ばかでかい恐竜はほえる。

用務員さんはまだ船乗りだったころ、北のつめたい海で恐竜に遭《あ》ったことがあるという。

「ふかいきりがでてた」

と用務員さんは声をひそめる。「おれはブリッジのうえでアンテナにのぼり、しもをとってた。きゅうにさ、ひどいにおいがした。くさったさかなでしょくあたりしたのんべやろうどもが、いっせいにはいちまったみたいな。おれ、くらくらした。デッキをみおろすと、みんなそとにでておれをゆびさしてやがる。ばかやろう、って、おれはさけんだ。このにおいはおれじゃないぞ！　するとあたまのうしろへ、なまあたたかいいきがかかった。まったくとんでもないにおいでさ、おもわずてをはなしそうになっちまうくらい。ひっしでアンテナにつかまり、うしろをふりむくと、そこにやつのかおがあった」

「恐竜だね！」

何度きかされてもぼくはここで声をあげてしまう。

「そう、きょうりゅうだった」

用務員さんはまぶたをぴくぴくとふるわせ、「くろびかりした、つやつやのあたまだった。おれ、きもをつぶした。かくごしたよ、ああ、くわれちまうな、って、そうおもってめをつむった。ところがさ、しばらくたってもなにもおきない。めをあけてみると、きょうりゅうのめんたまがすぐそこにあった。おれのほうをじっとみてやがる。どうしてだろう、おくびょうなこのおれ、あのときだけはやつのかおを、じっとまともにみかえしてた。するとそのうちきょうりゅうのめに、じわりとなみだがうかぶのがみえた」

「恐竜が、泣いたの？」

「そうだ」

くちびるをかんで用務員さんはいった。「やつはそろりそろりとふねからはなれていき、まっくろなそのきょたいは、やがてきりにまぎれてみえなくなった。おれがデッキにおりると、せんちょうが、きてきをならすよういった。ふなのりにふるくからつたわるきてきさ。うみでふしぎなものにあうと、おれたちはそいつをならすんだ。きりのなかにきてきがひびく、と、しろいもやのむこうから、みじかいサイレンのような、かんだかいとおぼえがかえった。きてきがなるたび、そのなきごえはへんじをした。あれは、なんじかんつづいたろうか。きりがはれだすと、とおぼえはやんだ。うみはしんとないでいた。あとからはなしあったところでは、あのきょうりゅうは、おれたちのふねを、きょうだいかなにかとおもったんじゃないか。まっくろくぬられたふねで、マストもずいぶんたかかったからね。アンテナにつかまったおれのからだを、きっと、あたまだとかんちがいしたんだろう」

ぼくはぶるっとふるえた。

「ふつか、みっかたつと、おれのうわぎについたにおいはいっそうつよくなっていった。やつにあったしょうことして、もってかえろうとおもってたんだが、せんちょうからもきつくいわれて、あのけがわのうわぎは、つめたいうみになげすてるしかなかった。それからずいぶんさむいこうかいになったよ」

用務員さんとぼくはしばらくだまりこんでいる。そしていつも、ほとんど同時に、ふかいためいきをつくんだった。

青い背表紙がならぶ棚のすみに、赤いりっぱなファイルが二冊あった。一冊は楽団に関する地元紙の記事をとじたもの、そしてぶあついもう一冊が楽譜《がくふ》だ。

ぼくが部屋にかよいだしたころには、用務員さんは、打楽器だけでなく作曲にも手をそめていた。音符(おんぷ)のならべかたやこまごまとした規則は、すべておじいちゃんに教わって、一週間に一曲はかならず新しい曲をつくり、二番倉庫のリハーサルへともっていく。どれもぼくの耳には、ひねくれたメロディとでたらめなリズムがぶつかり合う、おちつきのない騒音にしかきこえなかった。楽団のみんなもそういっていた。用務員さんのつくる曲はふだん彼のからだがみせる奇妙なふるまいにどこか似ていた。

ぼくがスクラップを読んでいる最中、用務員さんはトイレで作曲にはげむ。ドアに五線紙を押しつけ、鼻歌をうたいながら音符を書きこんでいく。

ある蒸し暑い日の放課後、「三千年分の記憶をすべてもつ生まれかわり男」のインタビュー記事を、ぼくは夢中になって読んでいた。歴史上有名ないくつもの事件にその男は立ちあっていた。十二回暗殺され、名のない六つの国の王様になった。二十五人の将軍につかえ、八十回結婚式を挙げ、二十度離婚をした。古今東西のあらゆることばを生まれかわり男ははなすことができた。

トイレからでてきた用務員さんに、腹ばいになったままぼくはいった。

「へえ、このひと、最初はピラミッドをつくった人足だったんだって。ピラミッドをつくるときも、そのころのひとたちは声をあわせて歌をうたったって」

ぼくのお尻《しり》をまたぎながら、用務員さんは二三度うなずいてみせ、その様子を想像して、さっき曲にしてみたんだ、といった。

「どうかな、ねこ、おまえのじいさん、きにいってくれるかな」

三枚の五線紙は真っ黒い記号で埋められている。当時はまだ楽譜なんて読めなかったし、倉庫でそれまできかされた曲にも、スクラップブックほど興味をひかれたことはなかった。ぼくは何度も五線紙をたぐる。鉛筆《えんぴつ》の粉が親指につく。用務員さんは立ったままこちらをみている。

ようやくぼくはいった。

「あの、どういう曲かはわかんないけど、この『すべてはてことところのおかげ』って題名は、すごく気に入ったよ」

そうかい、と用務員さんはほっとしたように笑い、ふるえる手で熱いお茶をいれてくれた。

こんなふうに、しばしばスクラップの記事が吹奏楽用の音楽になった。「すべてはてことところのおかげ」「なげく恐竜のためのセレナーデ」「雪男とマンモスのアンサンブル」などなど。

いっぽうで用務員さんは、学校でみききした風景を音楽の題材にとることもあった。たとえば、「なぐりあうこどものためのファンファーレ」がそうだ。ただしこれらの曲は、本番ではもちろん、リハーサルでもときたまにしか演奏されなかった。吹奏楽が風の音楽とするなら、その風が、用務員さんのぎごちない曲の場合、どこからはじまりどこへ吹いていくのか、楽団員たちには皆目わからなかったんだとおもうし、ぼくにしてもそうだった。

けど、おじいちゃんの耳には、いったいどうきこえてたんだろう？

クーツェと会うことになるあの日のお昼、ぼくがみつけた新聞記事は、十年以上たったいまでも暗誦《あんしょう》できる。ぼくは体育を休んで用務員さんの部屋にいた。体育の授業にはでたことがなかった。心臓に負担がかかるので、ぼくは、はげしい運動のいっさいを禁じられていた。

暑い日だった。せみの死骸《しがい》が用務員さんの窓辺におっこちていた。

「はと女の末路《まつろ》」

はと女の異名をもつ著名な曲芸師が昨夜あわれな死を遂《と》げた。胃にためこんだ石ころが彼女の命を奪った。自宅用の天幕で彼女を発見したのはサーカスの団長である。団長によれば、天幕の外にまでただよっていたものすごい臭気は、中に入るのが躊躇《ちゅうちょ》されるほどだった。「からだがうらがえっちまうようなひどいにおい」と団長は表現している。しかし皮肉《ひにく》なことに、体を裏がえしにして絶命していたのは、ほかならぬはと女のほうであった。ふだんから彼女は、そのぷっくりふくれた腹部を得意げにゆすってみせていた。すると、がしゃ、がしゃ、と石のこすれあう不気味な音が体内から響くのである。はと女の体をたてまっぷたつにひき裂《さ》いた石くれは総計七十個以上、重さ三十キログラム。大腸から喉《のど》もとまで、はと女の体内をとおる管にはぎっしり石がつまっていた。石をとりのぞくと彼女の目方は二十キロに満たなかった。よく知られているとおり、鳩《はと》は消化を助けるため自ら小石を呑《の》む。

ぼくは呆然《ぼうぜん》とした。

何度も何度も、このおそろしい記事を読みかえした。

ぼくは母さんの顔をしらない。船でこの街にわたるまえ、死んだ、とだけはきかされていた。どうして死んだのか。父さんはもちろん、おじいちゃんさえ口をつぐんだ。母さんのはなしをもちだすと、ふたりはとたんに不機嫌になる。

青いファイルから抜き出したその記事を、ぼくは胸に当て、ごろりと仰《あおむ》向けに横たわる。ちくしょう、なんて重いからだだろう。

ゆっくりと目をつむる。自分の考えをはんすうする。

このからだが、母さんをうらがえしにした。

ほんとうに？　ぼくのばかでかいからだが、母さんのおなかをたてまっぷたつにひき裂いた。

自分のからだに触れるのがこわい。ぬらぬらとした血に全身染まっているような錯覚がおそう。

ごん、ごおん

鐘がひびく。体育が終わったんだ。もうじきに用務員さんが帰ってくる。

でもぼくは動けない。心臓がからだのなかでどきどきと打つ。

雷より重い鐘のひびきがぼくのばかでかいからだをふるわせる。鐘の音につつまれながら、ぼくのいまわしい考えは確信となっていく。

ごん、ごおん！

ぼくは動けなかった。

母さんを殺したからだをながながと床に横たえ、ぼくは仰向きのまま、じっと目をとじていた。たかなる心臓のちょうど真上あたりに両手をそろえて。

ごおん、ごごおん！

コンクール

小中学校の九年間をかけ、ぼくのからだは、雪だるま式におおきくなっていった。街のあらゆる戸口で頭をぶっつけたものだ。学校でつけられたあだ名をとても全部はおもいだせない。一本松、電信柱、胴長きりん。ぼんやりやぐら、山脈の外国人、かげのおばけ。あだ名からわかるとおり、ぼくは太ったことがない。ただひたすら、海風のまう空めがけ、たてにたてにと成長しつづけた。背中をほんの少しかがめて歩くくせも、この頃についた。

体育の教師は学期のはじまるたんびに、あんまりからかうもんじゃないぞ、と腕をくんで生徒たちにいった。

「わかるだろう、病気をからかうなんて卑劣《ひれつ》なことだからな！」

中学の二三年で、ぼくのあだ名は、昔どおりの「ねこ」におちついた。といって、だれかに親しくはなしかけられることなんて、まったくもってなかったし、期待してもいなかった。毎朝教室にはいり、いちばんうしろにすわる。鐘《かね》がなったらでていき、次の鐘でまたはいる。夕方にはうちに帰ってクーツェにあうか、倉庫で楽団の演奏をきく。屋根裏のクーツェはいくら年を経て、季節がかわっても同じ服を着ていた。いつもいつも、あの黄色い土地からどうやって屋根裏へやってくるのか、ぼくはたずねたことがないし、妙なはなし、ふしぎにおもったことさえない。クーツェの靴《くつ》やズボンにはいつも黄土がこびりつき、しめった夏の匂《にお》いが足ぶみのたびにおった。

とん、たたん、とん

あるおだやかな春の日、

「ねえクーツェ」

ぼくはきゅうくつな体勢でクーツェにたずねた。「父さん、今年は、賞がとれるだろうか？」

その冬から春にかけて、父さんの調子はあがっているみたいで、階段からきこえるボールペンの音はごく少なかったし、夕食のテーブルには毎晩それまでにない料理ばかりがならんだ。頭が晴れてて、なにかと発明したくなる、と父さんはいっていた。にんじんとひらめのサラダ。星形のステーキ。たまねぎの姿《すがた》煮などなど。味はともかく、きげんのいいときの父さんは、かなり想像力豊かな料理人といってよかった。論文のしめきりはじきにせまっていた。

とん、たたん
——ひつじのむれに、ぽかんと黒い穴。

クーツェは天井板をふみならしながらいう。

——黒いひつじが一匹、二匹、あれあれ、どんどんふえていく。

ぼくはつい笑った。まるで童謡《どうよう》みたいなそのことばがおかしかったのだ。

「あのさ、父さんの論文のことをきいてるんだけどな」

クーツェは足ぶみをつづけたまま、

——黒いひつじの、雪だるま。

とだけいった。

さっぱりわからないけど、しょうがない。いつものことだ。ぼくは質問をかえることにした。

「黄色い土地のほうにも、吹奏楽ってあるのかな?」

——あるよ。

とクーツェ。たたん、たたん、とん
「へえ、どんな楽器編成なのさ」

——靴だよ。

とん、たたん

ぼくはしばらく考えたあと、クーツェの立派な黒靴をみつめなおし、

「土をふむのが、吹奏楽だって？」

――いろいろだよ。

　とクーツェ。

――土。みみず。麦。ねこもふむよ。みんな同じだ。

「なんでもふむのかい？」

――音をならさないものはこっちにはないよ。なにもない。それが音楽だよ。

　たたん、とん
　やわらかなひざしのなか、クーツェの足もとから砂ぼこりが舞いあがる。


　あのころ、父さんの料理をよく手伝ってたことをおぼえてる。ためしにオムレツを焼いてみると、父さんは苦笑し、ひどい色だな、といった。

「たまごのかき回し具合で、オムレツの黄色がかわってくる。いいか、トマトと並べるんなら、もっと輝くような色じゃなけりゃな」

　父さんの焼いたのと比べると、ぼくのはたしかに食欲をそそる色とはいえなかった。パセリ、紫キャベツ、それにトマト。父さんのつくるオムレツは、それらに負けない鮮やかな黄色をしてる。

ある夕方、テーブルの上にそらまめの小山をつくったぼくに、父さんは、いくつむいた？ とたずねた。ぼくは山をくずし勘定をはじめる。

「ええと、四十四。四十四個」

「四十四？ だめだ、だめだ、だめだ！」

父さんは石の流し台から新しいさやをもってくる。「五十三か、もうふたさやむいて、五十九にしなくちゃあ」

エプロンで手をふいてぶつぶついっている。

「どうして？」

「どうしてって、おまえ、素数《そすう》にならないじゃないか」

「そすう？」

「もう習ったろう？ 素数とは、一かその数自身じゃないと割り切れない、それだけで完結したうつくしい数字だ。五十台に素数が二つもある。六十台でも、六十一、六十七のふたつある。九十台だと、いくつあるとおもう」

「わかんないよ」

「たったひとつ、九十七だよ！」

と父さんはうっとりとつぶやき、我にかえったように、「まあ、そこまでむいても食べきれないから、五十台の素数にしておきなさい」と早口でいう。

その春、港の二番倉庫では、楽団の調子もあがっていた。めいめい大事そうに楽器ケースをかかえ、楽団員が倉庫に集合すると、毎日おおぜいのひとがお弁当をもって、リハーサルをみにつめかけた。水夫たちもだ。埠頭《ふとう》に着岸したそれぞれの船から街の酒場にくりだす途中、彼らは倉庫に立ちより、おじいちゃんたちのかなでる吹奏楽に身をひたす。海からあがってすぐの、シャワーみたいなものだったろう。床のそこかしこにあぐらをかいた水夫たちは、ぺちゃくちゃといろんな国のことばをはなしたけれど、いざ音楽がはじまるやみな口をとざし、たいこやトランペットに合わせ頭をゆらした。

〈今年の楽団はこれまでになく晴々した音をひびかせている〉

と、スクラップによれば、記者がコラムに書いている。〈個々の修練と、選曲のさえもあるだろう。が、ここ半年つづいている異常なまでの好天が楽団をささえている事実も指摘しておかねばならない。楽器が鳴らすのは、空気である。吹奏楽は気圧の芸術と呼ぶこともできる。街のすみずみに、春の海から、ほどよいしめり気をおびたそよ風が吹きよせる。現在のような好条件にめぐまれ、さわやかな演奏を毎日耳にできる我々は、幸運である。コンクールは近い。諸君、二番倉庫に足を運ぼう。天気ほど変わりやすく、ひとの心のままにならぬものはないのだから〉

天気がいいと、おじいちゃんの足も痛まない。倉庫の窓や扉はすべてあけはなたれている。あいもかわらず真っ黒な上下に黒ネクタイをしめ、杖《つえ》をつきながら、おじいちゃんはリハーサルステージの前までいく。楽団員たちはすでにめいめいの楽器をかまえ位置についている。ぼくの手を借りステージにのぼりながら、おじいちゃんは声高にこうたずねる。

「ねこや、調子はどうだね」

ぼくはつばをのみ、

「にゃあ!」

倉庫のあちこちから息をのむ音やしのび笑いがひびく。けどそんなの、もう慣れっこになっている。ぼくはあとずさりし倉庫の床にすわる。

「よしよし」

おじいちゃんはステージのいちばんうしろ、いちばん高い場所にあがり、二度三度、ティンパニをたたいてチューニングの具合をたしかめる。そして顔をあげ、「ではみんな、一丁、はじめるとしようか」

いっせいに楽器がかまえられ、郵便局長がタクトをふりおろす。

天井に近い窓から、吹奏楽の調べは埠頭へでていく。午後の涼しい海風はきらきらした空気を街のほうにまではこぶ。

外国の水夫がぼくの背をこづき、もう少し身をかがめるよう目配《めくば》せでいう。

コンクールのはじまる前日、肉屋と青物商のトラックいっぱいに楽器ケースが積みこまれた。楽団員とその家族、友人たちは、わあわあさわぎながら夜行列車にのりこんだ。車両二台ぶんが貸し切りだ。せまい座席ではお尻《しり》が痛いし、まわりのひとにひざがあたるので、ぼくは寝台車のシーツ置き場で寝た。

三度目の都会だった。

古い路面電車がりんりんと行きかう。ふたり乗りのオートバイがゆっくりと通りを横切る。半袖《はんそで》の女のひとたちはとうもろこしをかじりながら広い通りをあるいていく。同じ島のなかにこんな街があるなんて、とぼくはあちこちきょろきょろせずにはいられない。ただ、空はここでも抜けるように青い。

中学にあがったぼくが、コンクールについてくようになってから、楽団の成績はおとしが三位、去年は六位入賞に終わっていた。毎年ちがう初日の課題曲、その翌日に披《ひ》露《ろう》される自由曲。ふたつの演奏をあわせた評価で総合の順位が決まる。

都会の吹奏楽団はどこもばりっとした新しい黒服姿。二日目に演奏するのは最新の流行歌や映画の主題歌。ぼくたちのあまり知らないそういった曲目は、ここのところ、審査員に受けがいいんだそうだ。倉庫では輝くようだったおじいちゃんたちの演奏が、コンクールにあがればとりわけ地味にきこえた。それで毎年ひとけたの順位にはいったのは、立派な成績といえるかもしれない。

初日にはお昼からリハーサルが組まれていた。いくつもの楽団がいれかわりたちかわりステージ上にあらわれ、パートごとに、演奏する位置をたしかめたりしている。

自分たちの順番がくる直前、

「シンバルがないだと？」

郵便局長さんが舞台袖でとんきょうな声をあげた。マネージャーの若い出納係《すいとう》がおでこの汗をこしこしふきながら、

「シンバルだけじゃないんですよ。もうしわけありません、トライアングル、カウベルやなんかの小型打楽器をいれた、でかいトランクケースだけが、いつのまにか消えちまってまして。トラックの荷台にきつく縛《しば》っておいたはずなんですけど」

用務員さんがよくわからないうめき声をあげ出納係につっかかろうとする、それを横から押しとどめ、おじいちゃんが低い声でいう。

「楽団マネージャーなら、あたふたする時間のないことくらいはわかるだろう、今おまえにできること、やるべきことを手早くやっちまうんだ」

泣きそうな顔で出納係は駆けだす。ほかのみんなはステージにでてリハーサルをはじめた。おじいちゃんと用務員さんは、ティンパニとどら、それにたいこ類の音だけをていねいに合わせた。

夕方まで出納係はホールじゅうを駆けずり回った。その甲斐《かい》あって、出演順はいちばん最後になった。この晩の演奏に、必要な打楽器をほかの楽団から貸りだす算段もなんとかついた。課題曲なら、使う楽器はどこもおんなじだから。

「ただ、明日の演奏、こいつが問題だな」

本番前のひかえ室で、郵便局長がおじいちゃんに向けて眉《まゆ》を寄せる。

おじいちゃんは下くちびるをかんで黙ったままだ。

コンクールの最終日に、おじいちゃんたちはいつも、打楽器主体の吹奏楽を演奏するのが常だった。楽団全体にほかとはちがうまとまりがうまれるし、古株の審査員や聴衆たちも、そのステージを楽しみにしている。用務員さんとおじいちゃんは毎年あたらしい打楽器をいくつも演奏にもちこんだ。それがすべて、つかえなくなってしまったわけだ。

「明日はないと考えようぜ」

出番の直前、楽団員をあつめて郵便局長はいった。「これからの演奏ですべてを出しきる、課題曲の一音符ごとに全部をこめる、そういうつもりで演奏するんだよ。今日きてもらったお客さんがたに、明日の演奏なしでも一等にあたいする、そんな吹奏楽をきいてもらおうじゃないか」

おじいちゃんがすっと立ちあがり、軽くうなずく。それを合図に楽団員たちは楽器をひっつかみ明るいステージへとでていく。舞台袖に立つ出納係のしぼんだ肩をひとりずつかたくつかんで。

郵便局長のことばがきいたんだとおもう、楽団はその夜、まさに一等にあたいする吹奏楽をきかせた。ほかの楽団の演奏だって、けして悪くはなかった。新聞コラムにあったとおり、涼《すず》しく晴れわたった夜の空気は、らっぱやたいこのふるえにのって聴衆の耳を楽しませた。けど、おじいちゃんたちの音楽は、一小節目からちがった。ぼくには舞台袖からよくみえていた。黄色いあかりの下で、聴衆たちの半袖からのぞいた何本もの二の腕には、曲のはじめから鳥肌《とりはだ》が立った。いくたびとなく練習した十五分に満たないマーチ、しかも、いくつもの楽団がやり終えた課題曲というのに、おじいちゃんたちの演奏は、ぼくの耳にもまあたらしくきこえた。このマーチって、こういう曲だったのねえ、はじめてわかったわ、うしろで掃除婦のおばさんが拍手のあと、そうつぶやいたのをおぼえてる。

宿屋まで歩いて帰る途中、楽器をかかえぞろぞろいく古びた黒服の集団に、ほうぼうからかけ声がとんだ。酔っぱらったおじいさんの声がした。若いカップルが手をふってよこす。がんばれよ、明日もきっといくわよ、たのしみにしてるからな！

そう、明日だ。

宿屋のベッドにすわりこんでぼくは考える。

おじいちゃんたち、どうするつもりなんだろう？　二日目を棄権《きけん》すれば初日の演奏も審査から消える。今日と同じ曲をやる？　それは考えられない。去年、おととしの課題曲？　それもない。流儀《りゅうぎ》を曲げることをおじいちゃんたちはひどくきらう。自分たちの二日目は、打楽器主体の吹奏楽でなくちゃならない。でも打楽器はここにない。いったいどうするんだろ？

とん、たたん

ぼくは顔をあげる。耳のなかで、その足音はどんどんおおきくなっていく。

——いろんなひとが、頭をなぐる、ほおをなぐる、腹をなぐる。

とクーツェはうたった。

——手でなぐる、てのひらでなぐる、足で、棒でなぐる。

「どういうこと？」

ぼくを無視してクーツェはつづけた。

——なぐられるといたい、なぐるとばかばかしい、けどほんとにばからしいのは、なぐりもなぐられもしないこと。

たたん、とん。足ぶみの音が耳の奥にひびく。

——なぐられもせず、ぼんやり立ってばかりいること。

とん

クーツェの音。

たたん
たたん、とん!

ふと気づくとその音はドアのほうからやってきていた。ベッドから立ちあがりドアをひきあけると、ノックしていたのは出納係だった。

「寝てたのかい?」

ぼくは首をふる。

「ならよかった。おまえのじいさんが呼んでる。ああ、部屋じゃないよ。大通りを渡ったところの公園だ」

夜の公園には、まばらに人影がみえた。春の月がまんまるく空にでている。

出納係の指さした先にはこうこうと灯りがついていた。ききなれた数々の音が風に乗って耳へとどく。茂みをかきわけていくと土の運動場にでた。光をうけてかがやく夜の楽器。楽団のメンバーが全員そろって音ならしをしていた。ホールからこっそり運んだんだろう、びっくりしたことにティンパニまであって、そのうしろに立ったおじいちゃんが、ぼくに気づくなり妙にしずかな口調できく。

「ねこ、調子はどうだ」

突然のことで面食らったけど、なんとか声はでた。それも、いつになく通りのいい太い声で。まるでずいぶん前から、準備ができていたかのように。

にゃあ！

「よしよし」

楽団員みんな、ぼくのほうをちらちらとみている。

マネージャーの出納係が楽譜《がくふ》を配ってまわる。

「十枚っきりしかないので、何人かでかたまってみてください、明日までにはちゃんとふたりひと組分用意しときますから」

おじいちゃんがぼくを差しまねく。月明かりの下、ぼくはおじいちゃんと用務員さんとのあいだに立つ。あらためて驚いたことに、中学三年のぼくは楽団員の誰《だれ》よりも背が高くなっていた。

左でおじいちゃんがしずかにいう。

「いいか、きっかけは小だいこのロールだ。ロールがやむ、その瞬間だ。いつも通りやればいい。だいじょうぶだ、ねこ、酒場でグラスを打つとき、おまえのリズムは完璧《かんぺき》だ。それにだ、おまえのなかに、この音楽はまちがいなくあるとこいつもいってる」

「そうだよ、おれ、がっこうで、ずっとずうっとみてたんだから」

右手から用務員さんが笑い、小だいこのばちで、二度三度とぼくの胸を軽く打つ。

譜面台に手書きの楽譜がかけられる。題名は「なぐりあうこどものためのファンファーレ」。ところどころ赤い丸が打ってある。その下に、それぞれちがう書きこみがみえる。しっぽをふまれたねこの声。こどもをからかう、月をみあげて鳴く、遠くのねこの気をひこうとする、ねこの声。

「さて、一丁、はじめるとしようか」

おじいちゃんの声を合図にみな立ったまま楽器をかまえた。

脚立の上で郵便局長がさっとタクトをあげる。黄色くまんまるい月の中心にその先がかかる。都会の空に向けてクラリネットのやわらかな音が流れだす。

はじめて立ったコンサートホールのステージ。

ぼくの位置はいちばんうしろのどまんなか。両脇《りょうわき》におじいちゃんと用務員さん。黒服が間にあうわけない、とおもってた。けど、コンクールについてきてた肉屋の奥さんが、宿屋のカーテンを三枚つかって、ひと晩で即席《そくせき》のスーツを仕立ててくれた。

ホールの空気は倉庫とまるでちがった。しずかにすきとおってて、それでいて今にも火がつきそうに張りつめてる。まるで、音楽のためにあつらえられたみたいな空気なんだ。

演奏はこんなふうにはじまった。

クラリネットのアンサンブルが、テンポを上下させてなまいきそうに進む。

そこへトランペットが、ファゴットが、つぎつぎに割ってはいる。ときおりオーボエが童謡《どうよう》みたいな旋律《せんりつ》をかなで、全体のぶあついひびきを、おじいちゃんのティンパニがじょじょにあおり立てていく。

と、用務員さんのドラムロール！　ついになぐりあいがはじまった！

ぼくはいちばんうしろできいている。すべての楽器が入り乱れ、なぐりあうさまを、いちばん高い場所からみている。右どなりではおじいちゃんが背筋をのばしティンパニを連打している。チューバが、ホルンが、ばたばたと倒れ、さらにいっそうはげしく小だいこが打たれて、もうこれ以上どんな高みにものぼれそうもないまさにその瞬間、

にゃあーっ！

と、すっと波がひくようになぐりあいはやむ。

つづいて、またクラリネット。管楽器打楽器入り乱れての、さらにいっそうはげしいなぐりっこ。そして今度は、彼らをおかしみからかうような、ぼくの、ねこの声。

作曲者の用務員さんは、実に長い間、ほんとうに長い間こどもたちをみつづけ鐘《かね》をならしてきた、住み込みの用務員だったんだ。そして楽団員の大半は、もともと船乗りの息子だった。みんなのからだのなかにもこの音楽はちゃんとあったわけだ。

そのいっぽう、ぼくは学校で、生徒同士のなぐりっこをただみつめているだけだった。八年あまりの間ずっと、ばかのように。

でもこの日のぼくはちがった。ぼくは打楽器だった。ぼくは、なぐり、なぐられる彼らを、腹の底からの声でなぐりつけた。楽器のなぐりあいがやむのと、ぼくが喉《のど》を鳴らすタイミングとは、ぴったり一瞬だって狂わなかった。最後に一声ぼくはねこの声をあげ、とたたん、と、すべてをひきしめるようなかわいた小だいこがひびき、演奏はやんだ。

ぼくはまだ、耳のなかでなぐりあいがつづいてるのかとおもった。それほどの拍手だった。聴衆は全員立ち上がり、手を打ち、足をふみならしていた。

拍手のなかいっせいに礼をし、ぼくたちは舞台袖《そで》にひっこんだ。

歩をすすめながらおじいちゃんは、

「三十二小節目のねこの声は、のびが足りなかった。四十五小節目は、ちょいと上っ調子にはねたな」

黒いネクタイをゆるめ、ぶつぶつとつぶやいている。「ゆうべ何度も指摘したところだ！　いつもいっているだろう、楽器はいつも同じ音でなければならん。日頃からじゅうぶん手入れしておけばだな……」

すぐ横から用務員さんがさえぎるように、

「ところでさ、ねこ、しんぞうのほうはだいじょうぶかね」

「うん、だいじょうぶだよ」

出納係が泣き笑い顔で用務員さんにだきついてくる。用務員さんはバランスを失いまうしろに倒れた。ぼくを含め楽団の全員が笑った。おじいちゃんでさえ頰《ほお》の片側をかすかにゆがめていた。

帰りの電車では、楽団員もその家族も、別の車両に乗り合わせたひとまでいっしょになって騒ぎに騒いだ。夜を徹して走りつづける五両編成のあちこちから、トランペットやどらの音がたえまなく鳴りわたった。最後尾に積まれた牛の群れは木の柵《さく》をへし折った。

駅舎には街のひとが集まっていた。電車が駅にはいってきたとき、港のほうからいっせいに汽笛《きてき》があがった。コンサートマスターの肉屋さんが、窓から金メッキのトロフィーを突きだす。サルベージ会社の社長がそれを受け取り、ひとびとの頭上に高くかかげる。用務員さんはおりるなり胴上げをされた。いやがるおじいちゃんを外国の水夫が肩車し、そのまわりをみんながとりかこんで、埠頭《ふとう》のほうへ行進していく。水夫の息子たちがぼくの腕にとりつき鈴なりになってしまう。調子はどう、ねえ、ねこ、調子はどうだい？ こどもたちが口々にいう。

にゃあ！

そのたびぼくは叫んだ。

にゃあ！　にゃあ！

でかい声で、何度も、何度も。

二番倉庫には、トラックからおろされたばかりの楽器ケースが整然と並んでいた。小打楽器のケースは、やはりそのなかにもなかった。運搬の途中、どこかで落っこちたのか。それとも向こうの街で消え失《う》せたのか。ただ、おじいちゃん以外、そんなことを気にしてるものは、ただのひとりもなかった。用務員さんさえいち早く小だいこを取り出し、倉庫のステージに駆け上がっていった。

倉庫で再演された「なぐりあうこどものためのファンファーレ」は、実のところ、あまりいいできではなかった。ほとんどのひとが酔っぱらっていたし、ぼくの声だってかれかけていたから。それでも喝采《かっさい》は耳をつんざくほどだった。街のほぼ全員が倉庫をとりかこんでいた。凱旋《がいせん》コンサートのあと、一等のトロフィーと、コンクールでの録音をおさめたカセットテープとが町長に手わたされた。式典のファンファーレは楽団が自前でならした。そのあとみな酒場へと向かった。おじいちゃんも、このぼくもだ。

慣れないビールがこたえたんだろう、陽が沈むころ、胸が痛くなった。おじいちゃんを酒場の奥に残し、ぼくは店の外へ出た。薄桃色の雲が西の空をいく。水夫たちが手をふってよこす。深呼吸すると心臓の痛みはじょじょにやんでいった。ここちよい海風に押されるようにぼくは通りを歩き出し、やがて夕暮れの繁華街《はんかがい》を抜けた。

うちのなかは薄暗かった。

「父さん?」

返事はない。

テーブルの上に、破り捨てた封筒がおちている。

「父さん、ぼくたち、優勝したよ。ぼくがはじめて演奏したんだ」

薄闇《うすやみ》にむかっていう。やはり、こたえはない。

ぼくはテーブルに近寄り、封筒の横の紙を拾う。二枚つづりのそれはホッチキスでとめられている。むずかしい文面だけれど父さんにあてたものってことはぼくにもわかる。用務員さんのスクラップブックのおかげで、中学生のぼくは、意味がわからなくとも時間をかければたいがいの文章ならよめた。長たらしい前置きのあと、

「ざんねんながら」

とその手紙には書かれていた。「残念ながら、貴殿《きでん》より送付された論文には、なんら目あたらしい解決法が認められません。それどころか背理法《はいりほう》の導入部に致命的《ちめいてき》なあやまりがあります」

はいりほうのどうにゅうぶ? いったいなんのことだろう? 考えをめぐらしかけたそのとき、
とん、たたん

耳のそばでクーツェの足音がきこえた。

手紙はこんなふうにつづいている。

「貴殿は自分であやまりを犯しておいて、それを消しさろうと、長々とむだな努力をなさっている。本来証明すべき問題からはなれてでもいこうとするように、我々の目にはみえます。致命的な穴は、終わりに近づくにつれ、加速度がついたように増えていきます。当然です、導入が、まちがっていたのですから」

たたん、とん

足音のなか、おもむろにクーツェの声がきこえてくる。

――どんどん増えてく、黒いひつじ。

ぼくはつばをのんで最後の数行に目を落とす。

「よって一次審査で失格とします。来年の応募をお待ち申しあげております。もし貴殿にまだ証明にとりくむ熱意が残っておられればの話ですが。正直のところ貴殿には、数学者に肝要な、全体を総合し把握《はあく》する直感が欠けているような印象を、我々はもちます。敬具《けいぐ》」

とん、たたん

――黒いひつじの、雪だるま。

たたん

クーツェの足音。

とん！

それはいつのまにか暗い階段のほうからきこえている。ボールペンが十三段目をたたく音。それは薄暗いうちのなかで、いつまでもやむ気配がない。

とん、とん、とん

黒いマーチ

父さんは極端《きょくたん》に無口になった。朝から背中を丸め十二段目にすわりこみ、えんえんと十三段目を打ちつづける。おじいちゃんがやめるよういってもきかない。ぼくにだって迷惑《めいわく》だった。階段にすわった父さんと壁《かべ》とのあいだにはほんのわずかなすきましかないから。けど、必死に身をよじってなんとか下におりてくと、テーブルには毎朝ちゃんときれいに照りのついたオムレツがあった。

吹奏楽団には島じゅうの街から公演依頼がとどくようになった。日中、おじいちゃんを除けば楽団員にはみんな仕事が、ぼくにだって学校がある。でかけられるのは夕方からで、せいぜい電車で一時間以内のホール。休日なら、泊まりがけで公演旅行へでることもあった。

「なぐりあうこどものためのファンファーレ」はどの公演でもうけた。毎回とりわけおおきな拍手《はくしゅ》が、ぼく、それに作曲者である用務員さんへおくられた。用務員さんは口をうれしそうにあけ、小刻みに手足を動かして、割れるような喝采にこたえる。ぼくは熱に浮かされたようにぼんやりと手をふる。そんなステージをぼくたちは何十回とこなした。おじいちゃんはいつも演奏がおわるやいなや、何本ものばちを革ケースにしまい、さっと舞台袖にひっこんだ。

「もっとアンコールにこたえるべきでは？」

と古い新聞のなかで、例の記者がおじいちゃんにインタビューしている。「あなたがリーダーであることはわかっています。三曲やると、体力がもたないのですか？　聴衆たちが『おまけ』をほしがっていることぐらい、経験ゆたかなあなたには、よくおわかりかと思いますが」

「おまけか。よくぞいった」

とおじいちゃんはこたえている。「音楽におまけなぞいらない。その夜の曲がおわれば、楽団の仕事はすべておわる。うちを建てておえた大工が、その家がいいできだった、っていわれて、次の日から二、三泊とまっていったりするかね」

マネージャーの出納係《すいとう》は毎日、入団希望者の登録にてんてこまいだった。造船所の炊《すい》事係《じ》。ふたごの整備工。その他、大半が未経験者だ。はいりたいってものなら楽団は誰《だれ》ひとりこばまない。あたらしいメンバーはみな、ばかでかいぼくがほんとうに中学生か、つるつる肌《はだ》の用務員さんがほんとうに七十を過ぎた老人なのか知りたがった。

そのころ学校の進路相談があった。ぼくは迷いなく、都会の音楽専門校にすすみたいと担任教師にいった。その学校は島の中心地、コンクールのひらかれる街にあり、新学年は翌年の夏からはじまる。お父さんに相談はしたのかね、と彼はいった。ぼくは、いいんです、とこたえた。父さんは数にしか頭がいっていませんから。担任の理科教師がうんうんと、わけしり顔でうなずいてたのをおぼえている。

八月のある日、二番倉庫での練習の合間、

「ねこ、それにしてもおまえのトーンはどうにも安定しないな」

とおじいちゃんはいった。夏だってのにまだ黒服をきている。「十五回鳴らす声のうち、三つはきけたものじゃない。レッスンに真剣味《しんけんみ》が足りないんじゃないか」

「そんなことないとおもうけど……」

今度は倉庫の楽団員をぐるりと見回し、おじいちゃんはさらに顔をしかめ、

「ねこだけじゃない、ここしばらく、楽団全員の音に張りがないぞ。こんなひなびた地方のコンクールで一等になったからって、それがなんだ？　どんなとき、どんな場所でもいちばんの演奏ができなけりゃ、ほんとうの音楽家とはいえないんだ」

「まあ、まあ」

と郵便局長。

「全体のトーンがおちてるのは、指揮者のおれに大いに責任があるわけでね。今日から

気分をいれかえて、めいっぱい、はりきるとするよ」

「そういうことじゃない！」

かつかつ杖《つえ》を打ちならして、おじいちゃんは怒鳴った。「おまえら耳がないのか？吹奏楽ってのは、全部の楽器がまとまってひとつの音をつくる。まさしくな、風をおこすんだよ。ところがおまえらの演奏ときたら、風どころか酒くさい吐息《といき》だ。おいぼれ犬のしめったでたらめな息だ。まったくな、耳にいやな臭《にお》いがこびりついちまう」

トランペットの四人が顔をしかめる。ひどいこというなあ、と、ぼくだってそうおもった。局長が赤ら顔で手を打ち、さあ、音合わせからはじめよう、と立ち上がる。みんなぞろぞろとそれにならう。

その晩、ベッドにはいる前、天井から足音がひびくのがきこえ、ぼくは戸棚《とだな》にのぼって羽目板《はめいた》をはずした。

真っ暗だった。けど、クーツェの足ぶみはきこえた。

とん、たたん
――黒いマーチ。

とみえないクーツェはうたった。

――ちいさな音、おおきな音。おおきな音はよくひびく。

とん、たたん

――おおきいものはめだつ。でも、おおきすぎると。

たたん、とん

――おおきすぎるとそれは、ときどき、みえなくもなる。きこえなくなる。黒いマーチ。

とん

ぼくは生あくびをして戸棚をおりた。ベッドにはいってすぐ、父さんが寝室にあがってくるのがわかった。ぶつぶつ呪文《じゅもん》みたいなことをつぶやいて、やがてとなりでおだやかな寝息をたてはじめる。真夜中過ぎ、窓の外からかつかつと敷石《しきいし》をたたく音がひびいてきた。音はくぐもっている。空は曇《くも》りなんだ。そういえば最近、月をみてないな、なんてことを考えてるうち、おじいちゃんが足をひきずり二階へとのぼってきた。そして、ぼくの左側のベッドに音もなくすべりこみ、シーツのなかでひとつふたつかわいた咳《せき》をした。

はじまりは一艘《そう》の漁船だった。

その朝おじいちゃんと散歩してると、運河のはしけから、あの船のことはきいたかい、と声がかかった。船？　ぼくらの怪訝《けげん》そうな表情をみてとり、はしけの水夫が大声でいった、そろそろ埠頭《ふとう》につくころだよ。いってみりゃわかる。おれもあとから見物にいくつもりなんだ！

埠頭にはすでにおおぜいのひとが集まっていた。

「その船ってついたの？」

ぼくは肉屋の奥さんにきく。

「まだだよ、でもほら、沖合をごらん」

と奥さんはゴム手袋のまま指さす。「もうじきはいってくるだろうよ、あれがほんとに船なんだとしたらね！」

たしかにそれは、船にはみえなかった。しずかに凪《な》いだ灰色の海面を真っ白な小岩がゆらゆらただよっているのがみえた。誰かがいう、氷山じゃないのか。誰かがこたえる。ちがうよ、ほら、あちこちがもわもわと動いてる、それにゆっくりとだけど、港へ、こっちのほうへと、進んでくるみたいにみえるじゃないか。

ぼくはつばをのんだ。ひょっとして恐竜の赤ん坊じゃないのかな。そうとすると、ことだ。きっと母親恐竜がこの港へ赤ん坊をとりかえしにやってくる。街のみんなはばらばらに食い殺されちゃう。おじいちゃんもぼくも、父さんだって。

「ひとがのってるぞ！」

と双眼鏡を手にサルベージ船の船長が叫ぶ。「救命旗をあげてる。白い山のあいだから旗がみえる！」

ゆっくり、ゆっくりと、その白いかたまりは港へはいってきた。何隻《せき》かのはしけが出迎えにいく。けれど、引き綱をつける場所がみつからず、かたまりの両脇《りょうわき》に船体を寄せ、同じのろさで進んでくるだけだ。栈橋《さんばし》の突端めがけぼくたちは走った。水夫が救命具を用意している。白いかたまりから三人が海へとびこみ、はしけのほうへと泳いでいく。それでもかたまりは港へと進む。なかにまだ誰かひとがいるらしい。

栈橋をうずめるぼくたちの前を、はしけにとりかこまれて、しずかにその漁船は横切っていく。白い山にみえたのは、海鳥だった。マスト灯、デッキの上、船橋のまわりにまでぎっしり、数え切れないほどの海鳥が漁船の船体をおおっていた。間近でみる鳥たちの羽色はうすよごれ、純白にはほどとおい。海鳥たちの重みで漁船は喫水線《きっすいせん》をはるかにこえ甲板ぎりぎりにまで沈んでいる。いくら凪いだ海だって、スピードをあげればあっというまに転覆《てんぷく》したことだろう。

埠頭に横づけされエンジンをとめた船から、いがぐり頭の船長がはいだしてきた。ひどい顔色だ。胃が悪いひとみたいだ。

「わけがわからない」

さしだされた水筒を空にしたあと、その船長はすわりこんだまま頭をふった。「悪天のとき、海鳥が船で休むってことはある。先週の水曜、たしかにおれたちは妙な雲のそばを通ったさ。こいつらは次々にまいおりた。で、そのままおれの船の上で、かたまっちまったみたいに動かない。いくらおどしをかけたって、空にあがりやしないんだ」

ぼくたちは漁船のほうをふりかえってみる。鳥たちはざわざわと船をおおったまま飛び上がる気配もない。身をよせあったすえ、すりきれた胸元。桃色の地肌。きょときょと落ち着きのない視線はおびえてるみたいにみえた。なにかをやりすごそうと首をすくめ、声を殺しているかにみえた。

鳥たちをのせた漁船が運河につながれると、ひとびとは首をひねりながら、つぎつぎと埠頭から立ち去った。ぼくはその足で学校へ向かい、用務員さんの部屋で青いスクラップブックをかたっぱしから漁《あさ》った。六冊目で、見おぼえのあるその古い記事がようやくみつかった。

「かもめ救助船、入港す！」

昨夜未明、かもめを二百羽以上満載した外国籍クルーザー「きつね狩り号」が暴風雨のさなか第六突堤《とってい》に接岸した。乗組員に負傷者はいない模様。レーダー係の船員によれば、沖合で大型の台風に遭遇《そうぐう》したクルーザーは、たくみな操船で台風の目へと逃げこみ、そのまま前線の進行に合わせ、ゆっくりと東へ向かった。嵐《あらし》になぶられたかもめたちが四方から集まってくるのにそう時間はかからなかった。次々と甲板にまいおりるかもめを、船員たちは一羽ずつ黙礼で出迎えたという。避難者のなかには三羽のレース鳩《ばと》もまじっていた。鳥と水夫を乗せた「きつね狩り号」は、五ノットの速度をたもち、じりじりと進む台風の目のなか緊迫した航海をつづけた。港の沖合十海里地点でクルーザーは進路を変え、猛然と嵐へとつっこんだ。操舵《そうだ》する水夫のまわりで、かもめたちはぎゃあぎゃあと彼らを鼓舞《こぶ》するように騒ぎ、大波に洗われようともけしてその場を離れなかったという。勇気ある彼ら水夫たちが無事第六突堤にたどりつき、船員宿舎に保護されたとき、かもめたちは船の上で一斉にはばたいてみせた。「まるで拍手みたいだった」と操舵手は語っている。今朝、暴風が去った晴天の下、乗組員が船に戻ってみると、そこには一羽のかもめすら残っていなかった。「無論やつらは、空が晴れるのを待って、悠然《ゆうぜん》と飛びたったはずだ」と「きつね狩り号」の船長は語っている。「あんな立派な鳥たちがやすやすふきとばされるなんてこと、あるわけがない」。なおレーダー係によってとらえられたレース鳩の一羽は、脚環《あしわ》の登録番号から、有名な「幸運中の幸運号」であることが確認された。「幸運中の幸運号」は国際長距離レース三連勝中の名鳩である。

けど、とぼくはひとりごちる。漁船にくっついたあの海鳥たちは、嵐でもないのにどうして飛ばないんだろう？　まったいらに凪いだ海の、なににいったい、おびえきってるっていうんだろうか？

「やっぱり、恐竜かも」

口にだしてそうつぶやいたとき、耳元にまたクーツェの足音がして、しばらく経《た》つとそれは用務員さんが鐘楼《しょうろう》で鳴らす鐘《かね》の音へとかわった。ぼくはスクラップブックを棚へ戻し教室へ向かった。

二日、三日過ぎても海鳥は漁船をおおっていた。もはやうごめきもせず、まさに小岩のように身をかためて。白いかたまりは、奇妙なことに、日ごとにその大きさを増した。はしけの水夫たちによれば、毎日あらたな海鳥がどこからともなく飛んできて、白くもりあがった山の上に一羽ずつ舞い降りていくんだそうだ。重みで沈みかけた漁船はやがて浅瀬のほうへと引っ張っていかれた。遠目には、失敗したデコレーションケーキそっくりにみえた。

そのころには港に吹きつける風がずいぶん強くなってきていた。黄色っぽい雲が水平線いっぱいにたちこめており、その雲のほうから絶え間なく海風はやってきた。こんな風はじめてだ、とみな口々にいった。貨物船や外国の客船はおおきく船体をかしげながら沖へとすすんだ。港を出られない小さなはしけ、それに漁船が、埠頭のあちこちにしっかりと結わえられた。

おだやかだった春までの天候がまるで夢かなにかのようで、でたらめな強風のなか、街をいく誰も、シャツのえりや帽子にかたく手をそえ、からだをななめかげんにして歩くようになった。肉屋さんの飼っていた犬が行方しれずになったのをおぼえてる。きっと、夜中にふきとばされたんだろうね、と肉屋の奥さんはかなしげに笑った。網のはぎれ。風はさまざまな見慣れないものを街なかへとはこんだ。折れたマスト。網のはぎれ。どこか外国の水兵帽。どこかで船が難破したんだろう。ためいきをつき、曇り空をみあげると、そこにはいつだってなにか小さなものが飛んでいる。服や帽子、看板。四本脚をばたばたさせた、もしかすると犬。

朝な夕なぼくはひとり埠頭へとでかけ、不気味にたちこめる雲をながめた。雲は消えるどころか、ゆっくりとゆっくりと、空全体をおおいつくしつつあった。ぼくのおおきなからだには絶えず突風が吹きつけていた。まるで、どこかはるか遠い場所へと、はこびさろうとでもするかのように。

楽団の練習中、管楽器のごくしずかなアンサンブルや、ティンパニの微妙な低音がしんしんと倉庫にひびく、その背景には、ごうごうと屋根をたたく風の音がたえまなく鳴っていた。

ある夕暮れ、

「沖合に火がみえる！」

練習のさなか警備員が倉庫に駆けこんできた。みんなであわてて外にでると、うねる海原のはるか先、雲に溶けかけた水平線に、たいまつをつけたような青い火がずらりとならんでいる。まるで、大昔の軍艦《ぐんかん》が一列になって攻めてきたみたいにみえる。

誰かがかわいた声で、

「ありゃ蜃気楼《しんきろう》さ」

とつぶやくのがきこえる。「ずいぶん遠くの漁《いさ》り火《び》がさかさになってみえる。なんでも、空気がレンズとしてはたらいておこるものらしい。この港でみたことはなかったが、おれの生まれた地方じゃあ、よくあることさ」

みんなあきらかにほっとしたようだった。用務員さんがぼくの首筋に口をよせいった。

「あれって、きょうりゅうのむれの、めんたまかもな！」

ぼくはぞっとし、首をすくめ、用務員さんをふりむく。冗談《じょうだん》めかして片目をつむったけれど、用務員さんのつるつるの顔も陶器《とうき》みたいに青ざめている。

しばらく蜃気楼をながめたあと、倉庫にはいった楽団のみんなは、ばかみたいにずらっとならび、呆気《あっけ》にとられ、ステージの上をみつめるほかなかった。ステージにはおじいちゃんがいた。ひとりだけ倉庫からでていなかったのだ。ステージのいちばんてっぺんでおじいちゃんはすっくと立ち、ふるえる手ににぎったばちで四つのティンパニを順ぐりにたたきながら、

「なんてこった！」

とうめいた。「なんてこった！　わしのティンパニまで、くさった臭いをたてやがる！　まったくなんてひどい音だ、ちくしょう、このわしのティンパニまでが！」

マネージャーの出納係《すいとう》は今後しばらくの公演中止に同意せざるをえなかった。楽団員にも異論はなかった。誰にだっておじいちゃんのティンパニから、ぞっとする音がでてるのがわかったから。みんなの楽器も、しばらく前からおじいちゃんにはこんなふうにきこえていたんだ。

新メンバーの高校生たちは倉庫から駆けでて暗い海に吐《は》いた。みなそれぞれ自分の楽器を手に取る気がしないと口々にいった。この夜の練習は早々に切り上げられた。

翌朝起きると、街をおおう曇り空から、ねずみたちがふりだしていた。

雨と楽園

それまでに読んだ用務員さんのスクラップブックから、ぼくは知っていた。竜巻によってはこぼれた無数の巻き貝やらかえるやらが、空からふってくるってことが、世界じゅうのあちこちで今まで何度もあったと。

たとえば、とある古い記事では外国の農夫がインタビューにこたえ、自分の野菜畑一面にかたつむりがふりそそいで、その年の収穫をすべてだめにしてしまった、と憤慨《ふんがい》し語っている。ほかにもさまざまな記録がある。あまがえる、かわかます、とかげにこうもり。それらの記事によれば、ちいさな生き物の雨はごく短い時間しかつづいていない。最初の一匹から最後の一匹まで、せいぜい数十秒。その後、災難にあったひとびとはまる一日かけて死骸《しがい》の掃除をする。

ぼくたちの街にふったのは、記録やぶりだったといえる。なにしろねずみの雨は、ほぼ午前中いっぱいつづいたんだから。

学校は休みになり、家々はかたく鎧戸《よろいど》をしめた。目抜き通りや裏道を、スピーカーつきの警報車がゆっくりとすすみ、みなさん外へでないでください、と雑音まじりの声をながす。ぼくとおじいちゃんは二階の窓から、おもての様子をみていた。それはまったく、ひどいありさまだった。

黄ばんだ灰色の空には数え切れないほどの黒点。ちいさなねずみたちはまっすぐ街へおちてきて、つぎつぎと道路にぶつかり、ひしゃげ、黒いかたまりとなる。どのかたまりからも長細いしっぽがぴょんとつきでていて、その死骸がねずみなんだとかろうじてわかった。のちにぼくたちが街の掃除をするとき、このしっぽが大いに役立つことになる。拾いあげるときちょうどいい「つまみ」になったからだ。

運河にもねずみたちは落ちた。生き残ったねずみは水面に浮かび、すぐにまたぶくぶくと沈んでいく。岸に流れついて道路にあがるものもいる。上空からの黒いさみだれをすばしっこくかわし、ごみ箱や路地のくらがりへ姿をくらます。

お昼が過ぎるころ、ひさしぶりに陽の光が照りつけた。それと同時にねずみの雨もやんだ。石だたみの上一面が、まっくろい毛とピンクの肉で、まだら模様になっている。保健所の自動車が消毒剤をまいて行き来する。運河には、裏返しになったはしけが、へこみだらけの腹をみせぷかぷかと浮かぶ。

陽に照らされた街全体が、夢見心地だった。こりゃいったいなんだ？　自分たちはいま、悪い夢のなかにいるんじゃないか？　ひとびとはみな、そんなふうな表情でのろのろと外へでて、道路にへばりついたねずみをねじまわしや靴《くつ》べらでひきはがしていた。頭をねずみに直撃されて亡《な》くなったひとが十七人。同じようにして命を落とした家畜八十三頭。屋根に穴があいた家は百三十一軒。

居間で号外をよんでいると、父さんが階段からおりてきて、低い声でぼそぼそとなにかいった。ぼくが顔を向けると、うれしげに目を輝かせ、

「素数《そすう》だな。うつくしい。ねずみがもたらしたものは全部素数だ」

いったい何匹がふったのか、正確な数は知りようがない。保健所にはこばれた死骸はほぼ三十二トンに達した。これは四の倍数で、もちろん素数じゃない。けれど父さんは低く鼻を鳴らし、正確にグラム単位まで計ればまちがいなく素数になったはずだ、といった。つまり、あの朝からもうすでに、素数のねずみ、って考えにとりつかれていたわけだ。そして死を迎えるまでずっと、いや、死んだそのあとさえも、父さんは素数のねずみにとりつかれつづけることになる。

あのひどいねずみの雨できげんのよかったひとが、街にもうひとりだけいた。

用務員さんだ。

「くるぞ、きっとくる！」

ねずみの死骸がうずたかく積まれた酒場の前で、用務員さんは両手をばらばらにふりまわしながらとびはねていた。

「なにが？」

ほうきの手を休め、うんざりした顔でバーテンダーがたずねる。

「このうえ、なにがくるって？」

「しゅざいがだよ！」

用務員さんはこたえる。「たくさんのざっしきしゃがおしかけるぞ。おれのスクラップに、とうとう、おれのまちのきじがはいる。ああ、まちどおしいな、いつくるだろうか」

早かった。この日の午後早くにはきた。記者たちは口々に、うわひでえな、ひでえ臭《にお》いだ、なんてつぶやきながら、そこいらじゅうでストロボをたきまくった。保健所ではトラックの運転手がねずみの山の前でポーズをとらされ、金物屋のおばあさんは頰《ほお》ひげの雑誌記者に、孫をねずみでうしなうってのはいったいどんなご気分です、ときかれた。金槌《かなづち》をなげつけられ、その記者は薄笑いをうかべて退散したそうだ。宿屋には、記者たちだけでなく、うちをぶちこわされたひとびとが詰めかけていた。灯台のそばに建っていた木造の長屋は、ねずみの雨の激しさにひとたまりもなかった。災難でしたね、と記者たちはいう。はじめはどんな音がしましたか、あなたには当たらなかったんですか、ご家族にけがは？　ああ、なるほど、それはじつに災難でしたね。

「で、奥さんのどこに当たったんですか、そのねずみは？」

いやらしい連中だった、と宿屋の主人はのちに語っている。うちの食堂で、記者どもだけであつまってるとき、やつら、笑ってたんだぜ。大声で。ねずみか！　まったくとほうもないもんにふられた街だよな、なんて、げらげらと。いろいろと見出しのアイデアをいいあって、それでまた笑ってんだ、「ねずみの雨はちゅーちゅーとふったか」とか「空とぶねずみ、決死の大移動」だとかいってよ！

海風はこつぜんとやんでいた。急に強くなった夏の陽ざしに街路はあぶられ、記者たちがいったとおり、ひどい臭いのかげろうがそこいらで立ちのぼっていた。街のみんなはがんばった。一本ずつしっぽをつまんで死骸をかたづけ、そのあとに消毒液と脱臭剤をまいて根気よくみがく。けれど街の空気はよどんだままだ。よどみきった悪臭が、不吉な風とともに、街の芯《しん》までしみこんだみたいだった。

翌日の朝から学校の部屋で、酒場で、用務員さんは雑誌記者を歓待した。いわれるがまま、郵便局や船員組合のメンバーを紹介してやったりもしていた。

「あれだけのねずみがどこからはこばれたか、ってことですがね」

酒場のテーブルで記者三人にとりかこまれ、得意そうにしゃべる用務員さんの姿をおぼえている。

「おれ、これでもふねにのっていたんでね、いろんなうわさをみみにした」

首をかくかくとふりながら、「せきどうあたりにね、ねずみのらくえんがあるそうなんで。ねんじゅうてんこうはよく、くいものにはふじゆうしない。ぐるりをつよいかぜにとりまかれてるもんで、てんてきのとりやなんかもおそってこない。しまぜんたいにすあながめぐらしてあって、なんまんびきがひとつのだいかぞくなんだそうで。じつはおれのなかまがひとり、そのしまへながれついたことがあるんです。しんじられないかもしれないが、しまにはねずみのおうさまがいたってことだ。ふるびたゆびわをあたまにのっけてね、なんびゃっぴきものけらいにかしずかれて。

『たごんしてはならぬ、このしまのことを』

なんと、そのおうさまが、しゃべったっていうんだな。ひとのことばで。

『ここにとどまるならば、ふじゆうのないくらしをほしょうしよう。ただ、そなたも、ねずみとしてくらすのでなければならぬ』

ってさ。なかまのすいふは、ぜんしんをすみでまっくろにされ、あらなわをこしにひっつけ、よつんばいでくらすようになった。そのうちねずみにともだちもでき、よめさんまでもらった。ふゆはぽかぽかとあたたかく、なつのごごにはちょうどいいおしめりがある。よるともなればしまじゅうが、くだもののにおいにつつまれる。いいしまだな、まさにらくえんだ、そういってやると、おうさまほどはかしこくないねずみどももみんなきーきーよろこんだってさ。

あるときなかまのすいふは、おうさまにめんかいをもとめた。

『ずいぶんしんせつにしてもらっております。おうさま、ひとであるわたくしのでで、ひとつおれいをさせていただけませんか』

『おれいとは?』

『おうさまにきゅうでんをたててしんぜようとおもいます。ついては、きをなんぼんか、きりたおすきょかをいただきたいのですが』

『ゆるす』

なんびきものねずみたちが、するどいはで、すいふのこうじにきょうりょくした。もくぞうのきゅうでんは、みるみるうちにできあがっていった。おひろめのまえのばん、すいふはなにくわぬかおですあなにちかより、けらいのねずみどもをぼうきれでたたきころした。すあなにかくしたたからものをごっそりつかんではまべにでる。できあがったきゅうでんとやら、なんのことはない、ひっくりかえせばがんじょうないかださ。すいふはいそいそとまだくらいうみへとこぎだした。ものおとがするのでへさきをみると、じぶんのもらったよめさんが、まえあしだけでひっしにぶらぶらしがみついている。そいつをゆびではじいてうみへおとし、すいふはちからをこめていかだをこいでいった」

記者のひとりが煙草《たばこ》を消しながらたずねる。

「その水夫とあんたは、どこであったのかね」

「おれののってたふねが、やつをひろったのさ。あたまがおかしいみたいだったよ。しりからのびたあらなわをこりこりとかじってな。それで、ねずみのおれをみるとめをかがやかせ、いっしゅんしょうきにもどったようだった。しりあいのおれをみるとめをかがやかせ、ひといきにはなしてきかせたのさ。ひどいねつびょうだったね。からだのほうぼうに、かんだみたいなあとがあった。このたからは、もうおれにはむようだから、って、おれにかわぶくろをわたしてすぐこときれたんだけど、ふくろをひらくと、わらっちまったよ、なかみはビールのふたやさびたねじくぎばかりで、こんなものおれにだってむようさ。うみにすてちまった」

「それでだな」

と別の記者が口をひらく。「この街にふったねずみが、その楽園から飛ばされたって、あんたはどうしておもうんだね?」

「なんまんびきのねずみだなんて、ふつうにはいないさ。しまのまわりをつよいかぜがふきまいてた、ってんでしょう? それがきゅうにたつまきにかわって、しまごとそらにふきあげる、ってことも、じゅうぶんかんがえられるんじゃないのかね」

「それはどうかな」

と三人目の記者があくびをしながら、「根拠薄弱、そういわざるをえんね」

「こんきょねえ」

ポーカーであがり手をみせようとする賭博師《とばくし》みたいに、用務員さんはゆっくりと間をとっていった。

「きのう、ねずみのあめがやむじぶん、しょうがっこうのこうていでこんなものひろったんだが、ねえ、きしゃのかたがた、これ、なんだとおもいます？」

三人は気乗りしなさそうにテーブルへ身をのりだす。用務員さんはその細い指先に、にぶく光るなにかをぶらさげている。隣からぼくも盗みみる。それは古びた指輪だった。

「これがね、もしかすると、ねずみのおうかんだったんじゃないか。そうはおもいませんか。おれにはわからない。でも、そうだったとしたら、ああしてふってきたねずみどもは、ねずみのらくえんからとんできたってことの、こいつはまさしく『こんきょ』ってやつじゃあありませんか？」

しばらく間があった。と、三人の記者はいっせいにげらげらと笑いだした。

「昼休みだよ！」

モップをもったバーテンダーがまうしろに立ち、声高にいった。「勘定はいらないから、でておくれ、きしゃのかたがた」

四人のうしろ姿を見送りながら、バーテンダーはあからさまに顔をしかめた。ぬるいビールの残るグラスにいきおいよくつばを吐いて、

「胸くそのわるい！ あんな気のいいじいさんをからかいやがって！」

運河の河口近く、浅瀬にのりあげた漁船のそばにも、すでに雑誌記者が群れをなし、ぱちぱちと写真をとっていた。そのうしろでいがぐり頭の船長がぼんやりとたたずんでいる。ぼくに気づいた警備員のせがれ、楽団のトロンボーン吹きは、声をひそめ、

「ひどいもんだぜ、まるで圧力鍋《なべ》よ」

と耳打ちした。

ねずみにふられた海鳥たちは、身をいっそうかたくちぢめ、船底へ、船底へと進もうとしたらしい。けどむりだ、底にはもう鳥たちがいる。海鳥たちは折り重なり死んでいた。漁船の腹はこんもりと横に張りだし、おおきな亀裂《きれつ》が一本はしっている。そのすきまから白い綿毛がごそっとはみでていた。

記者の誰《だれ》かがいったようにおもう、

「生地から具まで、ぜんぶがぜんぶ、鳥のパイだな」

さすがに笑い声はおきなかった。記者たちはぞろぞろと夕方には帰っていった。

結局、漁船からはつめたくなった海鳥が五千四百四十一体みつかった。

「やはり素数だ」

とフライパンをごしごしみがきながら父さんはいった。

あとで用務員さんにきいたはなしによれば、その晩、おじいちゃんはひとり、二番倉庫でティンパニの皮を張り替えていたらしい。練習日にあたってはいたけれど、楽団のメンバーにとっちゃ、むろん吹奏楽どころじゃなかった。倉庫にはいった用務員さんは、

「だれも、きやしません、ねずみのそうじにおわれてんです」

すがるようにいったそうだ。

けれどおじいちゃんは、じっと無言で皮を張っている。

「いまは、みんな、おんがくどころじゃないんで」

おじいちゃんは留め具のねじをまわし、四方のたるみを調整しながら、

「こんなときだからだ」

といった。「こんなときこそ、ほんものの、楽器の音が必要なんだ」

ちょうどその時分だとおもう、ぼくが、いつもの父さんの手料理を口にはこんでいたのは。

ボールペンの音は階段からきこえてこない。父さんはなにかあたらしい証明を思いつ

いたのらしい。さらさらと何枚も、記号をかきちらした紙が階段をすべりおりてくる。

オムレツを食べおわったとき、

とん、たたん

またあの足音が耳のなかでした。ぼくは天井をみあげ、席を立ちかける。しかし二階へ向かうまでもなかった。クーツェは調子よく靴をひびかせ、

——楽器だよ。

と節をつけてうたった。

——楽器のなかはくらいね、なにがはいっているのかな。

たたん、とん

ぼくは胸のうちで、

(しるもんか)

クーツェはしかし、さえぎるようにつづけて、

——まっくらななかには、風がある?

とん、とん

——それともただの、やみがある?　おなじことかもしれないけれど。

たたん、たたん

ノック?

そうだった。誰かがうちの木戸をたたいている。しずかに、でも、なにかを決めたようなたしかなひびきで。たたん、たたん。誰だろう？　陽が落ちてからはもちろん、日中でさえうちをたずねてくるひとなんて滅多にいない。ぼくは階段のほうをちらとみあげた。暗がりの奥から、父さんがおりてくる気配はまるでなかった。ぼくは戸口に向かい、古い木の扉をひきあけた。

白い前掛けをして肉屋さんが立っていた。うしろにうつむいて奥さんもいる。

「おじいちゃんは、いないよ」

とぼくはいった。「酒場か、ひょっとすると倉庫にいるんじゃない？」

肉屋さんはぼくをみあげ、深々とためいきをついた。

「じいさんじゃない、ねこ、おまえにたのみがあるんだ」

「ぼくに？」

「役場のみんなと相談したんだが、なあ、おまえさん、力を貸しちゃくれないか」

ぼくは肉屋とその奥さんをまじまじとみつめた。まるで、黒ぶちの電報を届けにきた郵便配達みたいだった。

「生き残ったねずみどもを、追っ払ってほしいんだよ、まずはうちの冷蔵庫から」

と肉屋の奥さんはいった、まるきり失敗したようなつくり笑顔をうかべ、「あんたのその、でかいねこの声でさ」

みえないねこの声が街にひびく

　第一クラリネット奏者として、肉屋さんは、長くコンサートマスターを任じられていた。いつも毅然《きぜん》と落ち着いていて、誰に対しても、あたたかみのこもったはなしかたをした。おじいちゃんのきびしい指導を、管楽器パートにわかりよく伝えなおすのは、ずっと肉屋さんの役目だった。

　もともと、船の上でコックをしていたという。

　街の市場で店をひらいたわけは、自分からけしていわなかったけれど、みんなが知っていた。ある航海で、奥さんと出会ったことだ。奥さんは船員の服のクリーニング係だった。調理服のポケットに恋文がはいってたのよ、と、いつだったか、奥さんが笑ったのをおぼえている。古くさい文面でね、しわくちゃで宛名《あてな》もないし、これじゃどんな女だって気をひかれないよね。添削してかえしてやったんだ、きれいに直すのは職業柄得意だったから。ひと月ほど経《た》ったあとよ、ありゃあたしあてに書いたんだ、って、あのひとがうちあけたのは。

店の冷蔵庫はぼくの背丈よりおおきかった。肉屋さんが一度うなずき、重そうな鉄扉をぎいと引きあける。むわっとした臭気。電気のとまった冷蔵庫のなかに、森のりすみたいに駆けまわる無数の影がみえる。つり下がった肉はかじられ、骨をむきだしにして、泣き疲れたおばあさんのようにかなしげにゆれている。

「裏の板をかじりやがったのさ。そこからはいったんだ。夕方気づいた」

と肉屋さん。「こいつら、なんにもこわがらないみたいなんだ。棒でたたこうが、水をぶっかけようが、ぜんぜんうごきをとめないんだ」

「からかわれてるような気になるんだよ、ねこ」

奥さんは首をふって、「戸をしめたとたん、いっせいにけらけら笑ってんじゃないか、って、そんな気がするんだ」

じょじょに目が慣れてくる。ねずみたちは無数にいるようだった。肉のかたまりにとびのり、軽く揺《ゆ》らせ、またとびおりる。それをただくりかえしてる。表情まで一匹ずつよみとれるようだ。ねずみたちは遊んでいた。この世に生き残ったよろこびに、もうじっとしちゃいられない、ってふうに、全身をおどらせて遊んでいたんだ。

「さあ、たのむよ」

と肉屋さんがささやく。「おまえの声は、ほんものよりねこっぽい。だいたいほんもののねこどもは、風にふきとばされちまって街にはいない。な、ねこ、こいつらも、おまえの声にならさ、おびえるんじゃないかとおもうんだ」

奥さんが一歩さがる。そのあいた場所にぼくはふらふら歩みでる。からだのちいさなねずみたちは、ぼくの影にとんちゃくせず、ぶらんこ遊びをつづけている。ぼくはためらった。運河の岸に懸命にしがみつくねずみたちの姿が目に浮かんだ。ほんとうに、楽園からふきとばされてきたのかもしれない。目の前の、肉のてっぺんによじのぼったその大きなねずみは、用務員さんが拾った指輪を、頭にのっけてたのかもしれない。

「ねこ!」

奥さんが背中を押した。その拍子《ひょうし》に口がひらいた。

まるで蛇口《じゃぐち》をひねったみたいだった。ぼくの腹の底から、真っ黒いたつまきみたいな声がとびだし、ねずみたちめがけてきりきりとおしよせた。肉がゆれる。ねずみたちはぼとぼとと落ちていく。耳がわんわんとした。からだのどこかに、穴があいたみたいだった。その穴から発した嵐《あらし》のような声が、ぼくの喉《のど》をとおって冷蔵庫へと吹き出している、そんな感じだった。

声がつづいたのは十数秒、いや、ひょっとすると一分近くもつづけていたのかもしれない。口をあけたままふと気づくとぼくの声はやんでいた。冷蔵庫の床板に、ちいさなねずみたちが仰向《あおむ》けになってぞろぞろと転がってるのがみえた。一様に、足を四本ぴんとのばし、細いしっぽをだらりとたらせて。うしろで肉屋さんが立ち上がった。真っ青な表情で頭をふりながら、冷蔵庫のなかをみやる。奥さんはその肩にとりすがるようにしてる。ふたりともだまっていた。肉屋さんのぶあつい手がぼくの二の腕をぎゅっとにぎる。ふたりはしゃがみこみ、おおきな麻《あさ》袋にねずみたちを一匹ずつ片づけていった。ねずみの黒々とした目にはもうなんの表情もみえなかった。乾いた声で奥さんがスープをのんでいくかとたずねた。ぼくは首をふって、肉屋からでた。

うちにかえりつくと父さんがまだ起きていて、

「何匹やっつけた？」

ぼくはなにもいえずじっとしている。

父さんは軽く舌を打つと、肉屋さんに電話し、ねずみの数をたずねた。受話器を置くと上機嫌で紙に書きつけをはじめる。

「素数《そすう》だ、やはり素数だった」

父さんの声を背中できながらぼくは階段をあがった。天井裏をのぞく元気は残ってなかった。ベッドにはいり、ぼくはシーツを抱きしめた。喉の奥は、なにかで貼《は》りあわせたように、ねばねばとしていた。

　翌朝はやく保健所のひとがきた。ぼくは役場の録音室に連れていかれた。ふだんは気象ニュースなんかを流してるちいさなスタジオだ。入り口あたりに肉屋さん夫婦をはじめ、見知った顔が何人もあつまってきていた。バーのグラスをぜんぶ割られたバーテンダー。出納係《すいとう》は伝票の束を穴だらけにされた。郵便局長さんは、顔を真っ赤にしている。朝起きると、自慢の切手ファイルがねずみの糞《ふん》まみれになってたらしい。みなぼくの顔をみて、ばらばらとうなずいた。ぼくは胸がつぶれそうになりながら、うつむいたまま、古びたスタジオへとはいった。

「ねこ、どうだ」

　ヘッドフォンから録音係の声がする。「調子はどうだ、水かなんかもってきてやろうか」

　ぼくはだまって首をふる。目の前の赤いランプがじわりとともる。ぼくは口をひらいた。ゆうべの声よりはちいさかったとおもう、おなかの底からつむじ風がまきあがってきて、天井から吊《つ》られたマイクに吹きつけた。ぼくは目をとじ、叫び声がでてくるにまかせた。やがて腹の底ががらんどうのような、そんな感じになった。目をあけるとランプは消えていた。スタジオのなかには、なにかが焼けこげたあとのような、きなくさい臭《にお》いがたちこめていた。

外にでると、みんなばちばちと目をつむり、こいつはすごい、耳をつんざくようだったぞ、そんなことを口々にいった。ぼくはみぞおちのあたりをさすって、何度か空咳《からせき》をした。録音係の差し出す水を、たてつづけに五杯のみほすうち、多少かすれ気味ではあったけど、喉はようやく、もとどおりにもどっていた。
お昼過ぎには、街のあちこちに立てられたスピーカーから、ぼくの声が大音響でながれだした。表ではたがいの話し声さえききとれない。街はぼくの声につつまれた。ただそれは、ぼくの声、ましてやねこの声になんてきこえなかった。
ごう、ご、ごう
学校でも、役場の広場でも。夜の繁華街《はんかがい》の裏路地にも、
ごう、ごう！　ご、ごう！
それは海風の音にきこえた。黄色い雲から吹き、ねずみの雨を街にはこんだ風。夏のあいだじゅう自分のからだに吹きつけていた、あのいやらしい風の音にちがいない、そうぼくはおもった。けれどもどういうわけか、街のみんなにはそれがねこの声にきこえたらしい。誰かがすれちがいざま、ぼくの耳に口をちかよせてどなった、たいしたもんだ、ほんもののねこ以上のねこだ、これぞまさしく理想のねこの声だぜ！
いまのぼくにはわかる。理想のねこ、そんなものいるわけがない。いるとすれば、それは、ぼくたちの住む世界の外側にいる。ぼくのからだと同様、街のみんなのからだも、

夏のあいだの海風のせいで、みえない穴があいちゃってたんだ。その穴のせいで、ぼくも含め、みなほんとうの音がわからなくなっていた。

ごう、ご、ごう！

ねずみたちへの効果は、むろん、てきめんだった。楽園からとばされたかもしれないそれらちいさな生き物は、逃げ場をうしない、びくびくとふるえ、軒下やガレージの物陰、建材のすきまで気絶していた。ひとびとはフォークやピンセット、あるいは手ずからしっぽをつまみ、めいめい袋に投げいれていった。そしてまとまった数があつまると保健所の広場にもっていく。ごうごうと鳴りひびくスピーカーの下、保健所の職員がジェスチャーで、

(何匹だ？)

ときく。

街のひとびとは指をだしこたえを示す。

(十七)

(三十一)

(二十三)

職員はうなずき、袋を受け取ると帳簿に数字をかく。そして動けないねずみたちを袋ごと台車にのせ、焼却炉《しょうきゃくろ》へとまわす。

父さんは毎日保健所に電話し、ねずみが何匹焼かれたか、細かな数まで調べあげた。ねずみの死骸《しがい》が素数じゃない日もあるにはあるが、いずれ合計すれば、結局は、ずいぶんおおきなひとつの素数に向かうはずだ、そういってた。わたしの予想ではそうなる。今から計算が楽しみだよ。

およそ街の全員がねずみ拾いに熱中していた。耳をつんざくようなスピーカーからの音は夜をとおしてなりやまず、ひとびとは路上で、指のサインでもって会話をかわした。

(埠頭《ふとう》はまだ手つかずだ)

(倉庫もまだだ)

(今晩いこう)

(ねずみ拾いに)

というような感じで。ただ、二番倉庫にだけは誰《だれ》も足を向けたがらなかった。なかのおじいちゃんが音楽をやりにこないものの立ち入りを禁じていたからだ。たしか郵便局長が二度、肉屋さん夫婦が一度、倉庫へはいった。けれどアンサンブルの最中、ちらとステージの物陰に目をやった局長さんに向かい、おじいちゃんは音のはずれたティンパニをぼいーんと鳴らし、でていくよう命じた。用務員さんは申し訳なさそうに、倉庫の出口に立ち、手をぶらぶらとふり見送ってたそうだ。

ぼくは毎日学校がすむと、両耳にかたく手をあて、うちまでの石段をかけあがった。自分の声がきこえない場所は、天井裏しかなかった。二番倉庫へは、ぼくだっていれてもらえなかった。飾りのついた階段をのぼり、戸棚《とだな》から天井裏をのぞく。するとふしぎなことに、街じゅうにひびく風の音はなりをひそめた。クーツェはかならずそこにいた。真っ黄色のシャツをゆらし、夏のほこりをまいあげて足ぶみをしていた。

とん、たたん、とん

――からだだね、楽器だね。

相も変わらず、よくわからないことをいいながら。

――みえないいなにかがそのなかに。

「黙っておくれ」

ぼくはいった。「足音だけきかせてほしいんだ」

クーツェは黙った。そしてまた、淡々《たんたん》と足ぶみをつづけた。

ぼくの声によるねずみ退治《たいじ》は三日三晩におよんだ。そして四日目の朝、新聞に保健所による「勝利宣言」なるものがのった。

〈みなさまのご協力により、この街にはねずみはいなくなったようです。焼却炉ももうフル稼働《かどう》して、それでも全部はまだ燃やしきれません。われわれはねずみどもに勝ったのです。本日正午に、街頭スピーカーの電源を切る予定です〉

予定通り、電源は切られた。そのとたん、みんな、あれ、とおもったそうだ。頭がぐるぐると回る。思わずどこかに手をついてしまう。

ひとびとは表へでた。よれよれと石だたみの街を歩く。右に寄り、今度は左へと懸命に足をたぐりながら。そのさまようまなざしは強い横風のなか、あちらこちらへと避難所を求め、頼りない羽ばたきで灰色の空をいく、海鳥の群れそっくりにみえていた。

頭が痛い、めまいがするんです、みな口々にいった。なんにも聞こえるはずないのに、ひどい耳鳴りがするんですよ。ねこの声？　いやいや、もっと変な、気味の悪い音です。しめった灰色の煙が、からだの奥にごうごうと吹きつけるみたいな、そんな音が、きこえてくるんです。

その日は楽団の練習日にあたっていた。団員は楽器をかかえ、よろめく足取りで二番倉庫へと向かった。用務員さんは大口をあけ、はあはあと笑いながらみんなをむかえいれた。ステージのいちばん上にはおじいちゃんが立って、ばちを両手ににぎりしめ待ちかまえていた。ぼくも頭痛をこらえ倉庫へと駆けこんだ。全員がステージにのぼり、いっせいに楽器をかまえた。

郵便局長のタクトがよれよれとおりていく。けれど、そのせいじゃない、クラリネットが出だしでつまずき、トランペットがぶわぶわとくぐもり、オーボエがすかすかの音色しか鳴らせなかったのは。

ぼいーん、ぼいーん、ぼいーん、と立て続けにティンパニが鳴る。誰もおじいちゃんのほうを振り向けない。みな心からふるえていたんだとおもう、輝かしい吹奏楽団のメンバー全員が、そろいもそろって音痴になっちゃっているそのおぞましさに。

それからまる一日かけ、おじいちゃんは各パートの綿密な練習表をつくりあげた。リハーサルステージは片づけられ、がらんと広くなった倉庫のそこかしこに譜面台《ふめんだい》が置かれた。

「さあ、みんな」

倉庫の中央でおじいちゃんは声をはりあげる。「一丁、はじめるとしようか」

クラリネットが、オーボエが、へなへなと頼りない音を鳴らす。ロングトーンは五秒ともたない。ホルンやチューバなんて、音さえもでていない。

「つづけろ」

と以前とかわりなくおじいちゃんは叫ぶ。「休むな！」

かつかつ、と銀の杖《つえ》が倉庫の床をたたく。それに合わせ、ぼくと郵便局長、それに三人の高校生が、テーブルに貼りつけたぼろ雑巾《ぞうきん》をばちでたたく。一時間、二時間。ただひたすらぼくたちは雑巾をたたきつづけた。

そのうしろで、

「あのさ、たたけばいいってもんじゃないんだよ」

用務員さんが心配そうにささやく。「からだからさ、しぜんとひょうしがでてくるように。たたいてる、ってことなんてわすれちまうほどなめらかにさ。からだのしんが、ばちと、そのさきのぞうきんと、いっしょになってつながってるみたいなかんじで、おとがでてくるんでなけりゃあね」

ぼくたちは曖昧《あいまい》なからだの芯《しん》をさぐる。なかなかそれは見つからない。ぼくたちのからだと目の前の雑巾に、通じあう点があったとすれば、それはまさにその瞬間、ぼろぼろに打ちひしがれてたってことにつきる。

街のひとびとも雑巾以上にうちひしがれてみえた。秋の空は高く、風はそよとも吹いちゃいないのに、三歩だってまっすぐには歩けない。こっぴどくなぐられ、路地からでてきたばかりの水夫のように、もうろうとした目つきで石畳をいく。ひとびとは階段をおそれた。のぼりはともかく、石段をおりるときは、鉛《なまり》をのみこんだみたいな顔つきでぺたんとしゃがみこむ。そして赤ん坊がやるみたいに、一段ずつをお尻《しり》ごとおりていくのだ。

そして、ねずみたち。理想のねこの嵐《あらし》を浴びたあと、たしかにねずみを街で目にすることはなくなった。けれど、

「まだいるぞ」

と父さんは耳の上に氷をあて、メモをかきちらしながらそっとつぶやいた。「まだいるはずだ、でなきゃあ計算が合わない」

そのことばを裏づけるように、街のここかしこで、ねずみの気配を感じたという噂《うわさ》がちらほらとささやかれた。ぼくにしても、公園の茂み、教室の掃除具箱、排水溝の奥、そうしたくらがりのなかに、もやもやとうごめく、ちいさな生き物の息づかいがききとれるようにおもった。ぼくだけじゃない、みんな感じていた。闇《やみ》をみればそこにきっと、ぼんやりとしたねずみの姿をみてとり、あわてて目をそらすのだった。

例の新聞記者はとある記事のなかで、

〈東の遠い国の民話に、夜闇にしっぽをつけたようなねずみ、といういいまわしがある〉

と書いた。これがきっかけだろう、街のみんなが、暗がりに潜むいるかいないかわからない生き物の気配を「やみねずみ」と呼びはじめた。たとえば、暗がりをじっとみつめちゃいけない、とこどもたちは口々にいいあった。やみねずみと目を合わせると、いきなり闇のなかにひっぱりこまれて、自分たちもまっくろい闇になるから、と。

麦ふみがこの世でとるさまざまなかたち

寒い冬だった。街の石段には早くから霜《しも》がおりた、もちろん父さんは階段をこわがりなどしなかった。うちの階段、誰がじゃますることもない、数学のための楽園、そこでは父さんこそが王様なんだ。

「あちこちにもっと生き残ってるはずだ」

と、その日の計算を終えた父さんはオムレツを焼きながらいう。「正確な数を知りたいものだ。わたしの仮説では五十台の素数になるんだがね」

「でも、からだが透明ってことらしいよ」

とぼくはいう。あの気配はねずみの幽霊じゃないか、新聞にはそんな投書ものっていたから、「透明なものって数えられるの？」

おどろいたことに、父さんは笑った。

「いいかね、お前はまだ習ってないだろうが、数学には『集合』ってすばらしい考えがある。無限につづく数列だって、数学では『無限集合』ってひとくくりにできる。虚数《きょすう》全体をひとつにまとめることも。そうして、ひとつの集合として、数えることができるんだ」

ぼくはただきょとんとしている。

「この世に存在するものも、しないものも、数学においては同じだ」

オムレツを皿にうつしながら父さんはいった。「わかるかい、数学はまったくうつくしい世界をえがいているんだよ」

その晩もぼくはよろよろと戸棚にのぼった。クーツェはここのところ、こころなしか小さくみえた。酒瓶《さかびん》ってより、鉛筆《えんぴつ》ぐらいの大きさになっていた。

とん、たたん

——からだのなかには、なにがある？

クーツェはいう。

——楽器のなかにはやみがある？

とん、たたん、とん。外は凍《こお》るような寒さなのに、クーツェのほうからは暖かい夏土の匂《にお》いがした。

「ねえ、クーツェ」

とぼくはいう。「ずいぶん縮んだね」

――ちぢんだんじゃないよ。ちぢみやしない。

クーツェはうたうようにいった。

――ちいさいおおきいは、きょりのもんだい。

白い息を吐《は》きながら、ばらばらに動く足にいいきかせるようにして街のひとは冬の通りを歩いた。それは楽団のみんなが受けている、基礎レッスンみたいなものだったかもしれない。

おじいちゃんの銀の杖が二番倉庫にひびく。ぼくの耳にそれは、もうしごきにはきこえなかった。ぼくにはわかりかけていた、おじいちゃんの杖は、ぼくたちを導こうとしているんだってことが。いらだちもあきらめもなく、ただ一定のリズムで。いつか奏《かな》でられるはずのうつくしい音楽にむかって。

「ずいぶんよくなってきたぞ」

練習のあと、おじいちゃんはいう。小さな額に浮かんだ汗をぬぐいながら。「音色はもっとあとから付けばいい。ホルンもクラリネットも、まず自分のリズムをつかむことを考えろ。リズムだよ、音楽の根っこはリズムだ。一見、でたらめにみえる音の世界に、そうすれば秩序《ちつじょ》ってものが生まれる。たった、ほんのひと打ちでいい、いったんほんもののリズムをつかまえれば、そこから音楽が生まれだすんだ」

自分にもいいきかせていたのかもしれない、おじいちゃんは、みんなが帰ったあとたったひとりティンパニに向かっていた。倉庫からもれてくる音には、もうじゅうぶん、もとの輝きがよみがえっているようにきこえたけれど、ねこや、まだまだだよ、そういっておじいちゃんは吐息《といき》をついた。

「それにな、ティンパニだけじゃ吹奏楽は鳴らんよ」

ぼくのリズムもまったくもどらなかった。何十枚もの雑巾が、もとはなんだかわからない糸くずに変わった。逃げ去ろうとするリズムを、雑巾の上に押しとどめようと、ぼくたちは必死になってばちをふるった。毎晩、また毎晩と。

「な、じいさんにおそわったとおりたたけば、おれのからだはしゃんとするだろ」

用務員さんは手足を動かしてみせながら、くりかえしいった。「みんな、もともとおんちなんかじゃない。きっとうまくいくさ」

用務員さんの音感はもとのままだった。ひきつったような動作、舌たらずのしゃべりかた。街のひとびとが被ったこれらの障害は、用務員さんにとってはなじみ深い、昔ながらの知人のようなものだった。

「むりにしゃべろうとせず、はなしがでてくるにまかせること」

用務員さんは酒場のカウンターで、お客たちによく教えてきかせたものだ。「むりにあるこうなんてせず、あしがすすむにまかせること」

オーバーのえりのなかで、真っ赤な顔の男たちがうんうんとうなずいている。

冬休みの初日、用務員さんの部屋でぼくはスクラップの整理を手伝っていた。夏の海風、ねずみの雨、それに楽団の崩壊にまつわる地元紙の記事を、用務員さんは考えあぐねたあげく、赤いファイルと黒いファイルの両方にいれた。ぼくがスクラップをとじ黙り込んでいると、用務員さんがポット片手に苦笑いして、

「ねこ、おまえがなにをかんがえてるか、てにとるようによめるぞ」

ぼくは眉《まゆ》を寄せ頭をめぐらす。

しばらくたってから、用務員さんは重い息をつき、

「おまえはさ、おれがさ、ねずみのあめかぜのきょくを、つくらねえのかな、って、そうかんがえてるんだよな」

いわれてみるとそんなこと思ってたような気もした。ぼくは曖昧にうなずき、

「うん」

「やっぱりだ」

用務員さんはふるえる手で机にポットを置き、ふっとかなしげな表情をした。「それがよ、どうやったって、おんがくがうかばねえんだ。ねずみのあめのいんしょうが、おととして、きこえてこねえのよ。やつら、どんなおとたててふったっけ。おちてくると

き、なきごえかなにか、あげてなかったっけ？」

「よくおぼえてないんだ」

とぼくは正直に認めた。「ずっとうちの二階でながめてたから」

「くやしいぜ。おれがあのようすを、みごとなマーチなんかにして、きかせてやったなら、みんなのおんちがふきとぶんじゃないか、って、おれ、なぜかそんなきがするんだよな。マーチでなくともいい。なにかひとつ、さえたみじかいメロディだけでいいのかもしれない。そうすればきっとみみがとおる。みんなもともと、おんちなんかじゃないんだからさ。あれは、たぶん、せいしんてきなストレスからきてることなんだよ」

「難しいことば、知ってるんだね」

「いやいや」

と用務員さんは真っ赤になり、「どんなこむずかしいことばしってようが、きょくがうかばねえんじゃどうしようもねえ。おれ、まちのみんなにずいぶんせわになってきたよ。ねこ、おまえのじいさんにもな。おれだけ、ねずみのあめかぜにも、へいちゃらだった。わるくってな。おれ、おんがえしがしたいんだよ。まちのみんなに」

そして猿《さる》みたいな笑い顔になって、

「でもな、おんがくが、ぜんぜんうかばねえのよ」

あの表情はたぶん、泣いてたんだと思う。

その夜、倉庫からの帰り道、へとへとの両腕をだらりとぶらさげ、ぼくは運河にかかった橋をわたっていた。空に星はみえない。運河に停まったはしけにぼんやりと灯りがともり、ラジオのかすかな音が橋の上まできこえてくる。船で暮らす水夫たちにも、夏の騒動は影響をおよぼしていた。沖にでるとすぐ耳鳴りがして胃のなかのものをもどしてしまう。つまり、船酔いがしちゃうのらしい。はしけの上で水夫たちは造花や刺繡《ししゅう》細工をつくり、それで生計を立てていた。昼間、あまり水夫たちの顔をみかけなくなり、運河からは、なにかものがつまった排水溝みたいな臭《にお》いがするようになった。

とん、たたん、とん

橋の真上にさしかかったとき、あの音がした。

たたん

夜の港に、クーツェの足音がひびきわたる。

とん

「ねえ、クーツェ」

とぼくは声にだしてたずねる。「黄色い土地のほうは、まだ、あのまんまかな」

クーツェは即座に、

——なんにも、かわらないよ。

とこたえる。

「ずっと夏のままってこと？」

――そうかもね。

たたん
「こっちはね、クーツェ、ずいぶんかわっちゃったよ。楽団はめちゃくちゃ。街のほぼ全員が音痴。みんなよろよろ病人みたいに街を歩いてて、自転車や自動車には、誰《だれ》も乗れなくなったよ。ねえ、クーツェ。こんなことがずっとつづくのかな。街にはもう、いいことなんてなにも、起こりやしないんだろうか」

――いいこと？　わるいこと？

とクーツェはうたった。

――みんなおなじさ、麦ふみだもの。

とん、たたん
――つぶれた麦は、そだつ麦。くさった種は、はたけのこやし。ぜんぶの麦をひらたくふんで、麦ふみクーツェは、とおくまでいく。

たたん、とん
真っ暗な川面《かわも》をみつめぼくはだまりこんだ。なんのことだろう、麦ふみって、結局なにをどうすることなんだ？

七歳のときにみた、黄色い土地。あのときはいい匂いのする、あたたかな光に満ちた場所におもえた。でも、いざそこへこの自分が、明日にでもいくとしたらどうだろう。

とん、たたん

急に、さむけがおそった。

足はなんとか前にでる。歩をすすめても、膝《ひざ》にじんととりついたしびれはなかなか薄れない。ぼくはめまいをこらえ、ゆっくり、ゆっくりと橋をわたった。

それからたてつづけに起きた事故のことは、すべてスクラップに残っている。おおぜいのひとが、足のもつれ、めまい、ぎごちない動作のせいで命を失った。とある寒い朝、図書館司書のおじいさんが公園で冷たくなってみつかった。石段で足をすべらせ、手すりで頭を打ってころげおちたらしい。ほかにも、男女あわせて五人の老人が石段からおちて死んだ。

大晦日《おおみそか》恒例の花火大会では、花火職人がめまいのあまり、花火を打つ方向をまちがえた。夜の港に浮かんだはしけの、真上どころか、船底向けて打ったのだ。はしけは炎に包まれ、そこからまた、でたらめな方向にぼんぼんと花火が打ちあがった。幸い、見物にあつまったぼくらのほうへは来ず、たいがいは夜の波間に落ちた。ただ、そのうちとりわけ大きな一発が、船員宿舎の窓を割って洗濯部屋につきささった。船員宿舎は半分が燃えた。やけあとから十二人が黒こげでみつかった。どの新聞記事にも「やみねずみ」のことはのっていない。ただ、死体の第一発見者やかけつけた消防士、それに被害者の身内なんかによれば、事故の起きた場所では、かならずねずみの気配を感じたし、薄闇《うすやみ》にはえたしっぽをみかけたという。石段の脇《わき》の排水溝。宿舎のがれき。そういったものかげには「やみねずみ」が巣くってる、そしておれたちが闇におちるのを、じっと待っていやがるんだ、みんなひそかにそうささやきあった。

そんなことはない、ねずみはただのねずみ、あれらはすべて不注意からくるかなしい事故にすぎない、いまのぼくならそんなふうにいえる。ただ、あのときはむりだった。ぼくもふくめ、みんなものかげをおそれるようになった。夜はあかりをつけて眠ったし、外国の水夫をのぞき、だれも路地にははいろうとしなかった。電気のひかれていない灯台近くの長屋では、夜を徹してたいまつがともされた。ある晩だれかがそれを倒し、長屋は全焼した。

お葬式の演奏を街の楽団はあちこちで断られた。音程はおろかリズムの一拍さえそろえられず、お棺をささげもった行列のあちこちで転ぶひとが絶えなかった。おじいちゃんは葬儀屋から、演奏をやめてくれるよう膝をついて懇願《こんがん》された。楽団員はクラリネットやチューバをかかえたまま、うつむき、しずしずと行列に従った。黒ずくめのおじいちゃんはかたく口を結び、高僧のように足をはこんだ。

肉屋さんの葬式のときでさえ、音楽はなかった。

ようやく配線と修理がすみ、冷え具合を確かめようとしたのだろう、肉屋さんは冷蔵庫へはいった。どうして奥さんがそこへはいったのかはわからない。開け放した扉が、なんの拍子《ひょうし》で閉じてしまったのかも知りようがない。三日つづけて倉庫にあらわれないのを訝《いぶか》しんで、郵便局長とおじいちゃん、それにぼくが肉屋さんをたずねていった。そして、重い鉄扉のとってに鍵《かぎ》がひっかかっているのをみつけた。ぶーんとうなっている冷蔵庫の戸を引きあけると、真っ白に霜のおりたふたりが、たがいのポケットに手をつっこんで、肉のあいだに立ちつくしているのがみえた。店の奥に置かれた麻袋《あさ》のかげに、さわさわとなにかが動く気配がした。

春の気配もないまま、卒業式の日が近づいてきた。ぼくの音痴はなおらず、このままじゃ音楽学校にはいれるわけもなかった。けど、夏以降の進路どころか、来週のことだって考えもつかない。街の楽団では、きびしい基礎練習にもめげずメンバーはひとりも欠けやしなかったけれど、それでも楽器の音はめちゃくちゃで、卒業式でも生演奏はなし、ということに決まった。ぼくは肉屋のおばさんがつくってくれた黒服を洗濯にだした。船員宿舎の火事を生きのびた若い店員さんが、この服よくできてるわね、とお世辞《せじ》をいってくれた。

恩返しのための用務員さんのマーチ

校舎のあいだの中庭にぼくたちは集められた。クラスごと一列になって行進の合図を待つ。

やがて校庭のほうから音楽が流れてきた。ぼくたちはぞろぞろと歩きだす。中庭から校庭に出ると、音楽は急に大きくなった。校庭の両側に意外なほどおおぜいの人垣ができている。おじいちゃんはすぐにみつかった。人垣のまんなかあたりにパイプ椅子《いす》を置いてすわり、足のあいだに銀の杖《つえ》を突き立てている。どんな遠くからでものろしみたいに一目ですぐ見分けがつく、おじいちゃんはそういうひとだった。

生徒の行進は校庭を一周すると、ばらばらと列にわかれ、校舎を正面に規則ただしく並んでいく。そろわない歩調にしては上出来だ。音楽はひとのからだを滑《なめ》らかに動かす、たとえそれがテープレコーダーからの音だったとしても。それにあのとき流れていたのは、楽団の調子がもっともりあがっていた、昨年のコンクールの演奏だった。

最後の列がなんとか位置につくと、ぼくはただひとり列を離れ、ちょうどいい間隔をおいてその右側に立った。校庭を取り巻くひとたちの目にはたぶん、さくらんぼの盛られた皿の脇に、ごろりと鉄あれいが転がってるようにうつったとおもう。

教頭が壇《だん》にあがると音楽はやんだ。校長は両足を折って自宅療養中だった。校長には、さまざまな古い本からせりふを引用し教訓をいう癖《くせ》があり、またそれが拷問《ごうもん》なみに退屈ときていたので、生徒たちはおおむね、教頭のスピーチを歓迎していた。

教頭は十二年前まで新聞の広告屋だった。「洗濯機、ぐるぐるぴかぴかで超お得」とか「南国の楽園へ、いざ、往復切符で行かん」とかいったやつだ。宣伝文句はひどいものだったにせよ、はなしを手短にまとめる技術を、この年老いた教頭は身につけていた。

「わたしがみなさんと同い年のころ、ほかのこどもたちと同様、豪華客船《ごうかきやくせん》の船長にあこがれていました。だから学校を出るとすぐ、船員募集に応募をしようとおもった。ただ、その条件がよくわからなかったんだね、募集広告が載った新聞社にでかけていき『委細《いさい》面談《めんだん》』ってどういう意味だかきいてみたのです。ほかにもあれやこれやとね。そのときに会ったひとがいったんですね、おまえは船乗りに向かないよ、船乗りならこんな細かなこと、気にしやしないだろうから、って。いわれてみれば、たしかにそんな気がしました。新聞社からの帰り道、わたしは考えながら歩いたのです、じゃあこの自分に向いた仕事って何だ？　船員募集の些細《ささい》な文句が気になってしょうがなかった自分に、何が向いている？　わたしの頭にひらめくものがありました。わたしはきびすを返し、出てきたばかりの新聞社に飛び込むと、さっき会ったひとに、新聞広告の書き手として自分を雇ってくれるよう頼んだのです。わたしはそれから三十年、その新聞社で働いたんですよ」

教頭は少し間をおいて、

「わたしがいいたいのは、次のふたつです。なんの仕事であれ、募集広告を鵜呑《うの》みにすることなかれ」

生徒たちを見わたし、「そして、たったひとことがその後の三十年を変えることがある。そのひとことを、いつか聞き逃さないようにしてください。これだけです。諸君、卒業おめでとう」

大きな拍手《はくしゅ》が止《や》むと、三人の教師がつぎつぎと壇上にあがり、九年間の思い出を舌をもつらせつつ語った。壇の横にずらりと座る先生たちのなかで、父さんは落ち着きなく首をまわし、ときどきポケットからメモ帳をだしてなにかを書きつけていた。ぼくを見るどころか、ここが校庭で、卒業式が行われてるってことさえ忘れちゃってるみたいで、ああそうだ、とか、いやちがうぞ、なんて独りごとをもらし、もじゃもじゃ頭から髪の毛を引き抜いている。

スピーチの最後には、毎年、楽団のコンサートマスターが壇上にあがった。前の年までは肉屋さんがあの落ち着いた口調で、あまりおもしろくもないはなしを語ってきかせてくれていた。ぼくたちの卒業式に招かれたのは、新しくコンサートマスターを任された、トロンボーン吹きの明るい配管工だった。彼はおぼつかない足取りでよたよたと壇にあがると、なんだかわからないことばをもにゃもにゃとしゃべった。なかにものがつまった管みたいな声だった。

それから卒業証書がひとりずつにわたされた。生徒たちがめまいをこらえながら一歩前にでるのを、ぼくはいちばんうしろから眺《なが》めていた。生徒たちの大半は、着古した黒服を身につけていた。きょうだいか、ひょっとして父さん、おじいちゃんの代からそれらの服は伝わっているのかもしれない。

ひとりだけぽつんと離れた場所に立ってぼくは父さんをみる。椅子にかがみこんで頭を振りながらメモ帳になにか書きつけをしている。ぼくはおじいちゃんのほうをふりむいてみる。この式典で、はじめて演奏できないおじいちゃんは、銀の杖で地面を掘り返しながら顔を伏せてる。

ぼくはため息をついて空をみあげる。

薄曇《うすぐも》りの空からちょうど陽がさしはじめたところだ。潮の香りを含んだあたたかな風が校庭の砂を舞いあげる。風はなんだか、今日は、いつもとはちがった匂《にお》いがする。陽に長く照らされ、乾ききった見知らぬ土の匂い。目にみえない輝きをはらんだ、ぱちぱちはぜるようなその香り。風は校庭の四方から吹きよせていた。あのひどい海風とはあきらかにちがう風だった。雲間からさしこむ乱れた光のほうから、その風はやってくるようにおもえた。
とん、たたん
あの音がきこえた。
「クーツェ？」
ぼくは陽の光に目を細めながら胸のなかでいう。
とん
ぼくはさらにきく。
「クーツェだろ？」
たたん
けれど、こたえは返らない。耳のなかで足音は鳴りつづけている。一歩ずつていねいに足をだし、前の地面をいとおしげにふみしめるような。ちょうど、照明をあびたステージに楽団員が胸をはってでていくように。ひとりずつ証書をとりにいく黒服の卒業生たちみたいに。
とん、たたん
ぼくははっと振りかえる。音がやってくるほうへ。校舎の横、人垣ができたすぐ脇の空き地へ。

鐘楼台《しょうろうだい》。

木の枠のすきまから、階段をのぼっていく足がみえた。とん、とん、と一歩ずつ慎重に、いつになくほこらしげな足取りで。そして、てっぺんまでたどりつくと、用務員さんはひとつ大きな息をつき、こちらに向きなおって、ふるえる片手をさも親しげに振りあげた。

ぼくは思いだしていた。卒業式の直前、部屋を楽譜《がくふ》だらけにしながら、用務員さんがこうつぶやいたのを。

「なまえんそうのない、そつぎょうしきだって？　そんなのここ十ねん、きいたこともないよ。ようし、ねこ。おれ、えんそうしてやるよ。おんがえしのマーチはまだできそうにないけど、おれ、がっきをえんそうしてやる。このまちでただひとりまともなみみをもってるこのおれが、とびきりのおとをならしてやるよ。そいつがおれの、みんなへの、せめてものそつぎょういわいになるだろう」

用務員さんは鐘《かね》に向きなおる。鐘の芯《しん》からのびた綱を右手に結わえつけ、軽く鐘を押し、タイミングをはかりはじめる。

ぼくの視線に気づいた生徒たちが、おい、あれなんだろう、とつぶやき声をもらす。校庭にできた人垣から、押し殺したような悲鳴がひびきでた。

ぼくは息をのんだ。鐘楼台のあがり口に、まっくろいそのかたまりはあった。あかるい陽ざしのもとで、ただひたすら黒く、ぼやぼやと揺《ゆ》れる大きな影から、いくつもいくつも、しっぽが突き出ている。校庭に集まった全員がそれをみた。やみねずみ。それはおびただしい数の、ねずみたちのかたまりだった。あの海鳥たちと同じようにぎっしり群れをなして。それは街じゅうのちいさな闇をすべてかきあつめたようにみえた。

「あぶないぞ、ほら、変なふうに揺れてる！」

その上をゆびさし叫んだのは、招待席にいた郵便局長だった。鐘楼は芯が抜けたように揺らいでいた。用務員さんが鐘を押すたび、ゆら、ゆら、と不気味なリズムで鐘楼台全体が揺れた。腐《くさ》りかけた木枠がみしみしと割れていくのがみえた。

「おりてこい！」

教頭が叫んだ。

「用務員さん、あぶない、鐘楼が倒れちゃうよ！」

生徒の誰《だれ》かがいった。つづけて何十人もの生徒が、

「おりてきて！」

「あぶないったら！」

「おりてきて、用務員さん！」

校庭に集まった全員が叫んでいた。おりてこい、鐘なんて鳴らしちゃあ、ひとたまり

もない！　注意してゆっくりおりてくるんだ！　みんな叫んだ。

用務員さんは鐘を止め、鐘楼台から校庭をみおろした。そして一度にっこりと笑い、そのいちばん高い場所から大きく手を振ってみせると、さらに力をこめ、錫《すず》の鐘をはるか前へと押し出しはじめた。

「きこえてないんだ！」

誰かが大声をあげた。「用務員さんは綿の耳栓をはめてるんだ！」

皺《しわ》ひとつない手の甲がきゅっと縮むのがみえた。右手で一瞬ためをつくり、用務員さんはみたこともないほど優雅な動作で、まっすぐに綱を引いた。

ごおん！

木枠が砕けた。

ごおん！

鐘楼は中程でくにゃりとお辞儀《じぎ》したようなかたちになった。一瞬のことだったが、ぼくの目に鐘楼台は、遠い海で生まれた恐竜にうつった。鐘を突く台じゃなくて、黒い船に立ったアンテナでもなくて。この世に一匹だけ生き残り、夜の海を進みながら、仲間を求めてさびしげな鳴き声を霧《きり》に向かって叫ぶ、巨大な恐竜そのものにみえていた。

恐竜の頭につかまった用務員さんが最後の鐘を鳴らした。

ごおん！

めきめきとはぜるような音を立てて鐘楼は倒れた。人垣のほうではなく、やみねずみが伏せった空き地の真上へ、まっしぐらに倒れていった。砂煙のなか、鈍い音がひびきわたった。地鳴りのような、ティンパニの残響のような。それは鐘が地面にぶつかった音にはきこえなかった。耳ばかりじゃない、それは、ぼくのからだの裏側にまでひびくような音だった。

ぼくは立っていられない。生徒や先生たちも、校庭に膝《ひざ》をついている。砂ぼこりのなかからちいさな粒がいくつも飛び出してくる。校庭にうずくまるひとびとの間を、黒い粒々がすりぬけ走り回る。ぼくだけでなく、みんなの目にもちゃんとみえていた。ねずみたちはどれも、たった今目がさめたばかりの赤ん坊のように、まぶしげな表情をしていた。やみねずみから、ただのねずみに戻ったねずみたちは、糸でつなげたみたいに整然として跳ねた。

ねずみたちが逃げ去ったあと、ひとびとはゆっくりと立ち上がった。軽く頭を振ってみる。ぼくたちは顔をみあわせ、そして、倒れた鐘楼のほうへ、そろそろと歩を進める。酔っぱらったように歩くものは誰ひとりいなかった。背中にみえない芯がとおり、そこを風が吹き抜けていく。ぼくにはすべての音がくっきりと輪郭《りんかく》をもってきこえた。両耳の間に風通しのいい穴がとおったみたいだった。

「まっすぐに歩けるぞ！」

と配管工が叫ぶ、そしてはっとした表情になり、地べたに転がる鐘めがけて走りだした。ぼくたちも駆けた。まっすぐに。糸を引いたようにまっすぐに。鐘と、その下の用務員さんとをめがけて息も切らさず。

卒業式の日を境に街から音痴はいなくなった。

用務員さん自身にはきこえなかった、三つの鐘。そして遠吠《とおぼ》えのような地響き。あれこそまぎれもなく、用務員さんのからだからほとばしりでた、恩返しのためのマーチだった。高すぎて目に見えないほどの場所から用務員さんが鳴らしてくれた、最後の作品だったんだ。

ねずみたちがなにに対しておびえていたのかは、今もわからない。海風かも、ぼくの声かも、理想のねこの鳴き声だったかもしれない。ただ、そのおびえを、用務員さんの鐘が打ちはらったのはたしかなことだ。鐘はやみねずみを元気なねずみたちにもどし、音痴の楽団をまともな楽団へともどした。また、街のひと全員がしっかりとした歩調であるけるようにもなった。卒業式にきていなくても、鐘の音をきいたひとはいなかった。街のひと全員の上に、恩返しのためのマーチは雨のようにふりそそいだ。

卒業式のあとの二日間、おじいちゃんは楽団を再編成し、まさに一睡《いっすい》も、まばたきすらせず、ティンパニにばちをふるいつづけた。ほかのメンバーもそれに劣らぬくらいの形相でずっと楽器にとりすがっていた。

そして葬式の日、真っ黒い服で楽団メンバーは墓地にあつまった。棺桶《かんおけ》のなかには、薄化粧された用務員さんが横たわっている。鼻の穴に栓がしてある。死体をつつむのは上等なビロードの黒装束だ。

教頭の短い弔辞《ちょうじ》のあと、

「ねこ」

とおじいちゃんがいった。「きかせてやろう、こいつが好きだったあれを」

ぼくは喉《のど》をかたくしめ、猫の声を鳴らした。声はごく自然にでた。それを合図に、ゆっくりとしたテンポに編曲しなおされた「なぐりあうこどものためのファンファーレ」が、墓地のしずかな空気をふるわせていった。

胸につりさげた小だいこを、ぼくはやさしく、ときにかたく、ブラシでこすりつづけた。はじめてこの曲の意味がわかったように感じながら。

なぐりあいは、つながること。

からだとからだが触れあうこと。

たとえ目にみえなくなったからだであっても、ぼくたちはそのからだを、音楽を通してならなぐりつづけることができる。このぼくたちがこうして、本当の音楽を鳴らすのならば。

演奏の途中で、雨粒が落ちてきた。あたたかい春の雨だ。葬儀屋があわててお棺のふたをしめる。ちいさな窓から用務員さんのおだやかな顔がのぞいている。ぽたぽたと春の雨粒が棺桶のふたを鳴らす。この世に打楽器でないものはなにもない。

あめ玉ください

ぼくは山ほどのファイル、そして楽譜の束を用務員さんの部屋から引き取った。スクラップ癖《ぐせ》もこのとき、彼からぼくへと受け継がれたことになる。楽譜にかきこまれた無数の吹奏楽作品は、あのころのぼくには難しすぎた。ただ、譜面をみているうちなんだか無性に、どんな音が鳴りだすか知りたくなった。二番倉庫でのリハーサルのいっぽう、ぼくは郵便局へ通い、局長さんからタクトのあつかいも教わりはじめていた。

校庭をかけまわるねずみたちを目撃したあと、父さんはショックをかくせない様子だった。ほぼ一年かけてかきすすめていた素数《そすう》に関する証明が、根本的にまちがっていたことがわかったからだ。父さんは「やみねずみ」の不吉な噂《うわさ》を信じてはいなかった。ただ街にはまだねずみの生き残りがいると推測し、その数を五十台の素数と見積もっていたのだ。けれど、校庭を跳ねまわったねずみたちの数は、五十四どころか、そこにいあわせたひとの数を優にうわまわっていた。さらにまた、ねずみたちがばらばらにではなく、ひとつの群れとしてあらわれたことが、父さんの予想を根本からくつがえした。

「でもさ」

かたくずれしたオムレツらしきものをつつきながら、ぼくはおずおずという。「何匹いたかってことが、そんなに大事なことなの?」

むっつりおし黙った父さんは席を立ち、自分の料理を皿ごとごみばこのなかへ投げ入れる。そして階段のくらがりへと身をかくしてしまう。

黄色いひざしが夏の到来を告げはじめるころ、路地裏や公園のくらがりなど、地べたにしゃがみこむ父さんの姿が街のあちこちでみかけられるようになった。肘《ひじ》と膝がぽこんと突きでた灰色のスーツ。小さな箱を満載した農作業用のリアカー。父さんは街じゅうにねずみとりをしかけて回った。そうして回収した、ごくふつうのねずみたちを、夜の校庭に運んでいっては、いっぺんに放すのだ。それを毎日、何度も何度もくりかえしている。

「あのかたまりを、再現させたいんだよ。あのおおきな群れをな。その数を調べなけりゃならない」

と父さんはいった。「わたしの計算では、ねずみは自然に素数の集合をなすのだから」

ぼくにはさっぱりわからなかった。そのうち、趣味の悪いあだ名がつけられた。父さんはかげで「ねずみ男」と呼ばれるようになった。

「ねえ、おじいちゃん」

二番倉庫での、コンクールに向けた猛特訓のあと、ぼくはたずねてみた。「父さんは、自分がなにをやってるか、ちゃんとわかってやっているのかな」

「さあな」

ティンパニの皮のたるみを調整しながらおじいちゃんはいった。「あいつには昔っからこりかたまったところがある。自分の頭のなかでこうだと決めたら、それしか本当とおもえないんだ。やつの頭に、ごりごりとのこぎりをいれたとするな。脳みそをとりだし、なかにはいってるのはこれだ、って、さしだしてやったとしても、やつはなんにもいわず、からっぽの頭をふって、またぞろねずみをとりにでかけるだろう」

卒業式以来、二番倉庫の空気は裏返ったかのように華やかさをとりもどしていた。冬のあいだの基礎練習がここにきて効いてきたようだ、と新聞記者は書いている。ただ、それだけじゃない。ぼくたちは用務員さんから本当の音楽に関するなにかを受け継いだんだとおもう。

倉庫にリハーサルをききにきてたひとたちには、わかりづらかったかもしれない。ただ、ステージの上のぼくたちには、自分たちがたてる音色が以前にはなくくっきりときこえた。視界のぼやけていたひとが、ちゃんと度の合ったためがねをかけたときみたいに。

「もっとよくなるよ」

とコンサートマスターの配管工は休憩《きゅうけい》のたびいった。「さっきの四小節目、埠頭《ふとう》で汽笛《てき》が鳴ってさ、その拍子《ひょうし》に、トランペットのアンサンブルがちょいとばかし乱れたろ。その乱れを直そうとつっぱしりかけた四番トランペットを、二番が押さえた。あの前からもう一丁いこう」

何度やりなおしても、曲のどこかしらにほころびはできた。ほころんだ音がきこえはじめたことで、ぼくたちは音楽のあたらしいたのしみと、苦しみに気づいた。完璧《かんぺき》な演奏なんて、この世にはない。耳がよくなればその分、ほころびはいっそうやかましく耳につく。

ただ、ぼくたちはあきらめはしなかった。めざす場所は遠すぎてみえなかったものの、すすむべき方向は、全員がわかっていた。すべての演奏者が同じ方向に向け音をだす、耳をすませ、遠くのなにかへ届けと願いをこめて。その吹奏楽はまさしく魔法の風となり、倉庫につめかけたひとびとの憂《うれ》いをはるかかなたへと吹き飛ばした。

「ただなあ、あのときの墓地での演奏」

と郵便局長はタクトをしまいながら、新規の団員たちにはなしたものだ。「あれは完璧だった。音楽そのものだったよ。おれはあのとき、自分のからだが音にとけだしていろんなものといっしょになったような感じがした。あいつが死んでからしばらくほんとうにつらかったけれど、おれたちにはたしかにできた、どうしてあんなことができたのかはわからないけれど。あれ以来なんというのか、おれは、音楽を信じるようになったんだよ」

その夏、音楽学校がはじまるまでの宙ぶらりんの二ヶ月間、二番倉庫をでるとぼくは毎晩ひとりで埠頭へでかけ夜の海をながめた。海からの風は、なにかおおきなものの呼吸のように、ゆったりとしたリズムで港へと吹き寄せていた。桟橋の先に海鳥のひながうずくまり羽を休めている。船員宿舎の窓から怒号、歓声、それにものを壊す音。船乗りのけんかばかりはいつだって変わらない。

ぼくは船着き場のほうへ歩いていく。四方から黄色いあかりに照らされ、そこだけ、夜のなかから浮き上がったかのようにみえる貨物ターミナル。管理事務所のマイクから雑音混じりの外国語が流れてくる。繋留《けいりゅう》された貨物船は三隻《せき》。船腹を飾るペンキが黄色いあかりに映えつややかに光ってる。

港の荷揚げ夫、役人、そしておおぜいの水夫たちが行き来している。知っている顔がいくつもみえる。こういう場所でもぼくのからだはよく目立つ。巨体といわれる船員と並んだって、ぼくのひょろ長いからだはひけをとることがない。

「よう、ねこ。こっちだよ！」

振り返ると、荷揚げされたばかりのコンテナのうしろで、外国船の機関士が手をふっている。航海中は起床ラッパを任され、寄港するたび二番倉庫にもでかけてくる吹奏楽ファンのひとりだ。ぼくが歩み寄ると機関士はおおげさに目をむいてこちらをみあげた。彼は水夫のなかでも有数のちびだった。口笛を鳴らしながら、

「会うたんびにでかくなるな」

と機関士はいった。「俺《おれ》とおまえが並んだ写真を送れば、どんな雑誌だって、色刷りで表紙に使うんじゃないかね」

「そういうのはあんまり、みたくないなあ」

雑誌の束を受け取ってぼくはこたえる。

「それよりさ、航海中、なにか変わったことは起きなかったの」

「船長のおうむが逃げた。それで、船長がおかしくなった」

と機関士は低い声でささやいた。「ばかなおうむでな、船のなかを飛びまわって、ひとの姿をみりゃすぐ『あめ玉ください』『あめ玉ください』なんてくりかえしていやがって。こいつを、気取り屋の船長はいやにかわいがっていてな、おれたち船員は毎朝めしのときに白いあめ玉を配られるんだ。おうむがほしがったらこいつをわたしてやれ、って。なあ、ばかげたはなしとおもうだろ」

「ふうん、その鳥がいなくなって、それで、悲しくって船長さんは……」

「まあきけよ、そんな簡単なはなしじゃあないんだ。ある晩、当直の観測士が俺にいったんだよ、『ここ数日、おうむをみないだろ？』って。『ああ』

俺はいった。『そういえば、みてないようだな』

『行方不明らしいんだ、あの、あめ玉野郎』

とやつはにたにたしていったよ。『デッキの上のほうじゃ、総出でおうむ探しだと。もうすぐ機関室へもお達しがくるぜ。通気孔、燃料倉庫、積み荷室まで手をつくしてさがせ、俺さまのかわいいおうむちゃんを連れもどせ、ってさ』

『冗談《じょうだん》じゃない』

ほんと冗談じゃなかった。だってよ、エンジンのピストンが二本、がたがた妙な具合に揺《ゆ》れてやがって、ほぼ一日じゅうその調整に追われていたしな。それに通気孔の奥には俺たちみんな『いけないもの』を隠してあったからな。機関部の連中を呼んで真剣《しんけん》にはなしあったよ。青二才の整備士がちょっとしたアイデアをだし、みんな手をたたいた。よおし、それでいこう、船長の顔がみものだぞ。

翌日、デッキでの点呼のときさ、列のなかから、

『あめ玉ください』

と声がした。船長は駆けだしてな、細っこい首をふって、どこだ、どこにいるんだ、

なんて叫んでいやがる。と、別の列から、

『あめ玉ください』

『あめ玉ちょうだいな』

船長が走っていくたんび見当ちがいの場所からおうむの声がきこえた。船長はへとへとで、ほとんど泣き出していた。解散を告げられ、ぞろぞろ進む船員のあいだからも、あめ玉をほしがる鳴き声がひびいたよ。くすくす笑いにまじって。

そう、もちろん、俺たちが鳴いていたんだ。ほかの船員たちも、こりゃいいやってことで真似《まね》をはじめて、そのうち、船のそこいらじゅうでおうむの鳴き声があがるようになった。同時にふたつ、みっつきこえてくることもあった。

『あめ玉だせよ』

『あめ玉くれよ』

『あめ玉ないのかよ』

船長はもう探せとはいわなかった。真っ青な顔で部屋にとじこもり無線にもこたえなくなった。結局、通信士の首をうしろから締めてるところを取り押さえられ、船長は軟禁された。縛《しば》られてる最中もぶつぶつうわごとをいってたって。

医者にきいたはなしでは、船長は、おうむの幽霊にとりつかれちまったとおもいこんだのらしい。かわいがってるのは人前だけで、自分の部屋では、あのおうむに画鋲《がびょう》をくわせていたんだそうだ。おうむが死んで、復讐《ふくしゅう》にやってきたと思ったんだな。船長の部屋には床じゅう真っ白なあめ玉が転がっていた。花瓶、額縁、寒暖計、ぜんぶがぜんぶ砕けていた。壁《かべ》にはあちこちへこみができていた。船長があめ玉を投げつけたんだろう」

「おうむは見つかったの？」

「まだだ」

とちびの機関士はいった。「かわいそうなやつさ。海に落ちたのかもしれない。あめ玉ください、ってのはつまり、俺たちに助けてほしかったんだな。あれは救難信号だったのさ。なあ、ねこよ、どこかでそいつに会うことがあったらさ、いちじくかぶどうでも食わせてやってくれないか。からだは白くてくちばしが桃色の、正直、かわいらしい鳥なんだよ」

「うん、わかった」

とぼくはこたえた。「いつか会ったら、なにかおいしい果物をあげるよ」

ぼくは雑誌と引き替えに、楽団の演奏を収めたカセットテープを三本、機関士にわたした。あさってはまた別の船の水夫から雑誌の束をもらう。

埠頭を離れるときぼくは振り返って輸送船をみあげた。荷揚げがすんだ船は暗い海にしずかに浮かんでいる。喫水線をたぽたぽと真新しい波が洗う。

雑誌を抱えなおし、ぼくは暗い街へと歩き出した。

台所のテーブルに雑誌をひろげ、目についた記事を切り抜いていくのが、その夏、ぼくの日課となった。恐竜はあいかわらず世界じゅうで目撃されていた。船へ、灯台へと近づいて恐竜たちが発するサイレンのような鳴き声は、とぼくは思った、ひょっとして救難信号なのかもしれない。誰《だれ》へ向けてかはわからないけれど、このさびしい世界から自分をすくいあげ安息の場所へ連れていってほしい、彼らはそういっているのかもしれなかった。つまり、あめ玉くださいと。

二万キロを旅したライターのはなしは複数の雑誌でとりあげられていた。五十五年前、とある内戦の国から逃げだした男が、国境を越えたところで、自宅に大切なものを忘れてきたことに気づいた。それは祖父の代から一家に伝わる銀製のオイルライターで、発火口には、逆立ちをしたスカンクがかたどられてあった。スカンクのしっぽに指をかけ手前にひくと、お尻《しり》から炎が吹きだすのだ。おもちゃめいた代物《しろもの》だったけれど、細工はよくできていたし、男の父親も長く愛用した末、十七の誕生日のとき彼にこれを贈った。しかし取りに戻るにはすでに遅すぎた。男とその家族は飛行機に乗って別の大陸へとわたった。

それから五十五年のち、男はインタビューにこたえこう語っている。

今年の二月に犬を連れて散歩していました。目のつぶれた犬でね、そのかわり鼻はすこぶるきくし、それに子猫みたいにおとなしいんです。私も老眼が進んでおりますので、まあ、うちとけられる唯一《ゆいいつ》の相棒ってところですかね。連れ合いは十年前肺炎で亡《な》くなりましたし、ふたりの娘も今じゃさっぱり居所がわかりません。でまあ、いつものように公園を散歩していると、犬が急に、綱をぴんと張って駆けだそうとしたんですね。ふだんにはあまりないことです。私は犬に引きずられるようにして進んでいきました。やがて噴水《ふんすい》の前で犬はぱたんとしゃがみこみ、そこにおよそ上品とはいえない身なりの女性がたたずんでいました。年のころは四十過ぎほどでしょうか、けばけばしいにせの毛皮を着て、あれはたぶんお客をひいていたんでしょうね。

「たばこを一本もらえないかい」

とその女性はいいました。

「あいにく、やりませんのでね」

と私はこたえました。「十年ばかり前に、やめてしまいました」

女性は軽く舌打ちをして、犬に目を落としました。

「でかい犬だね、名前はなんて?」

「スカンクといいます」

「スカンク？」

女性は信じられないといった表情で犬と私とを交互にみました。「また、とんでもない名前をつけたもんだわねえ！」

「今まで飼った三匹はみなスカンクという名なんです」

と私はいいました。

その女性はしゃがんで犬の頭をなでました。犬のあつかいに慣れている手つきでね。犬は首をかしげ、指輪のはまった右手をべろべろとなめています。女性は小さく笑って、あんたは煙草《たばこ》吸わないから必要ないかもしれないけど、といいました。

「かわいそうな名前の犬のためにこいつをやるよ」

そういってポケットをまさぐり、外国の客が忘れていったんだけれどね、ライターなんだ。使いにくいったらありゃしない、変なかたちのライターさ。

女性の手には、まさしくあのライターがにぎられていました。しっぽを引きさげると勢いよく炎があがりました。そのかたちだけは五十五年前となにも変わっておりません。炎をみて犬が飛びはねていました。まるで、なつかしい友人に会ったかのように、ほんとうに嬉《うれ》しげに。

〈こういった偶然が、我々の世界にはひんぱんに起こる〉

と記者はかいている。

〈それはでたらめに起こる。出来事が些細《ささい》すぎて目にみえないときもある。また規模が大きすぎて誰にも気づかれないことさえしばしばある〉

音楽学校がはじまる二日前、とうとう目当ての記事をみつけた。それは小さなニュースコラムだった。記者はおそらく、ねずみの雨の際、町を訪れていたうちのひとりだとおもう。出来事が出来事だけに、明るい記事にはなっていないが、それでもかすかに用務員さんへの好意がにじみでているような気がする。

「ある太鼓手《たいこ》の死」

ねずみの雨のふったあの町で、ふたたび奇妙な事故が起きた。四肢《しし》に障害をおった老人が鐘《かね》の下敷《したじ》きになって死んだ。彼は小学校の鐘つき係だった。卒業式で盛大に鐘を鳴らそうとはりきりすぎた老人は、台の枠が腐《くさ》りかけているのに気づかなかった。台は老人ごと崩れ、運動場に投げ出された老人の上にまともに鐘が落ちた。それが彼にとって最後の晩鐘《ばんしょう》となったわけである。老人は手練《てだ》れの太鼓手として地元で知られてもいた。また、無類のほらふきでもあった。わが編集部にも毎月のように彼から投稿のはがきが寄せられていた。

ぼくはこの小さな記事をていねいに切り抜き、黒いファイルへとおさめた。用務員さんは、この街が誌面に載っただけで、あからさまに上機嫌になったものだった。それがなんと、自分の死にざまがこうしてファイルを飾ったのだ。舌足らずな口調で多少は文句をいったにせよ、きっと用務員さんはにたにたと満足げに笑い、生きていれば酒場の客全員に一杯ずつおごったろう。

都会の音楽学校へは奨学金でいくことになっていた。学校から推薦《すいせん》をもらえたし、実技試験での小だいこの演奏は上出来で、試験官が途中から、指で拍子《ひょうし》をとりはじめたほどだった。ただ、ぼくは打楽器科を選ばず、指揮科にすすむことにきめた。おじいちゃんは何もいわなかった。お祝いにと贈ってくれた革製のばちケースには、ティンパニのマレット四組にまじって、かえで材のタクトが一本はいっていた。

最後の夕食もオムレツだった。二階にあがると物置のほうからちゅうちゅうとねずみの声がきこえた。父さんが箱づめにしたねずみたちだ。おじいちゃんにはもちろん、ぼくにだって父さんはあまりはなさなくなっていた。ぼくは灯りを消してベッドにもぐった。

夜中をとうに過ぎていただろう、またあの足音がきこえてきた。ただ、いつもとはどこか、ひびきがちがう。目をあけてみると、部屋が真っ白だった。あわてて飛び起きてすぐ、寝室にみちているのは、十年ほど前たしか夢でみた、すきとおるような朝の光だということがわかった。ベッドの両脇《りょうわき》をみる。あのときと同じだ。そこには父さんもおじいちゃんもいない。

窓辺に立つ。

そこにはやはり黄色い土地が広がっている。ただ、家の玄関先にクーツェはいない。はるか遠く、じっさいの街ならば運河のさらに先、埠頭《ふとう》の場所あたりの地面にちいさな人影がぽつりとみえる。一歩一歩と横に進みながら足ぶみをしている。その動きをながめながら、ぼくはクーツェのことばをおもいだしていた。

大きい小さいは距離の問題。

ぼくの知らないうち、ずいぶん遠くまでクーツェは麦ふみをつづけたのだ。その足音は前と同じように、耳のすぐそばできこえたけれども、いつのまにかクーツェは、はるか向こうの地平線あたりまで進んでいた。立派な黒い靴《くつ》をあげて。みはるかす広大な、黄色い土地の上を一歩ずつ、みな同じリズムでふみつけにして。

「ねえ、クーツェ」

とぼくは声にださず胸のうちで呼びかける。「いいも悪いもない、きみはただ、麦ふみをつづけるしかないんだね」

クーツェが一瞬たちどまったような気がした。
でもすぐに、おちついた足ぶみの音が耳のそばでひびきだした。
とん、たたん、とん
とん、たたん、とん
――むろんだよ。
と少し顔をあげてクーツェはいった。
――麦をふむのに、いいもわるいもないよ。
ぼくは窓辺を離れベッドにもどり、いつもの仰向《あおむ》け姿勢で目をとじた。
この晩を境に、ぼくにはクーツェのはなし声がきこえなくなった。

翌朝早く、トランクに着替え、楽譜《がくふ》の束、それにカセットテープをつめこんだあと、ぼくは椅子《いす》にあがり屋根裏へ頭をつっこんでみた。そこにはクーツェの姿はなかった。
誰もいない。ほこりのたまった羽目板《はめいた》に黄色い日差しがさしこんでいるばかりだ。
けれど、
とん、たたん
規則正しい足ぶみのあの音は、ちゃんと耳にひびいた。
とん、たたん、とん

ぼくはトランクをつかみ階段をおりる。十二段目にすわりこんだ父さんのひざをまたぎこし、夏の光に満ちた外へとでる。外国から帰ったばかりのはしけ、その上で、水夫ふたりがののしりあいをしている。と、ひとりがぼくに気づきしわがれた声で、

「よお、何年ぶりかな。どうだ、調子は」

と叫ぶ。

「ねこ、今朝はどんな調子だ？　なあ、きかせてくれ！」

ぼくは黙って微笑《ほほえ》み、ふたりに向かって手をふってみせる。そして、トランクをかたくにぎりなおすと、駅めざして歩きだす。耳の奥にクーツェの足音をひびかせ、運河の水路からの、あめ玉なんて溶かしてしまいそうな夏の陽の照り返しを、おおきすぎるからだの真正面に浴びて。

第二章

遅刻する機関車

毎年各種のコンクールが開かれていることからもわかるとおり、高原のその街では昔から音楽が盛んだった。島のちょうどまんなかあたりに位置し、かえでやチークの森林が近く、弦《げん》楽器の生産地としても世界的に名をはせていた。地図でみると東西にながく、まんなかが上下におしつぶされたかっこうをしている。ちょうどカスタネットを左右にこじあけたようなかたちだ。

ぼくがついたのはどういうわけか入学式の終わった午後だった。駅で出迎えてくれたおばさんは、おじいちゃんたちの指揮者、郵便局長の妹さんだった。彼女は、どこで手違いがおきたのかしらね、と、たるんだ二重あごに指をあて考えていた。身長はぼくの半分ぐらいだけど、体重はたっぷり倍近くあるようにみえる。自動車に乗りこむときも、運転席にからだをめりこませるような感じになった。緊張ぎみなぼくを横目でちらちらとながめ、とってもきれいな高音でオペラの一節をせりふつきでうたい、ときどき前へ身をのりだしてがむしゃらにハンドルをまわした。

「あら、いけない」

とメロディをつけ彼女はいった。なにかの歌詞だったのかもしれない。「鳩《はと》をふんじゃうところだったわ」

うちへつくころには、ぼくはこのおばさんが大好きになっていた。

古いアパートの四階フロアまるまるすべてがおばさんのうちだ。すりきれてはいるけれど柔らかそうな薄桃色のじゅうたん。居間の壁《かべ》にはところせましと油絵がかけてある。

「おばさんが描いたの？」

おばさんは照れくさそうに、素人《しろうと》趣味だけどね、と笑い、

「この年になってひとり暮らしだと、時間だけはじゅうぶんにあるのでね」

それまでにぼくがみた油絵といえば、酒場の奥でほこりをかぶった古い鮭《さけ》の絵ぐらいのもので（じつにまずそうな鮭だった）、うっとりと立ちつくし見とれていると、さあ、そんなものはいいから、とおばさんはトランクを奪い、居間のすみの扉の前へと運んだ。

扉をおしあけてなかにはいる。天窓から午後の光がさしている。ベッドの足元に木箱を足してシーツがかけられてあり、出窓の先には静かな街。その向こうには銀紙のようにおだやかな湖。

そしてふりかえり、床に目を落としたとたん、

「おばさん！」

とぼくは叫んだ。叫ばずにいられなかった。床の上には何十枚というレコードが、そして部屋の隅にがっしりしたオーディオセットが置かれていた。

「昨日、私の部屋から運んでおいたんですけどね」

そしてスピーカーの上から紙を一枚拾いあげ、「いちおう、リストにかかれたレコードは全部うちにあったわ。たいへんよね、気楽にきくんじゃなくって、あなたにはそれが勉強なんだから。まあ、いくら大きな音をだしてもだいじょうぶですよ。このアパートの誰《だれ》かが文句をいってきたら、わたしがそいつの耳んなかにいわしのパテをつめてやりますからね」

おばさんはぼくにその紙をわたした。きちょうめんな字で、レコード一枚ずつ製品番号、解説文まで書かれてある。これら、ぼくがきいておくべき音楽のリストをつくってくれたのは、おじいちゃんと郵便局長さんだった。

リストのさいごにはこんな書きこみがある。

「録音された音楽も、ごくたまに生演奏をうわまわる。ただし音楽家であるためには耳なりがするほど生演奏にふれること。どんなひどい演奏であっても、生の楽器演奏には、音楽家のための栄養がわずかながらそなわっているからだ。耳が食あたりを起こしたら、これらのレコードをききなさい。きっと消化をたすけてくれるだろう」

このリストは今もスクラップブックの一ページ目にはいっている。これまでに何度ひらいてみたか見当もつかない。じきにリストを思いえがくだけですべてのメロディが浮かんでくるようになった。学校でも、そのあとも、ぼくの耳はしょっちゅう食あたりを起こしたからだ。

翌朝おばさんに起こされ、歩いてすぐの場所にある学校へいくと、すでに三時間目がはじまっていた。ぼくは校長室に呼ばれて、時間を守れないものはこの学校にいる資格がない、としたたかに説教をされた。

「音楽とはなんだね。きみ、時間の芸術だよ！」

校長はじょうずにスナップをきかせたむちの先で、ぼくの手の甲を、ぴしゃぴしゃぴしゃと三度正確にうった。

お昼からの授業では、この街の歴史とやらをえんえんと教わった。遠くでヴァイオリンの音がしなかったなら、まちがって別の学校へ迷い込んだものと思ったろう。それから外国語。さいごに音楽理論。結局ぼくはその日、一度も楽器をみることなく校舎をあとにした。

歴史の授業によれば、この街は、時計の名産地としてもしられているらしい。たしかに、街頭のあちこちに時計が飾られている。立ち上がった馬の銅像のわき腹、噴水《ふんすい》中央にすえたとうもろこしのような彫刻のてっぺん、それに無数のショーウインドウ。あらゆるところで正確に時報が鳴る。そういえば教師たちは授業の前、じっと腕時計をみつめながら教壇《きょうだん》に立ち、終わるときも同じようなそぶりをみせていた。あれはきっと、秒針がきっかり真上に来るのをみていたのにちがいない。校長がいったとおり、この街ではすべてが秒刻みに動くのだ。

「ごめんなさいね、わたしがうっかりものだから」

と夕食をつくりながらおばさんはいった。

「とんでもないです、ぼくが朝寝坊しちゃったんだ」

そうこたえながらぼくは、一日遅れて街へつくことになったのは、おそらくこのおばさんがまちがえたんだな、と、うっすら気づいてもいた。このうちにはカレンダーも、時計さえもがなかった。額縁にはまった油絵ばかりが壁をうめていた。

おばさんの煮込《にこ》み料理は、舌が踊り出すほどすばらしかった。

「適当よ、いいかげんにつくってるの」

とおばさんはいった。「お鍋《なべ》の前でじっと待ってるのは、どうも性に合わないしね」

食後におばさんは、皿洗いを手伝うぼくのわきでオペラの一場面をたっぷり再現してくれた。皿についたせっけんの泡《あわ》を王女がのむことになる毒薬にみたて、スピーカーで鳴らすより大きな声で。おばさんが床についたあともぼくはオーディオセットにむかった。十枚目のレコードを裏返していると、窓から朝陽がさしこんできた。

指揮科の生徒たちは全国からあつまってきていて、なかには外国人もふたりいた。主任教官は彼らに、ここで外国語を使うのは絶対に許さない、といった。

「ほかのものにもいっておくが、教室で方言をつかうな。私はなまりが大っきらいだ。語尾は明確に、はっきりとはなせ」

当然、休憩《きゅうけい》時間になっても会話はなく、生徒たちはみな所在なげに楽譜《がくふ》をめくったりピアノをたたいたりしている。授業はというと、ピアノの上に置いたメトロノームに合わせて七人そろってえんえんと空中で指を往復させ、そのあいだ、

「しゅっ、ぽっ！　しゅっ、ぽっ！　しゅっ、ぽっ！」

と教官が大声でくりかえす。「しゅっ」は下向き、「ぽっ」で上に向けてひとさし指をもどす合図。教官の声はやたら大きく、ときどきメトロノームの拍子《ひょうし》まできこえなくなるほどだ。

「しゅっ、ぽっ！　遅れたぞ、そこのちぢれっ毛！　しゅっ、ぽっ！　お坊ちゃんが速い！　それ、しゅっ、ぽっ！　しゅっ、ぽっ！」

五回の休止をはさみ、これをえんえん一時間やる。授業のあいだぼくはずっとワイパーを七本つけた黒塗《くろぬ》り機関車を想像していた。教官はしょっちゅうコーヒーガムをかん

でいた。よくよくみていると、あごの動きはメトロノームとはまるで合っていない。あれでよく、「しゅっ、ぽっ!」が正確に怒鳴れるもんだ、とぼくはなかば感心さえした。ぼくたちのかわりにメトロノームを七個置いてやれば、この先生のあわれっぽいいらだちもずいぶん静まるだろうに、と、そんなふうにおもった。いずれにせよそれはばかげた授業にみえた。

指揮のレッスンが終わるとピアノをつかった作曲の実習にはいる。教官がまず四小節のかんたんなメロディを弾いてみせ、そのつづきを生徒が順番にピアノで奏《かな》でていく。四小節を弾きおえた教官が席を立ち、最初の子がおずおずとメロディを鳴らす。と、

「でたらめをやるな!」

鍵盤《けんばん》をこぶしで打ち、教官が叫ぶ。

つぎの子がすわる。同じ。またつぎの生徒。また同じ。

ぼくの番がきた。

「どうした?」

すわったままのぼくに教官がきく。

「ええと」

ぼくはこたえる。「じつはピアノを弾いたことがないんです」

教官は頭をかかえ、両足で床を交互にふみならした。生徒たち六人も目を丸くしてい

る。ぼくは知らなかったが、指揮・作曲科にはいる生徒ってだいたい、幼いうちにピアノの訓練を受けているものなんだそうだ。吹奏楽団にピアノはなかった。教官は、錨《いかり》にからんだ藻屑《もくず》をみやるような目つきで、ぼくのことをにらんだ。

「お前らのはぜんぶ、でたらめだ！」

そして椅子《いす》にすわり、つづきの四小節を弾いてみせる。「こうにしかならない。いいか、きまっているんだ！」

この授業はつまり、音楽クイズみたいなものだった。教官が弾く四小節のつづきに、いつもひとつしか回答はない。それは教官がつくった曲だったり、ぼくたちの知らない古い曲の一節だったりする。「しゅっ、ぽっ」と音楽クイズ。このふたつだけが、指揮・作曲科のぼくたちに与えられた課題にほかならなかった。

ひと月も経《た》たないうちぼくは、当たり前のように、無断欠席の常習となった。

「この街は退屈でたまりません」

郵便局長にあてた最初の手紙にぼくは書いた。「学校で教えているのは音楽じゃなくて器械体操です。ぼくたちは先生お好みの作法を押しつけられています。きのう、街のオーケストラの練習を見学する機会がありました。ホールや楽器はすばらしいけれど、演奏自体はたいしたことありません」

コンクールのとき知り合った掃除婦のおばさんが、ぼくをこっそり楽屋口からいれてくれたのだ。楽団のコンサートマスターは、ぼくのことを見知っていて、一曲、小だいこで参加しないかと誘ってくれた。喜びいさんで舞台にあがったものの、指揮者はすぐに演奏をやめ、田舎の吹奏楽団あがりはやっぱり合わないな、きいてるぶんにはかまわないから、じゃましないでくれ、とぼくにいった。

「この時計みたいな街で、ぼくは、歯車のあいだにはさまった糸くずのような気分です」

とぼくはかいた。「歯車はおかまいなしにめりめりと回り、ぼくを粉みじんにしようとします」

三日後に届いた返事は、

「そんなことではいかんな、ねこ」

とかきだされている。「指揮の基礎はくりかえしだ。それが退屈というのは、指揮を酔っぱらいのひきつけというようなものだよ。たかが教師数人の好みに合わせられないで、客席をうずめるひとびとの耳を満足なんてさせられるわけがない。広い世界でタクトを振るつもりなら、おまえはちゃんと学校にいって指揮ってものを学ばなけりゃならん。それから手紙をくれるときはなるたけ目あたらしいデザインの切手を貼《は》ってくれ」

手紙の余白に、書きなぐったようなおじいちゃんの字で、

「おまえに音楽のなにがわかってる？　このあほうめ」

少なくとも郵便局長のことばが的《まと》を射ていることは、ぼくだって認めないわけにいかなかった。その気になりゃ「しゅっぽっ、しゅっぽっ」なんて逆立ちしながらだってできるさ、ぼくはそんなふうにおもった。あの校長、主任教官が、両隣から手をつないで連れ回りたくなるような、お好みの生徒になりきってやろうじゃないか！

しかし、ぼくのひとさし指のテンポは「しゅっ、ぽっ」に合わせようと躍起になればなるほどぶざまにずれていった。まるで、からだと指とが十メートルははなれているような感じで、そのうちぼくのテンポは、メトロノームの裏拍子《うらびょうし》くらいにまで遅れだした。

「ああ、おまえの動作で全員がくるっちまう」

と主任教官が怒鳴りつける。「でかぶつ、おまえはうしろにさがって、ほかのやつからみえないところで指をふれ！」

こうしてぼくは、七人の輪からひとりだけぽつんとはなれ、生徒たち六人の背中をみながらレッスンを受けるようになった。いつもの指定席にもどったわけだ。ぼくをのぞく六人はいつのまにか、ひとつながりの波のように指をふるっていた。

「しゅっ、ぽぽぽ、しゅっ、ぽぽぽ」

と教官が叫ぶ。しゅっ、で指を下に、ぽぽぽ、で三度にわけ指を上に。なるほど、それは指揮のようにみえた。少なくとも、メトロノームの音とは調和していた。いっぽうぼくの指ときたら、空気をでたらめにかきまわすばかりで、どんな音楽ともつながってやしない。

六人はそのうちタクトをもつことを許された。ぼくだけが音楽の輪の外側にいて、ただひたすら無様《ぶざま》なひとさし指の「しゅっ、ぽっ」をくりかえしていた。街の歯車にはさまった糸くずどころか、ぼくは、いつも定時に遅れてばかりで、なかなか街につきもしない、田舎発のおんぼろ機関車そのものだった。

ちょうちょおじさん

タクトを握れないぼくの手はそのかわりはさみを求めた。

スクラップ用のファイルをかかえ市営図書館の裏口へいく。そこには複写のすんだ新聞や雑誌が山積みになっている。あたりを紙くずだらけにされるのをいやがった図書館司書は、閲覧《えつらん》室でのスクラップ作業を、いくつかの条件付きでしぶしぶみとめた。記事だけを切り抜き、ほかにごみはださないこと。はさみをできる限りしずかにあつかうこと。閲覧室のいちばんすみの、ななめにかしいだ台だけを立ったまままつかうこと。

日中、おばさんがいるうちにとどまっているわけにはいかない。彼女はアパート全体の管理人であり、オーナーでもあった。朝、部屋をでてすぐ、ゆううつな気分をひきずって学校へと向かう。実習授業をさぼるのは、主任教官に負けをみとめるような気がしたけれど、それでもぼくはしょっちゅう校門の前でまわれ右をし、重い足どりを図書館へ向けた。三日に一度、いや、ほぼ一日おきにそうした。メトロノームの音をおもいだしたただけで吐《は》き気がこみあげてきた。

朝の図書館は音がしないことが前提の場所だ。ぼくは台の上に新聞を広げ、目についた記事の上へ青鉛筆《えんぴつ》で丸をつける。ひととおり見終われば今度ははさみを手にとって、内容がかさなろうがおかまいなしに記事を切り抜く。そして、切りとったそばからファイルへと貼りつけていく。

スクラップは、ぼくの気をしずめてくれた。この世のさまざまなできごとをファイルに整然と並べていくその作業のなかで、メトロノームや街に鳴り響く時報をぼくは忘れた。記事を読むのがおもしろい、ってことがまず第一にある。それに、切り抜く作業自体も楽しい。おなかが鳴り出してはじめて、お昼が過ぎてることに気づくほど、ぼくはスクラップに熱中した。図書館の外でたべるおばさんのサンドイッチは、やましさをおぼえながら口へはこんでも、やはりとびきりおいしかった。

毎日スクラップをつづけていると奇妙なことに気づく。およそ関係のない場所で、まったくかけはなれたひとびとが、同じ日に同じような目にあう。たとえば飛行機事故がそうだ。おおきいのも小さいのも、飛行機はたいていたてつづけに落ちる。科学上の大発見もほぼ同時に起きている。宇宙の果てを電波望遠鏡がとらえたまさにその日、別の天文学者が、火星の地表にたちのぼる水蒸気の観測に成功したと発表。

こんな派手なニュースばかりじゃない。

腕ききの騎手が本命馬から落ちて腰を骨折。その同じ日、田舎の国道に忽然《こつぜん》とあらわれた競走馬にオートバイが衝突。この事故で骨を折ったのは馬のほうだった。女装の空巣《あきす》逮捕。この夜、とある男性用社交クラブが全焼し、焼け跡からワンピースや模造の装飾品が大量に発見された。

動物園でワニの赤ちゃん誕生（写真付き）。別の街ではその日サーカスの調教師がワニに右足をくいちぎられている。

新聞のなかにこういった関連をみつけると、ぼくはふたつの記事を隣り合わせにしてスクラップブックに貼った。なにかしらの符合は、さがせばさがすだけみつかった。記事に登場する人物や場所の名前。事故をまきおこす原因になったもの。そして結末。

——みんな同じさ。

とはクーツェのことばだ。スクラップブックのページをながめていると、そのことばどおり、独立した特殊な事件など、この世にはなにも起きていないような気がしてくる。すべての事故が、どこか遠いなにかと関連をもっている。重大な関連には、みえないかもしれない。ただ、これもクーツェのいったように、大きい小さいは距離の問題。いろんなものがぼくのはさみに切り取られながら、ページのなかでほかのなにかとつながりをみつけ、ほっとしている、ぼくにはそんなふうにみえた。

ある日、いつものように台に向かい新聞をひろげていると、

「おもしろい音をだすね」

とつぜんうしろから声をかけられた。ふりむくと、サングラスをかけた男が口元をあけてつったっている。歳《とし》は四十くらいだろうか、おどろいたのはその体格だ。ぼくとたいしてかわらない背の高さに、倍近くある肩幅。まるで後足で立ち上がったくまだ。ランニングシャツからむきだしになった二の腕は、ボウリングのたまをこねて引き延ばしたみたいにみえる。

なんにもいえないでいるぼくに、おじさんは近寄ってささやいた。

「音だよ。さっきまでしていた」

汗のにおいが鼻をうつ。

「ああ、ごめんなさい！」

知らず知らずぼくは新聞の上から台を青鉛筆でたたいていたらしい。社会面に青い点々がこまかくついている。ぼくは頭をさげ、「すみません、気をつけます」

おじさんはさらになにかいいかけ、やがて口をつぐむと、閲覧室の書棚《しょだな》へ歩き出した。おおきな黒雲がながれていくような、悠然《ゆうぜん》とした足取りで。

ぼくはふうと息をつき、もう一度新聞に目をおとした。青い点がついていたのは、橋から川へ身を投げた不運な男に関する記事の上だった。度胸だめしのジャンプで、足につけられたゴムのロープがとちゅうでちょんぎれたのだ。橋は渓谷にかかっており、川《かわ》面《も》からの高さは三十メートルあった。男は川に落ちた衝撃で気をうしない、そのまま溺《おぼ》れて死んだ。

図書館のすぐそとのベンチでサンドイッチをほおばっていると、さっきのおじさんがやってきて、となりにすわってもいいか、ときいた。ランニングシャツは汗でぐしょぐしょだ。サングラスの奥にかくれた目から表情はよみとれない。ぼくがあいまいにうなずくと、おじさんは大きな尻《しり》をどさりと木製のベンチに乗せた。

「よく、きてるね」

とおじさんはいった。

「この図書館にだよ」

「はあ、まあ」

ぼくはまごついてこたえた。

「ちょっとききたいんだが、さっきの音はあれは、いったい何の音だろう」

「え、あれ……すみません。つい鉛筆で机を」

「鉛筆?」

おじさんはぼくにむきなおり、とんきょうな声をあげた。「鉛筆だって?」

「スクラップ用に、青鉛筆をつかってるんです」

とぼくはいった。

おじさんはうーんとうなって首をふった。はげ上がった頭のてっぺんまで日焼けしている。首筋に蝶《ちょう》のいれずみがある。ぼくは少しこわくなった。

「鉛筆の音には、きこえなかったがなあ」

とおじさんはつぶやき、「なんというか、足でなにかをふみしめるようなさ、ちょうどこんな調子で」

そして、膝《ひざ》を両手で打ちならしはじめた。

とん、たたん、とん
とん、たたん、とん
足も同じリズムで土をふんでいる。

とん、たたん、とん
ぼくはおばさんのサンドイッチを地面に落っことしてしまった。しばらく経っておじさんが足ぶみをやめたとき、やっとのおもいで、

「その音が」

と声をだした。「そんな調子で、きこえたんですか」

「ああ、たしかにきこえた。きみのほうからね。図書館じゃ、いや、ほかの場所でも耳にしない音だ。で、なんの音だね、あれは」

ぼくはだまりこんだ。だって説明のしようがない。しょっちゅう耳のなかでする、ひ

とにはきこえないぼくだけの音。黄色い土地のクーツェの麦ふみ。そうですね、たぶんぼくの頭から音が外にもれてたんでしょう、すみませんねえ、こんどしっくいで隙間《すきま》をふさいでおきますよ！

「わからないんです」

とぼくはつぶやいた。「なんの音なのか、ぼくには見当もつきません」

「きみがたててる音だろう？」

ぼくはもう一度だまりこみ、わからないんです、とだけいった。

「うーん」

おじさんはあごに皺《しわ》をよせ、ぼくのほうをみやりながら、しばらくなにか考え込んでいた。そしていった。

「いや、ぼくの耳はいやらしいやつでね、ときどき、きいちゃいけない音までひろっちゃうんだ。犬のおならとか、尼さんのげっぷだとか。盗みぎきってわけじゃないよ、音が耳にはいってくるんだからね。いやな音は多いよ。しょっちゅう耳をふさぎたくもなる。でもね、ときどきふしぎな音が、なんだかとってもめずらしい音がきこえるときがある。それをききのがすのは、もったいないともおもってる」

おじさんの大きな手がぼくの肩をたたいた。熱い手だった。「きみのほうからきこえてきた音は、心底ふしぎな音だね。単調なようで深みがあり、とぎれるかと思った瞬間、もうつづいている。なにをたたいてるのかはわからないけど、それを大切にたたいてるってことが伝わってくる。きみがどうおもってるにせよ、少なくともぼくの耳には、とてもいい音にきこえたがね」

ぼくはゆっくりと顔をあげた。

「このあいだ電車に乗っていたらね」

とおじさんはつづけた。「向かいの席から妙な音がきこえてきた。やせっぽちのばあさんがしきりに首をまわしてるのさ、癖《くせ》なんだろうね、くきっ、くきっとまわしている。ぼくには筋のこすれるその音がきこえてたんだ。正直、ぞっとしない音だったよ。くきっ、くきっ、てさ。ばあさんの首は筋がかたい。急行電車だったからね、おりるわけにもいかない。そのうちまわりのお客にも、その癖が伝染しちゃってね、電車じゅうから、くきくき音がきこえだした。やめてくれ、って叫びたくなったよ。そのとき電車が急ブレーキをかけた。ぼくのまわりで小枝が折れるような音がいっせいにひびいた。駅について、電車をおりていく乗客たちの首は、めりめりときしみをたてていた。みんなしばらくまともに寝つけなかったろう。たったひとりをのぞいてだけれど」

「たったひとり？」

「当のばあさんさ」

おじさんはいたずらっぽく笑うと、両手を頭上にさしあげてみせ、「席を立ちながら背すじをのばした瞬間、上のほうから一直線に、ぽきぽきぽきぽき！ってね、いや、ものすごい音だったよ。背筋《はいきん》のなだれさ。拍手《はくしゅ》したいくらいだった。こういう音がたまにきけるから、耳がよすぎるってのはまあ、悪くないんだけどね」

ぼくはにっこりとした。風体はこわいけれど、悪いひとじゃないんだ。さっきからずっとむらさきのランニングパンツに真っ白い蝶がとまっている。おじさんはそれを追い払おうとしない。小さな虫も安心しきって羽を休めてるようにみえる。白い羽のまんなかにひとつ真っ黒い点がある。

ぼくはつぶやいた。

「あの、蝶ってきれいですね」

「え？ いやあ、いれずみなんてね、彫《ほ》るもんじゃないね」

とおじさんはあわてて首筋をおさえながら、「これはちんぴらのころ入れたんだが、おかげでこの歳になって、みんなから『ちょうちょのおっさん』なんて呼ばれる始末で、まったくね、恥ずかしいったらありゃあしない」

「いや、べつに、いれずみってことだけじゃなくて」

とぼくは弁解するような口調でいった。「だから、そのパンツにとまってる蝶ですけど」

おじさんは腰にすっと目をおとし、照れくさそうに軽くサングラスをもちあげたあと、

「ああ、そんなものとまっているかい?」と笑った。「すまんね、いっておくのを忘れた。このちょうちょのおっさんは目がみえないんだよ」

おじさんのことをぼくは郵便局長への手紙に書いた。

六日後に返事がきた。

「友達ができるってのは悪いことじゃない。ただ、おれが心配しているのは、おまえが同じような歳のこどもとつきあおうとしないことだ。学校へはちゃんといっているか。おまえのじいさんは教頭先生を楽団にひきいれたぞ。打楽器を教えてる。教頭はいい生徒だ。それにじいさんとは歳も近い。おまえも歳の近い友達をみつけて、冬休みにはいっしょにかえってこい。みなで合奏をやろう」

ちょうちょのおじさんとはほぼ毎日顔をあわせた。図書館の裏手にトレーニングセンターがある。おじさんは朝からそこで汗を流している。お昼になると図書館にやってくるのは、音がしないこの場所でなら、しんからくつろぐことができるからだ。ぼくが想像するよりはるかに、街には耳障《みみざわ》りな音があふれているものらしい。

「耳の奥がむずがゆくなるんだよ」とおじさんはいった。「いくら指をのばしひっかこうとしても、そのかゆみにはけしてとどかない」

　おじさんはうまれつき盲目だったわけじゃない。若いころはプロボクシングの有望選手で、二十一のとき新人王決定戦にまですすんだ。一ラウンド目からおじさんのフックが相手のあごをとらえ、はやくも二度のダウンをうばった。相手もさすが決定戦にすすんでくるだけのことはあり、かんたんに試合を投げようとはしなかった。二ラウンド、三ラウンドに一度ずつおじさんは相手をたおした。相手の顔ははれあがり、ケチャップをそえたゆで野菜にみえたそうだ。そして四ラウンド、腰をかがめたおじさんの左目に、相手グラブの親指がつきささった。この反則はルール上「サミング」とよばれている。

「ねらってやったんじゃない。それはわかる」

　とおじさんはいった。「だいたい、頭突きやひじうちにくらべ、試合ちゅうのサミングはほんとうにめずらしいんだ。ねらってできるものじゃないからさ。試合をしているぼくにはわかった。あれは、まちがいなく偶然だったね」

　サミングをうけたおじさんは、しかし痛みをこらえ、ジャブをはなちながら猛然と左足をふみこんだ。そのとき、足の下にやわらかい、妙な感触があった。リングの上にあらわれた奇妙なこぶ、それは、つい今しがた自分がはきだしたマウスピースだった。バランスをくずしよろけたおじさんの顔面に、相手のでたらめなスイングが打ちかかる。おじさんは横ざまにふっとび、側頭部をニュートラルコーナーにぶっつけた。そのとたん、おじさんの目からすべての照明がきえた。

「ただ弱かった、ってだけのことだよ」

とおじさんは笑う。「世界ランクにはいるような選手だと、試合の結果が、偶然に左右されるなんてことはありえない。パンチの、ステップのひとつずつが、すべて計算ずくで動いていくから、勝敗にはちゃあんと理屈がある。ぼくの視神経がちょんぎれたのがサミングのせいだか、相手のパンチのせいだか、ダウンした衝撃のせいなのか、あのとき自分でもわからなかったし、いまだってわからない。そういうのって要するに、一流じゃないってことなのさ」

視力をうしなってもおじさんはボクシングをやめなかった。もちろん試合にはでられない。ライセンスだってとりあげられてしまった。けれど、おじさんはひとりボクシングジムのすみで、日がなサンドバッグをたたきつづけた。

「やめるのが、こわかったんだよ」

とおじさんはいう。「ボクシングをしているあいだだけは、バイクがぶつかってくることも、マンホールにおちることも、ないだろうから」

パンチングボールがいくら無軌道《むきどう》に跳ねても、おじさんのグラブはその中央を正確にとらえた。目がみえなくなって以降、おじさんのパンチはいっそうとぎすまされていき、その動きにもまったくむだがなくなった。ボクシング雑誌の初心者向け特集で写真モデルをつとめたこともある。ただ、ジムのコーチは若い選手たちをあつめいったそうだ、「この男は手本にみえるだろう、でもな、おまえらにはむりだ。まねしようとはするな。だいたい、こんなステップをされたら、相手がみとれちまって試合にならん。おまえらはボクシング選手だ。生身の相手と打ちあうことをかんがえろ」

おじさんはボクシング選手でなくなった。いわば、ボクシングの動きそのものになった。

コーチの暴力沙汰《ざた》でジムがつぶれると、おじさんは街のトレーニングセンターにかよいだした。最初は記憶をたよりに、おずおずと足をはこんだけれど、一年、二年と同じ道をかようううち歩調はなめらかになっていった。おじさんの耳は通りの音すべてをとらえた。クラクションや雑踏、売り子の声や工事の騒音。おじさんのあたまのなかには音の地図ができていった。ききなれないあたらしい音はすぐさま地図にかきくわえられた。

精密な音の地図にしたがい、ちょうちょのおじさんは踊るように街を歩く。まるで騒音の風に運ばれていくかのように。自転車や通行人、舗道に置かれた荷物さえ、おじさんは難なくよけることができた。

そこにあるものはね、とおじさんはいった。いつもなにかしら音をたてているものだよ、耳をかたむければそれはちゃんときこえるんだ。自転車の車輪。引っ越しのため息。それに靴《くつ》音。それらは地図の筋道を浮きたたせる。そしてときどき耳の奥をむずがゆくもさせる。

「時計はいつも重宝するよ」

とおじさんはいう。「街じゅうの時計は、どれも同じじゃあない。どれもがまるでちがう音をたてている。時報の一フレーズさえきけば、街のどこに立ってるか、ぼくは番地まで言いあててみせるよ」

「じゃあさ、ここはどこ」

おじさんは躊躇《ちゅうちょ》せず、

「銀行のはすむかいの雑貨屋の角。足のしたにはマンホール。先月とりかえたばかりのあたらしいふた。ぼくたちの五メートルうしろでは、パン屋の屋台が夕方のお客相手に店をあけている。いま、台の上に、五個目のパンがおかれた」

目をまるくするぼくに、おじさんはポケットへ手をつっこみながら、「耳だけじゃない、ぼくは鼻もきくんだよ。なんともいい匂《にお》いじゃないか、ねえきみ、くるみパンを二個、買ってきてくれないかな」

ちょうちょのおじさんはぼくをボクシングの練習にもさそってくれた。ぼくにはなにかボクシング的なものを感じるのだといって。興味はあったけれど、ことわるよりほかなかった。

「ずっと昔からぼくは、はげしい運動は禁じられているんです、心臓によくないんで」

「はげしい運動？」

と、パンをくわえたまま、おじさんはまた大声をあげる。犬を連れた通行人がおおきなからだのぼくたちをふりかえってみている。「ボクシングがはげしい運動だって？　冗談《じょうだん》じゃない。ボクシングはね、平らな道をまっすぐに歩いていくようなものだよ。意識せず、ちょうどいいテンポで足を前に、前にね。大事なのは、自分のからだの流れを感じとること、それだけなんだ」

自分のからだ。ぼくはこのことばにまたもやゆううつになる。ぼくの母さんをまっぷたつにしたからだ、ろくに「しゅっ、ぽっ」もきざめない、のろまででかすぎるこのぶざまなからだ。黙り込んだぼくに、おじさんはしばらくみえない視線を向けたあと、ふいに、

「ほら、もうすぐに時報が鳴る」

右手にふりむいていった。首筋のいれずみが夕陽をうけ輝いている。

銀行のてっぺんに黄金色《こがねいろ》の大時計がはまっていた。まわりを彫刻でかざられたそのかたちは、父さんのすわった階段の手すりをどこかおもいださせた。おじさんのいったとおり、やがて彫刻のふたがひらき、帽子をかぶった軍人の人形が時計の両側にせりだしてくる。

ぼおん、ぼおん

午後五時を告げる時報が街にひびく。

ぼおん
そちらをみあげるぼくたちにつられ、何人ものひとが立ち止まって時計をみている。まるでそこに時計があることにはじめてきづいたかのように。

ぼおん
時報の音は夕陽に似合っていた。色にたとえればオレンジ色。手をのばしてもつかめない、半透明のおおきなみかん。

ぼおん
さいごの時報が鳴ってもぼくたちはしばらくその場に突っ立っていた。余韻《よいん》が波のようにひいていき、まわりのざわざわとした雑踏がじょじょにおおきくなっていく。でもそれは、さっきまでとはどこかしらちがってきこえている。

「ねえ、きみ」

とおじさんはいう。「この街の時計って、きみがいってたほど、悪いもんじゃあなかろう」

「うん」

とぼくはこたえた。「悪いもんじゃ、ないですね」

そしてぼくたちは歩き出す。時報の余韻に洗われたオレンジ色の街を、ふたりならんで、やきたての甘いくるみパンをかじりながら。

おじさんと別れ、うちにつくと、ぼくあてに封書が二通届いていた。

いつものちいさな封筒は郵便局長から。楽団の近況、とくにおじいちゃんが教頭先生につけているレッスンをくわしく紹介したあと、街にあらわれた見慣れない商売人について、かんたんにふれている。

「一週間ほど前から宿屋に泊まっているらしいが、ゆかいな男でね。靴のセールスマンなんだが、こいつのはなしをきいてるうち、思わず三足かっちまいそうなほど商売がうまい」

そして大きな茶封筒は、父さんからだった。なんだかよくわからない数式がぎっしりかかれたその裏に、

「今度こそ証明がうまくいくぞ。実験すべて順調。素数《そすう》のねずみたちは父さんが思ったとおりにふるまっている。靴屋は父さんの仲間といっていい」

なんのことだろう、仲間だなんて、悪いけど父さんには似合わない。商売のうまいその靴屋が、父さんの証明に、どんなヒントを与えたっていうんだろう。

とん、たたん、とん

ぼくははっとした。

とん
クーツェの足ぶみ。
とん、たたん
クーツェの麦ふみはじょじょに、居間の向こうからの物音に変わっていく。
とん、とん
やがて台所からおばさんが金槌《かなづち》をもってあらわれ、ぼくをみておどろいたような表情をうかべた。
「あら、ごめんなさい。釘《くぎ》を打ってたの。ここに、あたらしい絵をかけようと思って。晩ごはんはできているわ。鶏《とり》とキャベツを煮《に》込《こ》んだのよ」
おばさんのあたらしい風景画には、山間の紅葉をうつした鏡のような湖がかかれてあった。湖にうかべられたボートの上に、小枝のような人影がふたつ向かい合ってみえる。ぼくはほかの絵にも目をうつした。あらためてみなおすと、壁《かべ》にかけられたすべての絵に、向かい合わせになったその影がえがかれていた。小柄な男と、帽子をかぶったもうひとりは女のひとらしい。いなかのあぜみち、砂浜。競馬場の雑踏のなか。ふたりは絵のどこかにかならずみつかった。どれも同じくらいの間隔をあけて、たがいにじっとみつめあって。
「たべましょう」

とおばさんがいう。ぼくたちは鶏とキャベツの煮込みをならんでたべた。壁にぎっしりと絵のかけられた居間。時計がひとつもない部屋。だまったままたべたおばさんの料理は、あいかわらず絶品で、スプーンをなめあげながらぼくは胸のうちでおもった、この時計の街で生まれそだったおばさんのうちに、どうして時計がないんだろう。

赤い犬と目のみえないボクサーのワルツ

耳がいいだけじゃない、ちょうちょおじさんはとびきりのきき上手でもあった。おじいちゃんのティンパニ、父さんの証明。街にふったねずみの雨、ねこの声にやみねずみ。そして、用務員さんの最後のマーチ。ぼくはえんえんとしゃべった。おじさんはときおり手をあげて質問をはさんだ。

「港についた漁船はどんなかたちだった?」

「やみねずみって、においがしたかい?」

ぼくがなんとか説明をおえると、おじさんはうつむき、うんうんとうなずく。みえない目の奥に、ぼくの育った街の風景をえがきだそうとしているみたいに。おじさんがいちばん興味をしめしたのは、クーツェのはなしだった。

ちょうちょのおじさんは首筋をかきながら、

「もう一度きいてみたいね」

といった。「きみのいうクーツェね、そいつの足音は、どれも同じようだけれど、今から考えてみれば、あれはそれぞれがぜんぜんちがってきこえたな」

「でもおじさん」

とぼくはベンチの下の土をけってこたえる。「クーツェはいったんだよ、みんな同じだ、って。そりゃぼくにだって、意味はよくわかんないけど」

おじさんはあごに手をあて、しばらく考え込んだあと、

「麦ふみ、だったっけ」

とつぶやいた。「ぼくはそれがどんなことかしらない。麦畑なんてみたことがないしね。ただ、ふみつける麦は一本ずつちがうはずだろ？　それを、どれも同じだ、ってクーツェがいうんなら、そのクーツェってやつはよほどのばかか、あるいは悲しいくらいまじめなやつなんだろうね」

おじさんのいおうとしたことが、今のぼくにはうっすらとわかる。悲しいほどまじめ。まぬけにみえるくらいに。それはクーツェにだけあてはまるいい回しじゃない。

音楽学校での授業について、ぼくはなかなかいいだせなかった。なにしろ、さぼりだから。実習の時間をさぼって図書館にきてるんだから。おじさんがこうきりだしたとき、ぼくは心臓がのどもとまでとびあがった気がした。

「学校はつまらないかい」

自分の顔に血がのぼっていくのがわかる。司書が図書館からでてきて、ぼくたちのほうをみないよう、あごをつんとあげて噴水《ふんすい》のほうへとあるいてく。

「若いボクサーもね、同じようないらいらをかかえてることがある」

おじさんはいった。「ジャブにストレート、フックにアッパー。パンチを教わってそれだけを打つのは、わりと簡単にできるんだが、いざ、一ラウンドまるまるシャドウをつづけるとなると、動きはてんでばらばらでね、まるでボクシングにはなっちゃいない」

「音楽とボクシングはちがうよ」

「そうかな。まあ、ずいぶんちがうけど、共通点も多いよ」

おじさんは太い右腕をゆっくりとさしあげて、「若い子は、パンチって腕で打つんだとかんちがいしてる。ちがうんだな、全身だよ。全身のつながった動きが、つまりボクシングなんだ。音楽もそうなんじゃないか？　指揮棒を一度ふる、ヴァイオリンの弓を一回だけひく。これだけじゃ音楽にはならないだろ。理想をいえばさ、最初から最後まで、全部の動作がつながってなけりゃいけないんじゃないかな、ソリストだろうがオーケストラだろうが、全員のからだの動作がひとかたまりとして」

ぼくはいいかえせない。楽団の、墓地での演奏がおもいうかぶ。

「ただね、音楽家ってたいへんとおもうよ」

ぼくの肩にてのひらを置き、おじさんはいった。「だって、この世にはあらかじめ、ひどい音があふれちゃっているから。ものすごい雑踏のなかで、シャドウボクシングをつづけるようなもんだろう。だけど、いいか、きみはちゃんとその世のなかをみつめなきゃならない。この世が実際どんなひどい音をたてているのか、耳をそらさずききとらなけりゃならないんだ。ぼくがおもうに、一流の音楽家っていうのは、音の先にひろがるひどい風景のなかから、たったひとつでもいい、かすかに鳴ってるきれいな音をひろいあげ、ぼくたちの耳におおきく、とてつもなくおおきくひびかせてくれる、そういう技術をもったひとのことだよ」

「そんなのむりだ」

とぼくは泣きそうになりながら、「ぼくの耳には、ふつうの音しかきこえないもの」

おじさんはサングラスをはずし白くもやった瞳《ひとみ》をぼくにむけた。

「そんなことはないよ」

おじさんははっきりといった。「きみにはクーツェの麦ふみがきこえるじゃないか」

ぼくはくちびるをかんでおじさんの瞳をみつめた。それは一見、なんだかこわい。けどみとれずにはいられない。なんにもうつらないいっぽう、あらゆるみえないものを音でもってうつしとる魔法の鏡。ぼくのつぶやき、歩調、はなし声をきいて、おじさんはいったいどんな姿をそこにえがいてるんだろう。

ぼくは自分が恥ずかしくなった。

「ねえ、おじさん」

ぼくはたずねてみる。「おじさんはどうしてそんなに耳がいいの？」

ちょうちょおじさんはサングラスをかけてちらと笑う。

そして前に向き直り、盲学校のはなしをはじめた。


目がみえなくなってすぐ、おじさんは盲学校へかようことになった。寄宿舎付きのその学校は湖に面している。湖をはさんで、カスタネット型の街の、ちょうど反対側だ。敷地《しきち》には盲導犬が三匹はなしがいにしてある。生徒が腰まで湖水につかると、犬はすぐわきまで泳いでいき、生徒が転んだり水をのんだりしないよう注意深くみはっている。三匹の名前は、目のみえない生徒たちのイメージをくすぐるよう、赤色、黄色、みどり色といった。それぞれ、名前どおりの色の首輪をはめているらしい。おじさんはむろん首輪をみたことがない。

おかしな学校だったよ、とおじさんはいった。先生もほとんどが盲人なんだ。校舎は、ふつうの学校となんらかわらない。点字の案内板、よけいな手すりなんかもつけられちゃいないし、それどころか手すりのない階段まであった。廊下には、ときどき、古びた机や使わなくなった跳《と》び箱が、わざと置かれた。きまぐれに板で間仕切りがされ、その位置がまた、ひんぱんに変更された。ふつうの街にでて、ふつうの暮らしをするための技術を、その盲学校では教えていた。

生徒たちはおずおずと足で前をさぐるように廊下をすすむ。昨日まで置かれてなかった椅子《いす》をけとばし、ハードルに膝頭《ひざがしら》をうちつけながら歩いていく。階段では転び、廊下でも転び、生徒同士、いや、先生もふくめて、しじゅうどこかで顔面をぶつけあっていた。階段では転び、廊下でも転んだ。ちょうちょおじさんにいわせれば、うまい転びかた、ぶつかりかたを身につけるってことが、盲人にとっては、なにより大切なんだそうだ。学校側も、生徒が致命的《ちめいてき》なけがを負わないようぎりぎりの保険はかけていた。それがつまり、赤と黄色、みどり色の三匹というわけだった。

おじさんは三匹のうち、とりわけ赤色と仲が良かった。ボクサー時代につけていたトランクスの色。それに、新人時代、赤コーナーに陣取ることが多かったおじさんは、赤という、もう自分の目ではみられない色に親しみをおぼえた。生徒たちの誰《だれ》もが犬の名前それぞれに特別な感傷をもっていた。たとえば赤は燃えさかる暖炉《だんろ》、あるいは買ってもらったばかりのプリーツスカート。黄色なら夏のひざし、秋の落ち葉。そしてみどりならば、とれたてのキャベツ、春の散歩。

おじさんは毎朝、湖の浜辺でトレーニングにはげむ。シャドウボクシングのさなか、だれもいないはずの砂地に、はあはあ、と息をはずませる音がきこえてくる。赤色は敏《びん》捷《しょう》にとびはね、一瞬として同じところにはいない。はしゃぎ声を押し殺し、ちょうどいい距離で跳ねた。赤色は理想的な練習相手だった。まるで目のみえるもうひとりの自分と打ちあっているようだったよ、とおじさんはいっていた。

トレーニングがすむと湖でひと泳ぎし、おじさんは校舎のなかへはいる。いりくんだ廊下を手探りですすみ、声のする教室をみつければ、迷わずそこにはいっていく。この学校には時間割がない。教室に十人程度生徒があつまれば、その時点で授業がはじまる。終業時間もきまってはいない。午後いっぱい、同じ教室で同じ授業がつづくこともめずらしくなかった。

「ぼくだけじゃない、生徒全員が好きだったのは、音楽の授業だ」

「音楽？」

とぼくはつい身をのりだす。「どんな授業なの。楽器をつかう？　合唱をするの？」

おじさんはおだやかな表情で首をふってみせる。

音楽の授業は校舎の内外をとわず、あらゆるところでおこなわれたそうだ。それはすこぶる簡単なものだった。みな車座になってすわり、十分、あるいはもうしばらく、沈黙しつづける。そのあとで先生が口をひらく。さあ、みんな、どんな音がきこえましたか。生徒たちは胸のうちでつけていたメモを順番によみあげていく。

湖の波。

自動車のブレーキ。

遊覧船《ゆうらんせん》の汽笛《きてき》。

だれかのげっぷ。

となりの子がクラッカーをたべてました。

つぐみのさえずり。

黄色と赤とがじゃれあう音。

電話のベル。

セロテープをゆっくりはがすような物音。

廊下でなにかに膝をぶっつけた、校長先生の悪態。

歳《とし》も生まれもぜんぜんちがう生徒たちは、ときに笑い、ときに感心の吐息《といき》をつきながら、互いのききとったすてきな物音がもういちどきこえてこないかと耳をすませている。

誰もが一個か、あるいはもっと多く、ほかの生徒にはきこえなかった音を耳にしていた。おじさんは、当たり前だよ、と笑った。全部の音をすべてききとるなんてことできやしない、この世には音があふれてる、それこそ無尽蔵《むじんぞう》だ。十分もすわってりゃ、ぼくの耳にだって、みんなにはきこえない音がなにかしらきこえたさ。

旋盤《せんばん》のまわる音。

湖水に水鳥がとびこんで、またあがった。

プロペラ飛行機。

らっぱの練習。

ささやきあう見学のひとびと。

厨房《ちゅうぼう》で鍋《なべ》がおっこちた。

ふくろうの声。

音楽の授業で生徒たちは耳のすませかたを身につけた。そのうち何人かは卒業後、有名な音楽家になって、現在おおきなオーケストラで演奏をしている。その他の生徒たちも、それぞれの街にかえり、それぞれのやりかたで、ふつうのくらしをいとなんでいる。耳をすませ、ときどきうまく転ぶ方法を身につければ、ふつうのくらしもそれほどひどいものじゃない。そのひどさはたぶん、目のみえるひとが味わうのとほぼ同じ程度だよ、とおじさんはいった。

盲学校は十年前に閉鎖《へいさ》された。入学早々、階段から転げ落ちて鼻の骨を折った男の子の両親が、学校を相手取って訴訟《そしょう》をおこしたのだ。三匹の犬だけが安全対策では、学校にはいいわけのしようがなかった。当時は引退していた、創立者の元校長は、法廷でこういったそうだ。

「いずれは訴えられるかもしれないとおもっていた。創立以来四十年、訴訟などなく、ひどい事故もなかった。目のみえない生徒たちは元気に卒業していった。十歳の子も、五十がらみの生徒もいた。みなふしぎなほどうちとけあっていた。私もそうですが、目がみえないとひとは臆病《おくびょう》になるものです。だからこそしっかりと身をよせあうのかも。ひょっとして、自分の目の前に、なにかおぞましい毛むくじゃらのものが大口をあけて立っているのでは、私たちはそんな思いでびくびくと生きているんです。いざ食いつかれたときには心構えができている。そして訴訟は起きました。学校は閉鎖します」

三匹の盲導犬はそれぞれが卒業生によってひきとられた。おじさんはそれが自分でなかったことを悔やんでいた。十年前の当時、おじさんは街を歩きながら、犬の気配を感じ取ることがあった。公《おおやけ》の場所で、犬のほうからほえたり、じゃれついてくることは考えられなかった。三匹とも、すこぶる優秀な盲導犬だったからだ。

卒業して二十年も経《た》つのに、とおじさんはため息をついた。今だって、ときどき赤色の吐《は》く息が、足元をすぎていくような気がするんだ。ぼくがひどい転びかたをしないよう、すぐうしろで伏せっている、そう感じるときがあるんだよ、と。

うちに帰ると郵便局長から手紙がとどいていた。いつになく分厚い。ぼくにはぴんときた。例の質問に対する返事だ、おばさんのうちに時計のない理由。ぼくは封をひらいて読みはじめた。

「妹のだんなは腕のいい時計職人だった。おれもやつがつくった柱時計をもっている。今だって一年に一秒と狂わない。やつと妹のうちは、それこそ壁《かべ》じゅう、かけ時計でうめつくされていたものさ。やつらは仲がよかった。それこそ同じ時計の長針と短針みたいに、はなれた場所にいても互いのことを気にかけていた。よくふたりして釣《つ》りにでかけていたな。おれも誘われたけれど、湖の釣りってのはどうも性に合わないんだ。釣りならやはり外海にかぎるよ。

やつは時間に正確な男で、七時に、って約束すると、喫茶店に六時五十九分五十秒ごろはいってきて、ゆったりとした歩調でおれにちかづいてき、やあ、と七時きっかりに帽子を持ちあげてみせる。妹も苦笑してたな、毎晩八時ちょうどにドアベルが鳴るの、店から帰ってくるあのひとは、まるで時報なのよ、って。

ある朝のこと、いつものように、六時ぴったりに戸口を出るだんなを見送った妹は、たった数分後ドアベルが鳴ったのに驚き、戸をあけてまた驚いた。脂汗《あぶらあせ》を顔面ににじませただんながそこに立っていた。『なんだかくらくらするんだ』とだんなはいった。『ちょっとだけ休む。それから店へいく』そしてソファへたおれこんだだんなはぐうぐうといびきを立てだした。昼になってもいびきは鳴りやまなかった。妹は救急車をよんだ。『頭におおきな影がある。いわゆるおできです』とレントゲン医はいった。『ただ、お気の毒ですが奥さん、これは致命的《ちめいてき》なおできですな』

妹は枕元《まくらもと》につきっきりだった。だんなのいびきにじっと耳をすませ、目覚めの予兆《よちょう》をなにかききとれないかとねがいながら。だんなのいびきは二秒に一度ずつ正確に鳴った。いつもと変わりないのよ、と妹はおれにすがりながらいった。ふだんあのひとがベッドで立ててる寝息と、なんにも変わらないの。兄さん、目覚めるわよね、あのひと、眠ってるだけなんでしょう？　おれは、そうだな、とこたえた。眠ってるだけだろうな、と。ほかになにがいえる？

三日目の夜、妹は、いびきの調子が変わったのにきづいた。急いで灯りをつけると、やつはうすぼんやりと目をひらき、やあ、といったそうだ。妹は涙をこらえ、おはよう、ずいぶん寝坊したわね、といった。

『寝坊か、そいつはいけない。でも、ねえ、もうちょっとだけ寝ていたいんだ』

『だめよ！』

と妹はいった。『いま起きないと、お店に遅れちゃうわ！』

『おねがいだよ、あと三分、いや一分だけ』

そういってだんなは目をとじた。

そしてちょうど六十秒のち、息をひきとった。

妹はうちにかかった時計すべて、そして店を、別の時計屋に売り払った。しばらくは外へ出ようともしなかった。その街にはどこにだって時計があるから。

今はずいぶん元気だろう？　去年そっちで会ったが、ずいぶん肥《こ》えてたしな。料理学校にかよいはじめて明るくなったっていってた。うまいものは大事だよ。お前もでかくなりすぎないよう、注意してたべることだ。秋祭りの記念切手をありがとう」

ぼくは手紙を封筒にしまい、壁にならんだ油絵をみた。一枚一枚の前に立ち、それまでにないほど顔を近よせて、時計のかわりにかけられたおびただしい数の風景画にむかいあった。

湖水での釣り。午後の競馬。お祭りの雑踏。

おばさんとだんなさんとが過ごした、それぞれの時間のスクラップ。額縁のなかでそれらは、この世とはちがう、別の時間をきざんでいる。そのどこにもみえるふたつの黒い影。おばさんとだんなさん。ちょうどいい距離で向きあう長針と短針。

湖にできるさざ波、駆けてくる馬のひづめ、こちこちと打つ秒針。きこえるはずのない音が、額縁からひびいてくるようにおもった。目のみえないひとが瞳《ひとみ》のなかにえがくのは、たぶんこんな風景なんじゃないか。

「先に帰ってたのね、どうしたのそんなところで」

うしろから声をかけられ、ぼくはどきっとする。おばさんのかかえた紙袋からたまねぎの頭がのぞいている。気取られぬよう目をこすりながら、ぼくは絵を一枚ゆびさし、この額がちょっとゆがんでいたんで直してたんだ、といった。

夕ごはんを食べながらぼくはクーツェのはなしをした。ぴんとこなかったみたいだけれど、おばさんは、クーツェってその名前は変よね、と笑った。

この夜はレコードをきかなかった。ぼくはまっくらな部屋で目をつむり、じっと耳をすませていた。

夜中すぎ、戸口越しに居間のほうから物音がきこえた。

宙に浮いたほうきでやさしく床をなでるような音。

それにまじるかすかな床板のきしみ。

それは、おばさんが居間をそっと歩いてる音だった。絵の前にたちどまっては進み、また別の絵の前にたたずんで。重いおばさんの体重をがんじょうな床はしっかりと受け止めて。

足音がとまるたび、みえるはずのない風景がぼくのなかにたちあらわれた。

アパートのくらい階段をおりていくだんなさんの背中。

釣り竿《ざお》のリールをまきあげ、銀色に光るますをつかむ繊細《せんさい》な指。

競馬場の観客席で勝ち馬がとおりすぎるのをみおくったあと、だんなさんはほほえみながら振り返って、

「いまのはコース記録だ、二分と十五秒三、二分と十五秒三だよ!」

ぼくはおばさんのたてる物音に耳をすます。そして、うすやみのなか五線紙にペンを走らせる。

ちょうちょおじさんの目にはみえなかった浜辺の光景を、一枚の風景画のようにおもいえがきながら。

翌朝までかけ、ぼくは五線紙に音符《おんぷ》をうめていった。「赤い犬と目のみえないボクサーのワルツ」。これがぼくのあの街でつくったはじめての曲ということになる。

十月十二日のスクラップブックより

＊

あのな、成績がわるくってもそんな気にやむことはないぞ。おまえはちょっと、ほかの生徒より気がやさしすぎるんだ。ひとを押しのけてまで、ってところがないからな。地道にはげめば、いつかきっとむくわれるときがある。ところで、年末の学科発表会、がんばれよ。妹はいけるそうだが、おれたちはちょっと無理だな。テープで我慢《がまん》しとくとするよ。

楽団みんな、おまえと演奏したくてうずうずしてるんだ。おまえもいろいろと忙しいかもしれんが、長い休みがとれたら帰っておいで。もちろん、一生のうちには、ふるさとなんて気にかけず、一心になにかにとりくむ時期があってしかるべきだろうけれど。

＊

素数《そすう》のねずみは集合としてふるまう。この際、素数それぞれに内在する指向性が、集合の濃度にかかわってくる。もっとも安定した集合を構成する素数群はなにか。しばらく実験を重ねる必要がある。さらにおおきなケージが入用。親友がなんとかしてくれるだろう。

*

「天才馬のおそまつな飼い主」

かけ算やわり算の解答、客の年齢、あるいは街の人口まで、正確にいいあてることで名を博していた、いわゆる天才馬騒動をめぐるからくりがあきらかになった。馬は飼い主から「五かける四は」「このひとはいくつだ」などときかれ、その数だけひづめを打ちならしてみせるのだったが、これは馬に計算ができているのではなく、飼い主や観客の表情をみながら打っていたのである。こたえるべき数までひづめが鳴らされると、まわりをとりまく人物の心拍《しんぱく》はかすかにあがり、額やわきのしたにわずかながら汗もかく。その匂《にお》いや音を感じとり、馬はそっとひづめをおろすのである。わが編集部に投書を寄せた中学生が、馬を部屋にとじこめ、別室から質問をするという実験にいどみ、自説をみごとに立証してみせた。馬はなにをきかれてもただじっとし、にやにや歯をむいているばかりであった。

がしかし、この馬のおどろくべき敏感さをたたえるについては、編集部もけしてやぶさかではない。動物はわれらには未知の感覚でもって、この世と相対している。おそまつなのは、飼い主や他の新聞記者であろう。彼らは本気で馬に計算ができると信じていたのだ。結局、人間の浅知恵はまだまだ馬にさえおよびもつかないのである。

十一月三日のスクラップブックより

＊

来月の発表会におまえがえらんだのが、おまえ自身のつくった、弦楽《げんがく》四重奏曲ってのにはびっくりしたよ。ただ、じいさんはあたりまえって顔をしていたがね。チェロだってヴィオラだって、弦をこするもの、はじくものぜんぶ、要するに打楽器の延長なんだ、それに、ねこにきくようすすめたリストにも、四重奏はもちろんピアノやハープのソナタがはいってる、ってさ。それにしても、おまえがいつかハープの曲をかくってかい？　ハープってあの、妙にひらひらした女がうす笑いをうかべながらひく楽器だろう？　おれにはなんだか想像がつかないね。

帰ってくるんじゃないぞ、ねこ。最近この街はどうかなってしまった。いやな臭《にお》いだ。ねこ、去年とはまたちがうが、あのときと同じくらいくさった臭いが街じゅうにただよっている。鼻が、耳が、まったくどうにかなりそうなくらいだ。

実験はすべて仮説をうらづけている。あたらしい数学分野を開拓しつつあるというおそれ、興奮。このまま一気に証明を書きあげるつもりだ。来年のコンクールがおわれば、ようやく私も、数学アカデミーに迎えられることだろう。

＊

「盲目のボクサー、すりに右フック！」

昨日、近郊から市街地へむかうのぼり電車のなかで、奇妙なとりもの騒ぎがあった。巨体の運動コーチが常習のすりを現行犯でつかまえたのである。このコーチは驚くなかれ、盲目であった。彼は語っている。

「すぐまうしろで、背広にかみそりをいれる音がきこえたんです。ふだんなら放っておくんですが、被害にあいかかった男は、ばあさんに席をゆずったばかりでしてね。こりゃあなんとも気の毒だから、すりの指が財布《さいふ》にふれた音をきいた時点で、ふりむいて、あごの左側をこすってやったんです。なに、折れちゃいませんよ」

記録によれば、かの人物は、わが国のヘヴィー級三位まであがった元名ボクサーである。試合中の事故で視覚をうしなったものの、リハビリテーションを積み、現在はスポーツトレーナーの職についている。

「目がみえなくなったのがよかったのか、それとも悪かったのか、いまとなってはよくわかりません。ただね、なくなったものを無理にとりかえそうとは思いませんね。今回はまた、柄にもないことをしたものです」

鉄道警備局が特別給での採用を申しでたところ、盲目の元ボクサーはこの世で最高の冗談《じょうだん》をきいたかのように笑い、軽やかな足取りで立ち去ったという。

十二月二十一日のスクラップブックより（投函《とうかん》されなかった手紙）

＊

局長さん、おじいちゃん、それに楽団のみなさん、お元気ですか。

ぼくはひどい気分です。

ゆうべ、発表会がありました。「赤い犬と目のみえないボクサーのワルツ」って曲は、もともと打楽器アンサンブルのつもりで書いたんだけど、学科主任がわざわざ、へんちくりんな弦楽四重奏に編曲しなおしたのです。

ぼくは最後まで演奏すらできませんでした。

ステージにでると、客席からくすくす忍び笑いがきこえ、上級生の席あたりから、こんなところでサーカスだ、肩ぐるまの曲芸だ！　するとおおきな拍手《はくしゅ》がわきました。ぼくに対してじゃありません。その生徒の冗談にです。

頭がくらくらしましたが、なんとか指揮台にたちます。女のひとが客席で、「まあ、うちの子がみえないじゃない！」

と叫び、それでまた大笑い。

ぼくはいつの間にかタクトをふりおろしていました。

三十二小節をすぎたあたり、第一ヴァイオリンの音が急にしなくなりました。つづいて、第二、ヴィオラ、それにチェロと。ぼくはタクトをもったまま、呆然《ぼうぜん》と立っています。第一ヴァイオリンの子がこういいました。

「わるいけどさ」

会場じゅうにひびく声で、「みあげる首がいたくってさ、もうこれ以上、つづけらんないんだよね」

爆笑がわきおこるなか、ぼくはステージ袖《そで》にひっこみました。

ぼくは指揮者にはむいていない、と学科主任はいいました。あのワルツも、妙な雑音ばっかりで、音楽とはいえない。しばらくピアノの練習に専念したらどうだね、そういってぼくにコーヒーガムをさしだしました。さすがに同情したんだとおもいます。

三月二十三日のスクラップブックより

＊

ずいぶん顔をみてないが、元気にやってるか。たまには手紙をくれよ。楽団は去年の花火大会以来すこぶる調子がいい。教頭先生は小だいこがものすごくうまくなった。たいこのパートが鳴りだすのが、指揮台にたってるおれもたのしみなくらいだよ。さすがだね、おまえのじいさんは。最近あんまり口をきいてくれないが。

ところで、すごいニュースがいくつかある。おれと楽団のメンバー四人とで、船を買うんだよ。七人乗り、キャビンつきの外国製スクーナーだ。今年の夏にはできあがってくるってさ。そしてだ。楽団はな、もうすぐレコードをふきこむんだよ。すごいだろう。

＊

「証明おわり」まであと少し。親友と、ケージのねずみたちだけが、わたしの偉業をみまもってくれている。あとほんの少しだ。おまえも祈ってくれ。

＊

生まれかわり男のコラム「あのとき私は」

過去三千年分の記憶をすべてもつ「奇跡《きせき》の生まれかわり男」への人気インタビューコラムです。今回はおよそ七十五年前、ビル爆破職人だったころの記憶にさかのぼっていただきました(問い合わせが多いですが、顔写真は現世の彼です。いくら若くみえても、また、現世では十九歳になったばかりですが、生まれかわり男の物腰《ものごし》にはいつも、三千年を越えてきたものにしかない重厚さがうかがえるのです)。

「あのとき私は、熟練《じゆくれん》の火薬職人だった。ビルのどこに火薬をしかければよいのかが私にはすべてみえた。ビルの構造をいちいち調べるのではない。建物の爆発する瞬間をおもいえがくのだ。吹きあがる炎、砂塵《さじん》に煙、そのかたちがみえれば火薬のしかけかたなど手にとるようにわかる。職人としての私は、それまでと同じように特別な人間だった。全員が避難したビルに私がはいると、それまでかくれていたねずみ、ごきぶり、はえや蚊《か》とんぼまでが、あらゆる出口から逃げた。私は爆破職人以上のなにものかだった」

「あれは七十五年と三十三日前だ、この爆破で命をおとすだろうことが、むろん私にはわかっていた。ただ、これもいつものことだが、どのような死をむかえるかは私にもわからなかった。私はていねいに火薬をしかけてまわった。理想的なビルだった。理想的というのは、一瞬の轟音《ごうおん》、そして炎をあげたあと、まさに燃え尽きる塩の柱のようにあっというまにくずれおちるさまが、それまでになくありありと目にみえたからだ」

「二十階建ての各階に火薬をしかけおわった私は地階へとおりた。上の構造物をすっぽりそこへ沈めるため、地下の爆破は、念入りにとりおこなわれなくてはならない。私は念入りにしかけた。蒸し暑かった。汗をぬぐったとたん、ききなれない物音が暗がりからした。ランプを向けると、そこに一匹のねずみがいた。いやにおおきい。太りすぎで、逃げ遅れたのかもしれない。ねずみはいらだっているようすだった。いらだちのあまり、電線をかじっていた。なるほど、と、私は自分の運命をさとり、ろうそくを吹き消した。やがて暗闇《くらやみ》に火花が散った。火花をはなちながら電線はゆっくりとたれ落ちていく。ねずみの逃げ去る足音がひびく。電線の先がたわみ、私のしかけた火薬にふれた。轟音がとどろいた」

つまり、ビル爆破職人としての彼のからだは、現在も官庁街の地下深くにうずまっているんだそうです。

次回はほぼ五百四十年前、宮廷おかかえ吟遊《ぎんゆう》詩人だったころの記憶を披露《ひろう》していただきます。お楽しみに。

夏の盲学校

遊覧船《ゆうらんせん》の甲板でちょうちょおじさんは手すりにもたれている。はげあがった頭の上、綿毛のような髪が、湖からの風をあびてふわふわと揺《ゆ》れている。うしろからぼくが近づいていくと、おじさんはふりかえり、

「アイスクリームだね」

と笑った。ぼくの手からさじとカップをとって、こどものような顔で、かたく凍《こお》りついたお菓子を砕き、ていねいに口へはこぶ。うすいピンクのラズベリー風味。ぼくのはバニラだ。

湖をめぐる遊覧船は一日に三便出ている。休日の朝ということで、甲板にはまばらな乗客しかいない。六月の淡《あわ》い光が湖の波にとけていく。景気をつけるかのように、野太い汽笛《きてき》が三度、ぼう、ぼう、ぼう、と鳴る。

「うまいね」

とおじさんはさじをカップへ向けていう。「十年、二十年前とくらべて、この船のアイスクリームは、ずいぶんうまくなった。それ以外はあんまりかわっちゃいない。まぬけな汽笛にぜんそく持ちみたいなエンジンの音。切符もぎのせりふまで同じだ。『目のみえないかたは、前のかたの背中をたよりに、いちばんあとからのりこんでください』。いまじゃもう、向こう岸をたずねていく盲人なんてひとりもいないはずなのに」

切符もぎは、ちょうちょおじさんのことをみおぼえていた。乗船口で、同じぐらいの背丈のぼくをふしぎそうに見上げ、あんたもいちばんあとからのるかい、と大声でたずねた。

盲学校の跡地をたずねてみたい、といいだしたのは、もちろんぼくのほうからだ。「赤い犬と目のみえないボクサーのワルツ」以来、半年間かけ、ぼくは二十近い新曲をつくってみては、学校へともっていった。楽譜《がくふ》に目をおとすたび、同級生や教官たちはうんざりって顔つきになった。また打楽器曲か、と。だれが一時間ずっと、たいこだけきいてたのしんでくれる？

主任教官はぼくにたずねた。

「しかもなんだね、この、グラスがじゅうたんにおちて割れる音、って指定は」

ぼくはこたえた。

「ステージにじゅうたんをしいて、そこへいっせいにグラスを十二個おとすんです」

「ふざけるな」

と教官はいった。

指揮のほうでは、生徒は全員、他の学科生や先輩の楽団を相手に実習をつづけていた。講堂の客席にはひんぱんに校長も姿をみせた。校長はときどき学科主任をよびつけ、舞台袖にいるあのでかいのにも指揮をさせろ、といった。ぼくがおずおずとステージにでると、校長とその友人たちは、呼び物の道化がでてきたかのように爆笑し、頭上にかかげた手をばちばちと打った。

演奏は、タクトをふりはじめて三分ともたない。ヴァイオリン奏者もオーボエ吹きも、みんな手つきがあやふやになり、やがて楽器をおろしてしまう。

「わるいな」

とやはり彼らはいう。「首がいたくってさ」

街へでると、ぼくはしょっちゅう耳鳴りにおそわれた。おばさんのうちで部屋にこもり、おじいちゃんの選んだレコードをきいているときにさえ、耳の奥からむわむわと毛むくじゃらのこだまがあふれてきた。

そのさなか、
とん、たたん

ぼくはクーツェのたてる遠い音にほっとゆるい息をつく。

たたん、とん
なつかしいその足音はぼくのざわついた胸をしずめてくれる。

とん、たたん。とん
もうひとつ、ぼくを音楽につなぎとめていたものは、用務員さんが残してくれた楽譜のファイルだった。判読のむずかしいその譜面を指で追っていくうち、ぼくの口はいつのまにかからからになっている。ぼくはおもう、自分はひょっとして、とんでもないものを手にしているのかもしれない。

用務員さんのつくった吹奏楽曲には、一見、秩序《ちつじょ》がない。ゴシップ雑誌や学校のからさわぎから題材をとったそれらの音楽は、彼のつくっていたスクラップブックをおもわせた。あるいは、目のみえないひとがつくる音の地図。でたらめなこの世をあるくための、隠された方向図。

つまりそこには、たしかに、隠された秩序があった。遠くはなれた音符ひとつひとつが、それぞれわかちがたく、距離を超えてつなぎ合わされていた。

ぼくは用務員さんの楽譜をみつめながら、ひとり部屋にこもってタクトをふった。文字通り、一晩じゅうふりつづけた。

ある朝いつもどおり遅刻していくと、教員室によばれた。そこで学科主任に、落第がきまったとしらされた。

「しばらくは、教師も生徒も全校あげて、演奏会の準備に専念する」

パチン、とコーヒーガムをならしながら主任はいった。「来学期がはじまるまで休んでていいぞ。来学期もまだ、つづけるつもりがあるんなら」

盲学校はたぶんあのころのままだ、とおじさんはいった。いまも元職員のだれかが管理事務所に住んでるはずだし、ぼくが頼めば、敷地《しきち》を勝手に歩きまわることくらい許してくれるだろう。湖を横切る遊覧船にのれば一時間でつくよ。

野太い汽笛が一度鳴った。船は向こう岸に近づきつつある。ひとけのない砂浜には、気の早いパラソルがちらほらと立ち並んでいる。甲板の手すりにもたれ、向かい風をあびながら、

「しずかだね」

ちょうちょおじさんは船着き場のほうを向いたまま低い声でいう。「まるで、なにかがとまっちまったみたいなしずけさじゃないか」

船着き場からつづく砂利道はなだらかな坂になっている。おじさんは一歩ずつたしかめるかのようにそこを歩く。道の両脇《りょうわき》では名前のしれない夏草がふわりふわりとゆれて

いる。ときどき立ち止まるおじさんの耳には、夏草のゆれる音までがきこえているようにみえる。

管理事務所では年老いた夫婦が昼寝をしていた。

「ああ、ボクシングのひとかね！」

歯の抜けたばあさんはのびあがるようにしておじさんの首筋をながめた。「これまたなつかしい！　いれずみはずいぶんくすんじまってるが」

「校舎をうろついてきてもいいかな」

「いいとも、いいとも」

ばあさんはうなずいて笑う。そして鍵束《かぎたば》を手わたしながら、「あき缶やごみをけっとばしたら、捨てといてくれるとありがたいね」

盲学校は赤茶けたれんが造りの建物で、外壁のあちこちから黄色い雑草がのびでている。おじさんはドアノブをまさぐり、真鍮《しんちゅう》の鍵をゆっくりと鍵穴にさす。校舎のなかはひんやりとしていた。廊下の両側に背の高いついたてがいくつも重ねおかれてある。近づいてみると、ついたてにはあまり上品とはいえない悪態がいくつも書かれていた。これらが廊下のあちこちに置かれ、生徒たちのからだに、歩きかたのこつをたたきこんだわけだ。

ちょうちょおじさんは薄暗い廊下をあるいていく。ときおり立ち止まって、目の前の薄闇《うすやみ》をなでるような手つきをする。そこにはついたても机も、なにもありはしないのに。廊下におじさんの低いつぶやき声がひびく。

「そう、まさにここでつま先をぶつけたんだ」

「まさかね、机の上に椅子《いす》が重ねられてるとはおもわなかったよ」

おじさんはいとおしむようなあのしぐさをくりかえし、廊下のやみへと手をさしのばす。まるで、ぼくにみえやしないついたてや机が、おじさんのみえない目には、はっきりとみえているかのように。

おじさんは教室の鍵をあけ、なかへはいる。がらんとしている。壁《かべ》には黒板をはずしたあとがある。おじさんはいっていた、目がみえなくともぼくたちは黒板をつかって授業をうけたんだ。生まれつき目のみえない生徒はびっくりするほど滑《なめ》らかな音をたててそこへ文字を書いた。からだ全体をつかって字を書いているのが、ぼくにもうっすらとわかったんだよ。

「いつもここへすわった、この机に」

とおじさんはぼくをふりむいていう。教室の前のほうで、おおきなてのひらでなにもない場所に箱形をえがきながら、「ぼくは図体《ずうたい》がでかいから、校長が特注で机と椅子を贈ってくれた。板に足を四本打ちつけた簡単なものだった。ぼくはいちばん前にすわるのが好きでね、先生の声を真正面からきけるから。ぼくの重い机は、長いあいだ、先頭におかれっぱなしだったっけ」

「同じようにに図体がでかくっても、ぼくはいつもいちばんうしろでした」

と戸口からぼくはいった。「学年がかわっても、何度席替えをしても、ぼくの席だけはずっと決まってた。最初はそれがあたりまえなんだっておもってました。でもそのうち、変だな、っておもいはじめた。なんでぼくだけ場所がかわんないんだろう。その、変だな、っていう感じに、慣れることはありませんでした。ぼくは教室の最後尾で、ずっとみんなの頭をみてる。ずっとずっと、その風景はかわらなかった」

　おじさんは少しだまり、

「どんな気分だった？」

　とたずねた。

　ぼくはこたえた。

「教室を、別のどこかから盗みみてるような気分」

　おじさんは、てのひらでえがいたみえない机を指ではじきながら、

「ぼくはね、正直、先頭にいても、いちばんうしろにすわってるような気がしていたよ。教室のどこにすわってても、いちばんうしろって感じなんだよ。先生と自分とのあいだに、まっくらな距離があいている。どでかい裂《さ》け目が口をあけ、ぼくたちをまってる。先生はそのはるか先だ」

ちょうちょおじさんは一瞬間をとり、

「でもね、手をのばしてみると、これが案外、やすやすとさわれるんだよな。先生たちは、みんなから授業中やたら鼻をなでられるのにだけは、閉口してるみたいだった」

ぼくはくすくすと笑った。おじさんもつられて笑みをうかべながら、「きっと盲学校じゃ誰《だれ》もが、いちばんうしろにすわってるような気がしていたとおもうね。目がみえないって、うまくはいえないけれど、ちょうど、そんなふうな感じなんだよ」

「毎月、四、五人は、あんたみたいな卒業生がやってくる」

管理事務所のじいさんは紙コップのお茶を手わたしながらいう。「ふしぎなことだが、いつもきまって、目あきのともだちを連れてだ。まあ、この学校はかわっとったからな。目のみえるものにとっちゃ、いったいどんな場所かたしかめてみたい、なんて、おもうのかもしれん」

「なるほど、それでか」

ちょうちょおじさんはお茶をすすりあげて、「どうりで船のアナウンスがもとのままだったよ」

すぐに顔をしかめ、コップのなかをたしかめるように鼻を鳴らす。じいさんは含み笑いをしながら砂糖壺《つぼ》をさしだし、ちょうちょおじさんは壺から角砂糖をまとめて四つつまみコップへといれる。ふたりのやりとりは目がみえないもの同士とはおもえない。けど、やはり、ふたりは盲目なんだ。コップのなかみは得体のしれない紫がかった液体で、ぼくはひと目みてコップをテーブルにもどしてしまう。色がわかんないからこんなものを飲めるんだとおもう。

ばあさんのほうは目がみえる。もともと盲学校の経理係をしていた。ガスもれ事故にあって視力をうしなったじいさんとここで出会い、廃校《はいこう》になったあとも含め三十年以上をこの事務所ですごしている。結婚式では、盲人になって日の浅いじいさんが、白いレースをかぶったばあさんの頭にろうそくで火をつけた。船着き場の船宿近くで、若い女と手をつないで歩くじいさんをばあさんが買い物かごでぶったたいたこともある（若い女はボランティアの尼僧《にそう》だった）。

ふたりは卒業生のつくった信託《しんたく》基金を管理していた。ばあさんが数字を読み上げ、じいさんが計算をし、ばあさんがそれをまた帳簿にうつす。じいさんは暗算の名人だった。計算をするときにはな、とじいさんは得意げにいった、頭のなかに二十個ほどのガスメーターが浮かぶんだよ、それが同時にかたかたぴしゃんと動く。勘定をまちがえたことはいままでに一度だってないね。

「ところで、あんたは犬と仲がよかったっけな」

じいさんは壁のほうを向いてたずねた。「半年前だが、卒業生のひとりがここをたずねてきてな。そいつのはなしでは、廃校がきまった十年前、やつと、まだちいちゃかったひとり娘がひきとった『みどり色』な、そのあとあの犬のうんだ子犬が、いまじゃ七匹も育ってるってよ」

「へえ」

とちょうちょおじさんは顔をあげた。「いったい誰だい、その卒業生って」

じいさんはこともなげに、ぼくもレコードできいたことのある、有名なチェロ奏者の名前をあげた。

「あいつか！」

とおじさん。「ぼくと同じ年に入学したんだ。白内障《はくないしょう》の手術に失敗して、ほとんどみえなくなって。へんくつな男でね、なぜだかぼくとはえらく気があった」

「半年前は、外国から楽器を買いにきたってよ」

「あいつがみどり色をね、ふうん、なるほど」

とおじさんはくりかえしうなずいている。以前きいたおじさんのはなしでは、みどり色は若い三匹のなかでもリーダー格の盲導犬で、ときにはしゃぎすぎる赤色を叱《しか》り、おとなしい黄色を勇気づけ、盲学校の生徒たちを守っていたのだという。

「ほかの二匹は」

とおじさんはたずねた。「赤色と黄色がどうなったか、その後のことってなにか、きいてないかな」

「おい」

とじいさんはあわてたようすで、事務所の裏手をふりむき叫んだ。「ばあさん、いぬだ、犬！　犬がどうなったか、いってやってくれ」

「まったくもう」

とばあさんはエプロンで左手をふきふき裏口からはいってくる。からだじゅうににわとりの羽がくっついている。右手にはおおきななたをにぎってる。「いぬ、いぬ、いぬ、またいぬだ。ここにやってくる男どもは、なんで犬のことばかり気にすんだろうね。廃校がきまったとき、あたしは帳簿に追いまくられて、しばらく学校にはいなかったんだ。それに、あれからもう十年だ、どの犬ころだってとうにこの世にはいやしないんだよ」

「だから、だれがもらってって、それからどうなったかってことをさ」

「こないだもあたしがはなしてきかせたろう？　一度でいいからあんたのそのくさい口でいやあいいのに」

ばあさんはなたを右肩にのせ、「黄色いのは、ごろつきどもにからまれた飼い主、たしか役所のじいさんだったっけ、そのじいさんを守って、横腹に蹴《け》りをくらって死んだそうだよ」

「なんてことだ」

とちょうちょおじさん。

「もう一匹の飼い主は校長先生の甥《おい》っこ。さいごの卒業生さ。いい子だったよ。そそっかしいところをのぞけば。裁判がおわった夏、同窓会ってのがあってね。校長先生もひさしぶりにこっちへきた。あの甥っこは時間におくれてね、犬といっしょに最終の遊覧《ゆうらん》船《せん》へ乗ってくることになってた。風の強い日だった。このじいさんの作業つなぎまで洗濯ひもから飛ばされる始末で、おめかしした甥っこの麦わら帽なんて、羽みたいなもんだったろうさ、はしゃいで船のデッキでとびはねるうち、その帽子は強風にふきとばされた。手をのばした甥っこのからだは、くるりと手すりのすきまをくぐり湖におちた。犬はあとを追ってすばやくとびこんだ。おおよそ十分後だったって、甥っこがゴムボートにひきあげられたのは。麦わら帽はみつからないままだった、もちろん犬もね」

裏口へもどりながら、おばさんは、だまりこむぼくら三人に向きなおり、「まあ、たしかに立派な犬たちだとおもうよ。おまえさんらも見習ってさ、首輪としっぽでもつけてみちゃどうだい。多少は気概《きがい》のある男にみえるんじゃないかね」

ばあさんが去ったあと、どろりとしたお茶をゆらしながら、

「ああはいってるがね」

とじいさんはつぶやいた。「あんなふうに口は悪いが、あのばあさんだって、ひと一倍犬どもをかわいがってやがった」

「そうだったね」

とちょうちょおじさん。「色違いのごはん皿を三枚、犬のために買ってきたのは彼女だし」

「あいつが財産の処理を終えてこっちへもどってきたときさ、なんであの犬たちをひとにやっちまうんだ、って、ものすごい剣幕《けんまく》でな。ただ、おれはおもったんだよ、この三匹はちゃんとした盲導犬だ、こんな場所でのんびりくらすより、盲導犬として働けるうちは、さいごまで盲導犬をまっとうしたいんじゃないか、って。だから校長と相談して、事務所をたずねてきた生徒たちに頼んで、一匹ずつひきとってもらったんだ」

「わかってるよ」

とおじさんはいい、上をむいたまま右手を前にだした。「あんたがまちがったことをしただなんて、ぼくはおもわない」

「ありがとうよ」

とじいさんはコップに笑いかけてから、ちょうちょおじさんの手の甲にかるくふれた。「ここにくる卒業生たちはみんなそんなふうにいってくれるよ。ただおれはもう二度と犬を飼う気にはなれんがね」

午後いっぱいをかけ、ぼくたちふたりは盲学校の敷地をくまなくあるきまわった。松林のあいだをぬう迷路のような散歩道。いまでは雑草におおわれた野外作業所。それに、これも赤いれんが造りの二階建て宿舎。宿舎の外壁には白いひっかき傷で無数の名前がきざまれてある。ここをおとずれた盲人たちの署名《しょめい》だ。壁のとても低いところ、また、ぼくが手をのばしてやっとどくぐらいの位置にも白いサインはみつかった。

「おじさんのは？」

ぼくがきくと、おじさんは照れ笑いを浮かべながら、とりわけ高い場所にきざまれたいくつかの模様のなかから、ひとつだけを正確にゆびさした。

「きみもかいておくべきだよ」

ちょうちょおじさんはそういって、ぼくに、はげ落ちたれんがのかけらを手わたした。

「目はみえるにせよ、きみだってこの場所にやってきたひとりなんだから、ここになにかのしるしを残していくべきだとおもうよ」

ぼくはれんがのかけらをにぎり、赤れんがの前にしばらく立ちつくした。風が松林をゆらせる。にわとりの羽ばたきがきこえてくる。目をつむり、ぼくはかいた。かきなぐった。目をあけてかいたとして、ぼくはもともと絵をかくのが大の苦手だ。

おじさんは、それ、ねこなんだね、とうしろからいった。そのつもりだったけど、とぼくはうんざりしていった。目をあけてみなけりゃよかった、なにがなんだかわからない、自分がこれかいたなんておもいたくもないや。

「ぼくにはちゃんとしたねこにみえるよ」

とおじさんはいった。「耳もひげも、しっぽも四本足もちゃんとそろってる、まともなねこの姿がみえる」

「しまった」

とぼくはため息をつきながら、「ひげどころか、しっぽまでわすれちゃった」

「なるほど、そいつは気づかなかった」

とおじさんはしたり顔でいった。「目がみえるとたしかにそういう点で損だね」

ぼくたちは松林をぬけ砂浜にでた。陽は西に沈みかけている。湖をわたる風がまったいらな湖面にこまかなさざ波をたてている。夕陽をあびたレジャー用ヨットの帆《ほ》は、どれも血で染め抜いたかのような赤色にみえる。

おじさんはウインドブレーカーを脱いだ。ランニングの胸に黒々ともりあがったこぶが光る。ぼくにほんのわずかうなずいてみせると、だれもいない砂浜を、おじさんは走りはじめた。はじめはのんびりとしたペースで、だんだんと全力でのダッシュをおりまぜて。夕陽がおじさんの汗を照らす。機関車のような呼吸がしずかな湖のさざ波にまじる。

やがておじさんは立ち止まった。そして、何度かその場跳《と》びをくりかえしたあと、ふいに身をかがめ、シャドウボクシングをはじめた。

ぼくはおじさんから教わっていた。軽く左手で打つのがジャブ。右腕をまっすぐ打ちのばすのがストレート。曲げた左腕をすばやく回転させるのがフック。いつも左足は前、右足はうしろ。打ちこむときはいつもばねのような左足が中心軸《じく》となる。

おじさんはまるでおどってるみたいだ。ぼくにはみえない影を相手に、きこえない音楽にあわせ、優雅にステップをきって。もうここにはいない生徒たちにかこまれ、跳びはねる赤色の吐息《といき》めがけ、おじさんはこぶしをふるう。ぼくの声はいつのまにか、はじめて作曲したあのワルツをくちずさんでいた。それはおじさんの動きに、自分でもおどろくぐらいしっくりと合った。赤い首輪をはめたその犬がおじさんのうしろにまわるさまさえぼくのメロディにはえがかれていた。

「はっ、はっ」

おじさんの呼吸は一定して、でも、それぞれひと息ずつが、ちがう動きにつながっている。

「はっ、はっ、はっ」

ぼくがおさないころ、用務員さんはいっていた、おじいちゃんは音楽そのものなんだって。ぼくはおもう、おじいちゃんがどうだかわからないけど、この目のみえないボクサー、ちょうちょおじさんこそ、まさに音楽そのものだって。ぼくがワルツをうたいやめても、湖のみぎわをはねるおじさんのからだから、たしかに音楽がきこえてくる。ぼくはそれに合わせ拍子《ひょうし》をとらずにいられない。「なぐりあうこどものためのファンファーレ」でも「赤い犬と目のみえないボクサーのワルツ」でもない、おじさんのからだを通し、この世の外からもれきこえてくる未知の音楽。それは砂浜にひろがり、盲学校の敷地《しきち》をつつむ。廊下の暗闇《くらやみ》や傷だらけの宿舎をふるわせ、そして、真っ赤な夕焼けが照りつける静かな湖面をわたっていく。その底に沈む赤色のからだにまで、とどけといわんばかりに。

「はっ、はっ、はっ」

おじさんは夕陽にむかってジャブをはなつ。

ひとつおおきな波がどっとおじさんの運動靴《うんどうぐつ》を洗う。

ぼう、と最終便が遠くで汽笛《きてき》を鳴らす。

おじさんの影はぼくのひざにまでとどいている。細長くのびたその影のかたちは、この世でけっしてかなえられないお祈りを、赤い夕陽にむけささげているようにみえる。

汽笛なんてまったくきこえなかったとおじさんはいった。波の音と、きみが砂や石くれを調子よくたたいてるのがきこえただけだ。おかげでふだんになくからだが動いてくれた。船には乗り遅れ、ここで一泊する羽目《はめ》にもなったけど、それもまあ、何かのおぼしめしかもしれないよ。

事務所のばあさんが砂浜まで運んでくれたにわとりスープをすすりながら、おじさんはときどき、二の腕や手首にふっと息を吹きかけた。そこにとまった蚊はおどろき、音もなくまいあがると、今度はぼくのまわりで旋回をはじめる。

明るい夜だった。月だけでなく、星のあかりまでが湖面を照らしていた。

おじさんはときおり湖のほうへ顔をむけた。黙ってるぼくに、

「ここはたしかに一見かわっちゃいない。ただ、決定的にかわったこともある。それだけはもうどうしたってもとにもどらない」

「なにがかわったの？」

「ひとの声がしなくなった、当たり前だけどさ」

おじさんはしずかに笑みを浮かべて、「夜風はあいかわらず西風。釣《つ》り船のエンジン音も前と同じ方向からだ。でも、宿舎のほうでひそひそはなす生徒たちの声、教師たちがきいてるラジオの深夜放送、そういうものはすべて消えてしまった。そのおかげで、風や波音がぼくの耳によく通るようになったか、っていうと、これが逆でね、かえってくぐもっちまって、なんだか聞きとりづらくなったような気がする」

「ふうん」

とぼくはいう。「としのせいじゃないの」

「そうだね、そうかもしれない」

おじさんは砂浜にねそべる。ぼくもおじさんにならい、そうして息をのむ。

「どうした？」

とちょうちょおじさんがきく。

「だって、おじさん、空がすごい」

ものすごい星の数だった。月あかりのまわりと街の方角をのぞき、光る点が夜空のすみずみにまでちらばって、またたきもせず青い湖を照らしている。

「このあたりは空気がすんでいるからね、島のいちばん高いところで」

おじさんはあくびしながら、「年中、気温のあがりさがりも少ないし、星の光がぶれないんだそうだよ。けれど、へえ、きみのふるさとや街からとそんなにちがうかい」

「ちがうちがう」

とぼくはいった。「ぜんぜんちがう」

「そういえば、おもいだしたことがある。二十年も前のことだけれど」

おじさんはぼくのほうへ寝返りをうち、「ちょうどこの季節のとある夜だ、音楽の授業があってね、場所も同じ砂浜だった。いつもどおりぼくたちは耳をすませ、しばらくたつと先生が、もういいでしょう、といった。さあみなさん、どんな音がきこえましたか。ぼくらはひとりずつ順ぐりにこたえる。なにかが湖ではねる音。ふくろうが二羽。夜なのにせみが鳴いている、その他いろいろ。でね、そのうちのひとりが、こんなこといいだしたんだよ。流れ星がいま落ちた、って、きーきー声で」

ぼくは身をおこし、

「なにそれ。そのひとには、星の音がきこえたってわけ？」

「そういうんだ。ぼくたちもきみと同じようにさ、その生徒にむかって、でたらめいうんじゃない、ってせめたてたよ。でも、そいつがかんこな男でね、一点だってゆずらない。きみらの耳はまるでへそだ、さっきからあんなにごうごうと降ってるのに、まるで気づきもしないなんて、って。そのとき先生がいったんだ、じゃあみなさんここはひとつ、耳をすませてみることにしませんか。先生もふくめぼくらは砂浜に寝そべり、みえもしない夜空をみあげた」

ぼくは星空をみあげてみる。こうこうと光るやみが頭上いっぱいにひろがっている。おじさんはつづけた。

「でもさ、流れ星があるかないかなんてさっぱりだよ。みぎわにうち寄せる波、みんなの息が、おおきく耳にひびくばかりだ。ばからしい、と起きあがりかけたそのとき、だれかがとんきょうな声をあげた。

『きこえた！』

『星の音がですか』

と先生の声がする。

『なんだかわからないけど、空のほうから、何かがすばやくよこぎる物音がしたよ』

ぼくも、ぼくもだ、とさわぎだす生徒たちを先生はなだめ、

『ほら、まだきこえないひとがいるんです、しずかに耳をすませなくちゃ、それだけが音楽の時間のルールなんですからね』

あたりはすぐにしんとなった。そのうちさ、ちいさなかたまりがさっと飛んでく音が、ぼくの耳にもきこえた気がした。吐息を押し殺し、ぼくは耳をそばだてた。まちがいない。夜空から音がする。なにかが音を立てている。ふるえるような音だ。音を立てるそのなにかは、じんわりと熱を放ってる。流れ星だ。ぼくたちは夜通し砂浜に寝そべって、みえない夜空からやってくる流れ星の音に耳をすませた。音がするたびぼくにはね、星空が、つぎつぎと流れていく星々が、つぶれたこの目に、みえるような気がしたんだよ」

おじさんはふうとため息をついた。そしてぼくのほうをむいて、

「そのままぼくらは眠っちまった。翌朝ぼくは、最初に流れ星の音をきいた生徒に謝りにいった。ぼくとあまり歳《とし》のかわらないらしいその生徒は、いたずらっぽく笑うと、砂粒だよ、といった」

「えっ？」

「やつはいったのさ、悪びれもせず。おまえらのいいぐさにあんまり腹が立ったんでね、砂粒をつまみ、ひとつずつ空に放ってやったんだ。手首をきかせるのがこつさ、それでわりに高く、遠くまで投げられる、って。ぼくがあきれかえっていると、やつはまじめな声で、でもいちばんはじめにきいたのだけはほんとうだぜ、耳をすませば自分には流れ星だってきこえる、だからせめて似た音を、おまえらにきかせてやったってわけだよ、

といった」

ぼくはつい笑ってしまう。おじさんも笑顔をみせ、

「そうだ、ぼくもやつが気にいった。音楽の授業でやつがいたずらに鳴らすいろんな音がたのしみにもなった。ぼくより一年はやく卒業して、やつはふるさとの外国へもどり、そこで有名なチェロ弾きになった。わかるだろ、みどり色をひきとったって音楽家がつまり彼だよ」

ぼくは星空に目をうつした。目の前の無数の光から、もし音がききとれたとしたら、いったいどんな音楽になるんだろう。たとえ目をつむってみても、ぼくにはきこえそうになかった。目のあいたぼくにはむろん無理だ。

ぼくにきこえるのは、寄せくるさざ波。

風が松林にあたる音。砂浜をからからと松かさがころがっていく。

湖に面した遊園地でメリーゴーランドがまわっている。が、すぐにやむ。

となりではおじさんが肩口をこする音。

そして、うっすらとあの足ぶみがきこえてくる。遠い、遠い音だ。星空よりさらにはるか遠くでクーツェは麦をふんでいる。

とん、たたん、とん
いつのまにか目をとじていたぼくの耳に、クーツェの靴音が反響する。

とん
たたん、たたん
ぼくははっと目をあける。

ふりむくと、寝ころんだおじさんが足音と同じリズムで咳《せき》ばらいをしていた。

そして、みえない夜空をみあげたまま、

「さっきからおもってたんだが」

といった。「きみは、彼をたずねていっちゃどうだろう」

「彼って」

「そのチェロ弾きだよ」

とおじさんはこたえた。「そして音楽について学ぶんだ。やつだってきっときみが気にいるはずだ。この街は、悪いところじゃないが、やっぱりきみには向かない。きみはもっと別の、遠い世界にでていくべきだとおもう。やつのいる街は音楽が盛んだけれど、なにより、あらゆる出来事にあふれている。物騒なことも、愉快なこともふくめ」

面食らいながら、

「おじさん、その街って」

ぼくは、おじいちゃんと父さんが「ひどい暮らし」を送ったという外国の街の名をあげてみた。ちょうちょおじさんはいった。ああ、むろんそこだよ。

「そのひとのチェロっておじさんきいたの？」

「ぼくは五年ほど前ソロコンサートできいたことがある」

とおじさんはこたえた。「やつは楽器と弓とで、この世のどんなものからもきけそうもない音をかなでていたよ」

ぼくはレコードリストにおじいちゃんが書いた短いコメントをおもいだした。「最初にチェロをもった人類をおもわせる演奏」。長いリハーサルの帰り道おじいちゃんはよくいっていた、ねこよ、わしはずっと、歴史上はじめて打楽器をたたいた猿《さる》みたいに演奏できればとおもってるんだ。

「ありがとう、おじさん」

とぼくはいう。「でも、むりです。いけるわけがない」

「なぜ？」

「単純なはなし、お金がないから」

ぼくはかわいた声で笑う。「渡航費用に、のちのちの部屋賃や食費、向こうでなにか力仕事をみつけたとして、たぶんそれでかつかつだ。音楽をやる時間なんてのこらない。おじさん、ぼくはひとより新聞をよんでいるから、世界のどこの景気だってだいたいのとこわかるんだ」

「生活費は問題ないよ」

とおじさんはいった。「やつが全部だしてくれるさ。楽器を磨《みが》くらいの雑務をこなせば、あとはきみにレッスンをつけてくれる。演奏旅行以外、やつはきっと時間をもてあましてる。多少へんくつな男だけど、ぼくだってやつにものを頼むこつを心得てる」

ぼくはこたえる。

「それだけじゃない、いま学校をやめれば、奨学金を返さなきゃならない。まだ一年もいってないけど、それだけの分だってばかにならないよ。借金して逃げるって、そういうの、ぼくは好きじゃない。ぼくのおじいちゃんもそう。父さんだってもちろんのこと」

おじさんはなにかいいたそうにすっと息を吸う、けれどそれはすぐ深いため息に変わる。おじさんはサングラスを砂に置いてごろりと寝返りをうつ。背中からぱらぱらと砂粒が落ちていく。

やがておじさんの寝息以外、あたりにはなにも音がしなくなる。ぼくはもう一度夜空をみつめなおす。おじさんの友人のチェロ弾き。みどり色という犬のこどもたち。そして、ぼくの生まれる前、おじいちゃんと父さん、それにもちろん母さんとが暮らした外国の街。物騒なこと、愉快なこと。悲惨《ひさん》な暮らし。

頭上の星はいっそう輝きをまし、それぞれがゆっくり西へと向かう。ぼくはふとおもった、明るい星の向こうには、それよりおおきなやみがたしかにある。やみは星々を無限に結んでいく。無数の星。無数のやみ。空の無限集合だ。外国へ向かう船の上からも、星は同じようにみえるんだろうか。

おじさんがまた寝返りをうつ。ぼくたちの真上で音もたてず、無限をはらんだ夜空はゆっくりと動いている。

早朝にもかかわらず、帰りの遊覧船《ゆうらんせん》は意外に混んでいた。通勤用に船をつかうひとが少なからずいるのだ。その日は曇《くも》りだった。湖のまわりを黒雲が取り巻いていた。

船着き場で、直接トレーニングジムにいくよ、とおじさんは手を振った。ぼくはいったんうちへ帰らなきゃならない。タクトと楽譜《がくふ》を部屋に置きっぱなしにしてあったからだ。

月曜日、午前八時を告げる時報が街のほうぼうで鳴りひびく。ぼくは走った。階段をのぼりアパートの戸をあける。居間のソファで調理服をきたおばさんがうたた寝をしている。気をつけて歩いたのに、部屋のドアノブに手をかけたとたん、がばりとおばさんは立ち上がり、

「ねこちゃん、ああ、ねこちゃん」

叫びながらぼくの腹をだきしめた。髪には小麦粉が混じり、黒砂糖を焦《こ》がしたような香りがからだから立ちのぼっている。

「ゆうべ、兄さんから電報がとどいたの」

とおばさんは振りしぼるような声でいった。「ねこちゃん、すぐ着替えなさい。あなたのおとうさんがたいへんなことに」

ぴかぴかの黒い羽根があなたを新世界へお連れします

駅では郵便局長が出迎えてくれた。去年の夏以来のふるさとはしずかに雨に打たれていた。ねずみじゃない、ほんとうの雨だ。駅の待合い室にたまった雨水を駅員がほうきで掃きだしてる。道中、車掌がおしえてくれたとおり、この数日記録的な大雨がこの地方をおそったらしい。ただ、街の陰気な様子が雨のせいばかりでないことは、戻ったばかりのぼくの目にもあきらかだった。

「ゆうべから消防が運河をさらってる」

傘のしたで局長さんはつぶやいた。頬《ほお》はおちくぼんで、髪からは目の痛くなるような臭気があがっている。あとでしったことだけれど、それもまた、セールスマンが街にもちこんだ新開発というふれこみの毛はえぐすりで、いくら洗ってもその臭いはなかなかとれず、日ごとにひどくなるということだった。

通りを歩きながら局長はつづけた。

「でも、ずいぶん流れが速くてな、まだおまえのおやじはみつかっちゃいない」

うちでは警察官がふたりぼくを待っていた。父さんから受け取った手紙をみせるようにいう。ぼくはかばんからスクラップブックを出しページをひらく。

「おじいちゃんは？」

警官のひとりがこたえる。

「二階で休んでる。郵便局長が今朝早く入院の手続きをすませた。明日の昼には病院にはいれるだろう」

これじゃあまり参考にはならないな、とつぶやき、もうひとりの若い警官がファイルをとじる。そしてぼくのうしろの局長にむかって、

「次のセールスはどの街でとか、あんた、ほんとうにきいてやしなかったのか」

「きいてなどいるものか」

泥水をのんだみたいな声で郵便局長はこたえる。「そんなの知っていたら、おれがでばってって、やつをぶんなぐってやる」

「そりゃまた、おやさしいことだな」

と若い警官は鼻を鳴らし、「おれならやつの舌をひっぱりだして、運河の底に一寸釘《くぎ》で打ちつけてやるよ」

これもあとでしったことだけど、この若い警官の母親も、すでに昨夜から病院のベッ

ドにふせっていた。もうよせ、と年かさの警官がつぶやいて、ぼくにすわるよう目配《めくば》せをした。

みんなぼくをみている。ばかでかいぼくのからだを、ただじっと。

「なにがあったの」

吐《は》き気をこらえながらぼくはたずねた。

警官はかたい息をつき、淡々《たんたん》とはなしはじめた。ときどき、ほかのふたりも加わった。それはとても長い話になった。いつ終わるかしれない、長い長い話に。


「ねずみ男」とあだ名された父さんは意外にも街になじんでいたらしい。人気者とはいえないまでも、街じゅうであつめたねずみを早朝、あるいは放課後の学校へ連れていき、籠《かご》から校庭に放すというその実験は、よた話に飽きた酔っぱらいや子守から逃げだしたこどもにとって、かっこうの暇つぶしになった。校庭のすみに陣取って、いっせいに駆けだすねずみたちに、らあらあと歓声を送った。元気なねずみたちの様子は、もはや不吉でもなんでもなかった。

ある朝のこと、見慣れない男が校門をくぐりぶらぶらと校庭にはいってきた。手には四角い革かばん、ポマードでぺったりまんなかで分けた髪に、玉虫色のスーツ（向きがかわるたび色もかわる高級なやつ）、ズボンにはぴんと舳先《へさき》のような折り目がつけられ

てあり、靴《くつ》は黒くぴかぴかと光っている。その男は校庭にあつまった見物人のほうへ近づいてきて、

「おはようございます」

とあいさつをした。酔っぱらいも生徒たちも、あいまいに目線をさげる。

「今週からこの街であきないをはじめたものなんですが」

男はほがらかにいった。「あそこにしゃがんだかたは、いったいぜんたい、なにをやってらっしゃるんです？」

「ねずみの実験だよ」

と水夫の息子がこたえる。

「実験、なんの実験ですか」

だれもこたえをかえさない。

男は躊躇《ちゅうちょ》せずきびすを返すと、校庭中央にかがみこんだねずみ男、ぼくの父さんのほうへ、すたすたと歩みよった。

「おはようございます」

父さんはふりむかない。

「ねずみの実験だそうで」

父さんの背中は微動だにしない。「実験は、うまくいってますか？」

「黙っててくれないか」

ねずみ男は背中を向けたままぴしゃりという。

「ねずみたちがおびえちまうだろう」

男は腕を組み、その場でしばらく籠のなかのねずみを眺《なが》めていた。そしていった。

「マウスで薬学の実験をするには、野外の校庭ってのは、理想的な場所とはいえないでしょうね」

「だれが薬学なんぞ」

「では、生態学？　それとも医学上の実験ですか？　失礼ながら、現在は靴のセールスをしていますが、私も以前は科学畑におりましたもので」

「なら、みてわかるだろう」

と父さんはこたえた。「私は数学の実験をしているんだ」

「数学の、実験ですか？」

男は心からおどろいたようだった。その反応に、父さんはようやく顔をふりむけて、

「あなたも多少は、数学ってものをご存じのようだな」

「いや、少しかじった程度ですが。ただ、なんというか、実験熱心な数学者ってかたに巡りあったのは、正直はじめてのことでしてね」

父さんはじろりと男をにらみ、

「いいかね、この世の現象にはすべて数学がかくされている。天体の動き、河川の流れ、

気象、人口の増減などに数学がかかわっているのは、いまや自明だ。私はそれを、ひとや動物の気まぐれなふるまいにもみいだそうとしている。その際重要になるのは、素数《そすう》と集合の概念なのだ」

ふむふむ、と男は訳知り顔でうなずく。

「なるほど、素数ね。つまりねずみが何匹あつまるか、素数として最大何匹の集合をなすか、ってことでしょうか」

「そう、その通りだよ」

父さんは立ち上がり、この見慣れぬ人物の意外な頭のさえに、うれしげといっていいほどの表情をうかべた。が、すぐにいつもの不機嫌きわまりない顔つきにもどる。このふた月のあいだ校庭で籠から放したねずみたちは、五匹、三匹という最小の素数でさえ、すべてちがう方向へとばらばらに逃げた。父さんはねずみの集合に、なんの秩序《ちつじょ》もみいだせてはいなかったのだ。

セールスマンは食いさがった。食いつきどころを心得た猟犬《りょうけん》のように。彼がほがらかになにかたずね、父さんはぶつぶつとそれにこたえる、そんなやりとりがしばらくつづくうち、玉虫スーツの男にたずねられるまま、いつしか、ねずみ男はそれまでの実験結果を洗いざらいうちあけていた。

ふたりの会話を遠巻きにきいていた散髪屋の主人はのちにこう語っている。

「驚いたね、ねずみ男があんなにしゃべるなんて。なんていうのか、あのセールスマンははなしを引き出すのが、呆《あき》れるほど上手だった。あれほどの聞き上手って、店をひらいて四十年になるが、これまでにお目にかかったことは一度もないね」

翌日の早朝もセールスマンは校庭にやってきた。父さんのとなりに堂々とすわり、革かばんからなにか取り出している。見物客はぞろぞろと近寄ってのぞきこむ。セールスマンは半透明のゴム手袋を手にしていた。外科医が手術でぱちんぱちんと手にはめるあれだ。

「いいですか」

とセールスマンはさらにかばんをあけていう。「あなたの発想はすばらしい、しかし、致命的《ちめいてき》な欠陥《けっかん》がひとつあります。ゆうべ考えてみたんですがね、素数に対する動物の本能は、おそらくふだん眠っています。ねずみもしかり。実験にあたっては、それをですね、あらかじめ目覚めさせておかなけりゃならないわけですよ」

数と集合にまつわる耳慣れない講釈をつづけながら、男はかばんの奥から三角形の金網を四枚とり出すと、かしゃかしゃそれらを合わせてピラミッド型の籠を組みあげた。見物客の証言によれば、それはどことなく、市販のねずみとりをペンチでばらし、鉄線を結びあわせ、別のかたちに組みかえたもののようにみえた。

「なんだね、これは」

通称ねずみ男はとまどいもあらわにいう。

「みたとおり、ケージですよ」

セールスマンはあいかわらずのほがらかさで、「このかたちが肝《きも》でしてね、これでねずみどもの素数感覚がふだんになくとぎすまされるってわけです。まだまだおおざっぱなしかけで、さらなる改良も必要でしょうが、私の計算によれば、一桁《けた》台の素数なら、このおおきさでもおおむねうまくいくはずですよ」

父さんの形相はすさまじかったという。きさま、と指をつきつけながら、つばをはきかけんばかりの勢いで、私をこけにしやがって、頭がおかしいとでもおもってるのか、私のやっているのは数学だ、ばかげた魔法ごっこといっしょにされてたまるか！

しかしセールスマンは微笑《ほほえ》みをくずさず、

「まあ、やってみましょうよ」

とだけこたえた。

リヤカーに積んだ父さんのケージには朝から二百匹以上のねずみがあつめられていた。玉虫スーツのセールスマンは父さんに、そのなかから素数匹のねずみを校庭にはなしてくれるよう慇懃《いんぎん》にたのんんだ。三匹でいいですから、って。父さんはなんとか科学者らしい落ち着きをとりもどすと、家畜用ケージのふたをあけ、手探りにねずみを三匹とりあげた。校庭の土の上にそっとやさしくおろしてやると、三匹のねずみはやはり、てんでばらばらな方角へ一目散に走り去った。

「では」

とセールスマンがスーツの袖《そで》をまくる。「私の用意したケージでためしてみましょう」

ゴム手袋をはめた手で男は、ねずみを三匹、父さんのケージから三角形の籠へうつした。そのまましばらく見守っている。やがて、

「いいでしょう」

とうなずくや、セールスマンは一匹ずつねずみをつかみ土に置いた。三匹のねずみは真っ黒なひとかたまりになり、みなが呆気《あっけ》にとられるなか、毛糸球が転がるように校舎のかげへ消えた。

五匹、七匹でためしても同じだった。いったんピラミッド型のケージにいれられたねずみたちは外へだされても互いに離れようとせず、素数の集合をなしたまま校庭じゅうを駆けた。間近にせまった登校時間を機械仕掛けのベルが告げたとき、じっとだまりこんだままの父さんにセールスマンは近づいてきて、

「私は商売人にすぎません。みなさんに必要なものを用立てるまでが私の仕事です。科学上の実験にくちだしする気などないことをわかってください。で、どうでしょう先生、同じかたちでさらに大きなケージをご入用ではないですか」

ねずみ男はかたく結んでいたくちびるをようやくひらき、

「そうだな」

とつぶやいた。「さしあたっては、少なくとも五十九匹はいるサイズを用意してもらおうか」

セールスマンはゴム手袋をはずし、ネクタイのゆがみをすばやく直すと、父さんに向かって右手をさしだした。見物客の話によると、握りあわされたふたりの手はどちらも青白く、まるで鏡にうつったように似通っていたという。

警官からのここまでの話だけで、ぼくにだってセールスマンのうさんくささが伝わってくる。彼のつかった陳腐《ちんぷ》きわまりないしかけだってわかる。

たねはもちろんゴム手袋だ。はじめにねずみをつかんだ片方の手袋には、ある種の薬品が吹きつけられてある。その匂《にお》いは、ひどくねずみの鼻をひきつける。三角ケージのなかでねずみたちの全身にうつり香がいきわたるのをみてとるや、セールスマンはもう一方の匂いのしないほうの手袋でねずみをつかみ、校庭へとはなす。たとえ四匹、十四、つまり偶数だったとしても、ねずみたちはもつれあう毛糸のようにころころと逃げたわけだ。

ただ、警官のいうとおり、ありふれた手袋なんかより見慣れないピラミッドのほうへ、どうしたってひとの目はいく。トマトスープの隠し味って新聞コラムより、逆立ち時間の世界記録をつくったひとのインタビューのほうに、目をとめるひとが多いのと同じように。

それにぼくは、セールスマンの口上をその場できいたわけじゃない。鳥が舞うようなあざやかな動きで見物客をひきつける指先や、好感を絵にかいたようなその微笑みをまのあたりにしたわけでもない。セールスマンに信頼をおいた父さんをどうして不注意と呼べるだろう。

さらにいえば、玉虫スーツの商売人を信用したものは父さんばかりじゃなく、やがて街じゅうのほぼ全員が彼にまいってしまったのだ。このセールスマンは、ひとと簡単な会話さえかわせば、相手が欲しがっているものを正確にいいあてることができたようにおもう。たとえ本人がそれに気づいていなくともだ。あるいはこういいかえることができるかもしれない。さしだされたものを、これぞそれまで自分が待ちのぞんでいたほんもののあめ玉にちがいない、そう相手に信じこませる特別な才能が、玉虫スーツのセールスマンにはそなわっていたと。

年かさ警官の話はさらにつづく。

秋も暮れかけるころには、セールスマンの乗りまわす乗用車が街のあちこちで見かけられるようになった。役所の駐車場、船着き場の倉庫、それに酒場の前。真っ黒いヴァンの両側には「靴その他販売・修理、なんでもうけたまわります」と書かれてある。街を走るヴァンは、そのかたちから、一足だけで跳《と》びまわる魔法のブーツにみえた。「靴その他」どころか、玉虫色のセールスマンが扱わない商品など、およそこの世にありえそうになかった。

小学校の裏手に住む八十二歳の女性は三十年前の冬、海難事故で息子をなくしていた。そのうちあけばなしから五日後、かのセールスマンは彼女のもとへ、一冊の船員手帳をもちこんだ。表紙をあけると三十年前のふくよかな彼女が写真のなかでほほえんでおり、手帳の見返しには息子自身の筆跡で流れるような署名《しょめい》があった。海難事故専門のオークションハウスをあたり、とりよせたものだという。八十二歳の老婆《ろうば》は先々代から伝わる食器棚《だな》をその支払いにあてることにした。居間でお茶をすすりながらセールスマンは、革かばんから三枚つづりの契約書をとりだした。当時の息子を思わせるような笑みを浮かべ、

「ここにサインをください」

彼女はサインした。そして、お茶はもう一杯いかが、とすすめた。

船員宿舎の近くで釣具《つりぐ》屋を営む七十二歳の店主は、常連客のあいだでは広く陸亀《りくがめ》の愛好家として知られていた。なかでも壮観なのは父の代から店にいる一匹のゾウガメで、入り口にでんといすわるその姿を、はじめてのお客はだれもが看板かとかんちがいする。

「立派な彫刻ですなあ、さぞ年代を経たものなんでしょうね」。店主はにこにこと笑ってこたえない。彼自身もその亀がいったい何歳になるやら見当もつかなかったからだ。ただ三年前からいよいよこのゾウガメにも寿命《じゅみょう》がちかづきつつあるようにみえた。両のうしろ脚がこうらからでてこない。脚はからからにしなび、骨のように風化していた。ところがある日、釣り餌《えさ》を求めにやってきた常連客は、店の裏で、こどものように手をたたきはしゃぐ店主をみつけた。彼の前にはあのゾウガメがいて、これまでにない勢いで防波堤をはいすすんでいく。一歩すすむたび亀のおなかから、からからと奇妙な音がきこえた。こうらの裏側、しなびた両脚のあいだにころがとりつけられていた。ちょうど、スーパーマーケットのカートや安い旅行かばんの裏についてるみたいな。

「スプリングがきいていてね、横すべりだってけしてしない」

店主は満足げに笑っていう。「たいした商売人だよ、いまは亀専用にこういうのができてるんだそうだ。野生動物の保護機関からこっそり仕入れてきてくれたんだ」

ながもちする電球や製氷皿、洗剤などのような生活雑貨。

古書、古地図ら蒐集《しゅうしゅう》品のたぐい。

髪の毛やそばかすにもちいる新開発の薬品。

玉虫色のセールスマンが戸口をたたくたび、かばんのなかから自分のためにそっととりだされるなにかを、街のひとびとは心待ちにするようになった。そして靴。どういうわけかそれまでぼくの街には靴屋がなかった。男も女も、こどもも老人も、ふだんはみんな、同じかたちの船員用の長靴をはいていた。ひも付きの革靴だなんて、酒場のバーテンダーか、演奏会にでる楽団員ぐらいしかもってなかったとおもう。

「ぴかぴかの黒い羽根があなたを新世界へお連れします」

秋から冬にかけ連日、例の地元紙にこんな広告が載せられた。粘らないわりに色のよくでるインクを仕入れてもらうかわり、新聞社は広告料を通常の半額しかもらわなかった。

セールスマンのあきなう靴も格安だった。おとなの夕ご飯三食分で、飾りひもの付いたぴかぴかの黒い羽根が手にはいった。若い女たちはみな、慣れない高さのかかとに四苦八苦しながら通りをあるいた。

玉虫色のセールスマンは、これらの点で、街にとってすばらしい存在だった。楽団の金賞受賞以来の「いいこと」としてうけとめられた。みんなの目が節穴だったとはいわない。ただ、ハイヒールのあるきかた講習会をひらき、こどもたちに手品のたねを配り、夜の繁華街《はんかがい》にあたらしいネオンサインをかかげるいっぽう、この男が、街の一切合切を奪い去る準備をととのえつつあったのも、またたしかなことだった。

「いいこと？　わるいこと？」

セールスマンはこういったろうか？「どれも同じさ」

そう、彼にとってはたぶん同じだった。いい悪いなど関係なく、ひとつの流れに従い、この街のあちこちを一歩ずつふみしめていただけなのだ。足元からきこえる小さなものの声に耳をすませながら、ただひたすら、まぬけにさえみえかねないほどの途方もない熱心さでもって、ずしんずしんと。

第三章

せんたくばさみ

郵便局長のはなしによれば、おじいちゃんの銀の杖《つえ》はぞっとするような音をたててセールスマンの腰に打ちつけられた。金管パートの全員がすぐさまうしろからとりおさえなけりゃ、自分の靴《くつ》さえはけないからだになりかねなかったよ、そう局長はいった。

「トランペットにホルンのやつらめ」

若い警官は苦々しげに、「じいさんの杖に伴奏して、やつの背中にならんで乗って、ファンファーレでもならしてやりゃよかったのに」

二番倉庫にくるものはこばまず。

この信条は用務員さんやぼくがいなくなったあともかたく守りつづけられていた。夕方からの練習に玉虫スーツの商人があらわれたとき、その姿をいぶかしむ団員はひとりもなかった。男は床にすわった聴衆の何人かと親しげな目配《めくば》せをかわすと、演奏にきき耳をたてながら、ガラスケースにおさめられたトロフィーをひとつずつながめた。ときどき眉《まゆ》をあげ、くちびるに指をあてぶつぶつひとりごとをいっている。そして、金管のアンサンブルで練習が一段落したとたんステージにふりむき、誰《だれ》よりもおおきな拍手《はくしゅ》をならして、

「すばらしい、いや、すばらしい！」

指揮棒をおろした局長はトロンボーンの配管工と目をあわせ苦笑いした。おおげさな喝采《かっさい》だったけれども、いやみにはみじんもきこえなかった。男はリハーサルステージの下までやってくると、楽器の光にさもまぶしげに顔をしかめながら、赤い布きれを三枚、楽団員たちの前へさしのべた。

「ためしてみていただけませんか、新素材の繊維なんです」

と彼はいった。「ひと撫《な》でするだけで、汗やほこりだけじゃない、まるで薄皮をはがすように、真鍮《しんちゅう》にしみこんだくすみまでばっちりとれるはずです」

クラリネットチームのリーダーがなにげなく、朝顔状にひろがった先端部をさっと布で撫でる、と、ぎょっとした顔つきになる。赤い布は五十人近い楽団員の手から手へ順ぐりにまわされた。さいごに布きれを受けとった郵便局長が、タクトの持ち手を軽くこすってみると、まさしく果物の薄皮をぺろりとはがすように新鮮な木目があらわれた。

（赤いきれにはたぶん、湯垢《ゆあか》やもじゃもじゃの毛玉を溶かす最新の洗剤がしみこませて

あった〉。

「あんた、セールスマンだろう、うちの娘が噂《うわさ》してたよ」

と楽団員のひとりがステージからいう。「掃除機やら脱臭剤やら、おれにはさっぱりわからないが、この赤いハンカチは気にいった。いくらだい」

「さしあげますよ」

セールスマンはにこやかにいう。「さきほどの、みなさんの見事な演奏に対する、さやかなお返しとおもっていただければ」

楽団員たちはぞろぞろとステージからおりると、コーヒーをすすったりリードを削《けず》ったりして、次の練習曲にそなえはじめた。

街の吹奏楽団はその冬、毎週のようにどこかの演奏会に招かれていた。年末の花火大会で野外コンサートをひらく予定もあった。あの火災事故の記憶をぬぐいさろうともくろんだ役所の面々は、大会をこれまでになく華やかで、大規模なものにしようと考えていた。近くの街にはやくから宣伝ビラがまかれ、外国船のもちぬしにはつぎつぎと大《おお》晦日《みそか》の繋留許可《けいりゆう》がとどけられた。そして、花火の打ちあがる前の最大の呼び物が、二年つづけてコンクール優勝をかざった、街の誇りとして名高い吹奏楽団による水上コンサートだった。

みじかい休憩《きゆうけい》のあいだも余念なく楽譜《がくふ》をさらう団員たち。そのあいだをセールスマンはぶらぶらとあるき声をかけてまわる。うしろから郵便局長が駆けよってきて、こまるんだよ、あとにしてくれないかな、と咳《せき》ばらいしていう。練習中はまずいんだ、倉庫のなかじゃ音楽以外のことを口にしちゃいけない、って、そういう規則があるんだよ。

「ああ、それは、申し訳ありませんでした」

セールスマンは自分のおでこを指ではじき、「悪い性分でしてね、なにか熱心にやってるかたをみると、ひきこまれずにいないんです。で、なにかお役に立てることはないか、って、ついついいつもはりきりすぎてしまう。熱心さがうつってしまうんでしょうかね。ただ、どうです、いまはみなさんどうやら休憩中でしょう。他愛《たあい》のない世間話、ひとつふたつくらいさせていただいても、ご迷惑《めいわく》にはあたらないのでは」

そういって、例の革かばんから紙の束をとりだす。なにげなく局長が目をおとすと、それはみたこともない切手コレクションのカタログだった。表紙にはあかんべえをしたチンパンジーの切手がえがかれている。当人はみとめなかったけれど、このとき局長がつばをのみこんだのはまちがいのないこととおもう。

「だめなんだって」

郵便局長は渋面をよせささやく。「練習のあとならいくらでも時間をさく。いまはおとなしくすわっててくれ、ほら、すみのパイプ椅子《いす》なら何個つかってくれてもかまわないから」

ステージの端では老人がふたり小だいこに向かっていた。背筋をぴんとのばしときおり無造作にたいこの皮へピンポン玉を投げているのは、もちろんおじいちゃん。そして真っ赤な顔でべそをかきながら、二本のばちをこまかくふるっているのが、弟子になって三ヶ月の教頭先生だった。

「ご熱心ですね！」

局長がとめるひまもなく、玉虫色の男はステージにとびのった。そしてぴかぴかの靴をふみならしながら、ふたりの打楽器奏者にあゆみよった。教頭はちらと視線をあげた。小だいこからピンポン玉が落ち、こつこつとステージをころがっていく。おじいちゃんは表情をかえず、玉をもうひとつ皮の上に放る。そしてひとこと、

「つづけろ」

とだけいった。

「なるほど！」

革かばんをさげたままセールスマンは大きくうなずく。楽団員たちは楽譜をめくるふりをしているけれど、ステージ上での出来事からだれも目をはなせない。「吹奏楽の土台は、パーカッションにあるといいますからね！　これだけの楽団をささえるには、やはり血のにじむような努力が必要なんですね。ああ、信じられない、玉が宙に！　しかもどんどんあがっていきますよ、二十センチ、二十五センチ、ああ、がんばって、がん

ばって！」

こつん、と音をたててピンポン玉がおちる。さらに一個、おじいちゃんは白い玉をポケットからとりだし、

「つづけろ」

そういってひょいと投げる。「休むな」

一瞬気圧《けお》されたかにみえたセールスマンは、しかし、また口をひらく。細かなロールが鳴りつづけるそのすぐとなりで、いや、私の弟もブラスバンド部で大だいこをまかされていましてね、なんでも、たたくって感覚じゃだめらしいですね、弟がいうには。たいこからのはね返りを利用して、ばちでぐるぐる円をえがく、って感じでやるんだそうで。力をいれるのは、はね返ったばちをとめるときだけなんですってね。たいこが簡単そうだなんて兄さん、そんなこと二度と口にしたら、大だいこにおしこんで砂利道を転がすぜ、って、はは、口が悪いでしょう。でも実にいい弟なんです。去年、最初の給料で親にプレゼントを買ったんですよ。なんだとおもいます。乾燥機ですよ。まったく日あたりの悪いアパートでしてね、おまけに天井から泥水がしみるんです。母はよろこんでいましたね、むろんですよ、よろこばないはずがないでしょう。弟に抱きついて顔じゅうキスをあびせましたね。ははは、ほとんど食っちゃいそうなほどのいきおいでした。

こつん、とかわいた音をたて、一メートル近くまであがっていたピンポン玉がおちた。

教頭は汗まみれのおでこをシャツの袖《そで》でぬぐおうとする。けれど、腕は胸より上へはあがらない。ばちをもった両の手首はがくがく激しくけいれんしている。

おじいちゃんは、教頭にかすかにあごをしゃくってみせると、

「つぎはシロフォンだ」

そしてセールスマンに背をむけたまま、

「あんた、静かにしててくれ」

といった。「音がよくきこえなくなる。音楽をたのしむつもりがないんなら、この倉庫からすぐさま出ていってくれ」

「やあ、やっと口をきいてくれましたね」

セールスマンは息をととのえながらいった。そしてふらつく教頭の背に、よかったですよ、実に、と声をかけたあと、「たのしむつもりがないだなんて、とんでもないことです。感激しました。私の弟にも、いつかあなたがレッスンをつけてくだされればとおもいますよ」

「あんたの弟さんのなにがどうしたか、わしにはさっぱりわからないが」

おじいちゃんは床におちたピンポン玉をひろいあつめながら無表情にいったそうだ。

「あんたのことは、ほんの少しならわかるような気がする。あんたからはひどくいやな臭《にお》いがする。吐《は》き気がするほどくさい。だから、いいかね、すぐにわしからはなれろ。

わしのこの倉庫からはやいとこ出ていけ」

局長は息をのんだ。ほかの楽団員もだ。セールスマンの玉虫スーツからはたしかにいちじく果汁と石鹼《せっけん》水をまぜたようなふしぎなにおいが漂ってはいたけれど、それが香水なんだってことはみんなにもわかったし、吐き気ってより、どちらかといえばその香りは、素敵な匂《にお》いにおもえたからだ。それにレッスン以外で、しかも楽団員でないひとに向かって、おじいちゃんの口からこんなにもはげしいことばがとびだしたことなんて、それまで一度もなかった。セールスマンもさすがにくちびるをかみ、床に生たまごを落としてしまったみたいな表情で、じっとその場に立ちつくしている。

おじいちゃんは杖をつきながら、シロフォンの前でマレットをかまえた教頭からてくてくとはなれる。そしてステージのもう一方の端に立つ。

「さあ、ならせ」

教頭が一度シロフォンのD音をならす。すぐに二度目、そして三度目。

「まるでばらばらだ」

おじいちゃんはぴしゃりという。「打とうだなんておもうな。さわるんだよ、いいか、さわっては引くんだ。おまえのおいぼれた指なんぞただのそえものと自覚しろ。うすぎたないマレットでシロフォンにさわらせてもらうのはもったいない、でもやっぱりさわりたくてしょうがない。そういうきもちで、隙《すき》をつくようにならすんだよ！」

「いやはや、くさいですか！　きびしいおことばですね」
シロフォンのD音が打ちならされるなか、大声でいいながら、セールスマンはすたすたおじいちゃんにあゆみよった。口もとは微笑《ほほえ》みをとりもどし、革かばんをにぎる手にもゆるぎはない。ステージの向こう側では教頭が青ざめた面もちでマレットをふるいつづけている。
きーん、きーん、きーん
セールスマンは立ち止まるとにこやかにいった。
「おはなししておけばよかった。実のところ私のほうも、ほんの少しながらあなたのことを存じ上げているんです。日々、あのすばらしい実験にとりくんでおられる、天才肌《はだ》の数学者の、あなたはお父上でいらっしゃる」
おじいちゃんの顔が、はじめてセールスマンのほうへ向けられた。
きーん、きーん、きーん
「私も及ばずながら助手をつとめておりましてね、先生のおっしゃるには、来年度の国際数学懸賞を必ずや射止めるだろうと。ええ、私も同じ意見です。まったくもって興味深い実験ですからね」
きーん、きーん、きーん
「いっぽうあなたは、この見事な吹奏楽団の、実質、指導者でいらっしゃる。いや、血は争えませんね。数学と音楽。古代中世を照らせば、このふたつは同じ教科だったわけですから。そうだ、息子先生のほうには私ここしばらく実験器具をご提供しているんですが、あなたには来週、別のものをおもちしましょう。うん、きっとよろこんでいただけるものとおもいますよ」

きーん、きーん、きーん

セールスマンはおじいちゃんの真横に立ち、シロフォンの音色をいつくしむかのように深呼吸すると、なにかひとことおじいちゃんの耳にささやきかけた。楽団のみんなには、おじいちゃんの目がおおきくみひらかれるのがみえた。セールスマンはにっこりと笑い、さらにささやかな声でなにかいった。そして、冗談《じょうだん》めかすようにすばやく片目をつむった。

おじいちゃんは右手にもった銀の杖を肩あたりまでふりあげると、セールスマンの尻《しり》めがけまともに打ちつけた。なんともいえない音がそのときにした。

配管工はのちにふりかえって語っている。尻を思いっきりたたかれたらさ、ひとのからだは前へとびだすものかと思ってたんだ、ところが、実際はそうじゃないんだな。あの男はひとが飛びあがるとはおもえない高さまでいきおいよくはねたよ。まるで靴《くつ》のしたにばねじかけでも隠してあったみたいにさ。それから、尻をぶたれた男ってどういうわけか、えらく機械じみた声をだすんだな。うん、あれには正直びっくりした。

着地するや、その衝撃に耐えかねたかのようにセールスマンは叫んだ。

「アイー、アイー！」

「アイー！」

四つんばいのまま身をふるわせるセールスマンの尻を、さらに打ちすえようと銀の杖がねらいをさだめたとき、ステージに駆けあがった楽団員がおじいちゃんをとりおさえた。呆気《あっけ》にとられ、シロフォンの前につっ立っていた教頭は、おじいちゃんのするどい眼光にはっとし、あわててマレットをにぎりなおした。

きーん、きーん、きーん

シロフォンのD音がくりかえしくりかえし鳴りひびくなか、玉虫スーツのセールスマンは台車につみあげた楽器ケースのうえに腹ばいになって、二番倉庫から運びだされた。

三日後の休日、局長は入院中のセールスマンをたずねた。大部屋の前は、年よりからごく若いのまで、女のひとでごったがえしている。局長が病室にはいろうとすると、順番を守んなさい、と頭に花飾りをつけたばあさんが銀歯をむきだしていった。局長は、待合ベンチの端で単語帳をめくるあばただらけの中学生のとなりに、おずおずとかけた。

二時間が経《た》ち、ようやく入室を許された郵便局長は、部屋にはいるやいなやぎょっと立ちすくんだ。十六個あるベッドの上すべてで、足を吊《つ》った若者や頭に包帯を巻いた老人が、もぐもぐとうまそうに果物をほおばっていたからだ。

「指揮者のかただ、ああそうだった、郵便局長さんですね」

いちばん奥のベッドからうつぶせのセールスマンが手をふっている。床のあちこちに、籐《とう》で編んだかごやピンク色のリボンが散乱していた。なるほど、あの女たちがもってきた見舞の果物か、と局長にも合点がいった。新参のこの商売人に対する人気の高さにはあらためておどろくしかなかった。

セールスマンは黄色と黒のよこじまパジャマをきていた。まるで蜂《はち》だ、と局長はおもった。

「尻の具合はどうだね」

セールスマンは苦笑しながら、

「尾てい骨にひびがはいってるようです。ただ心配はいりません。コルセットをつければ明日からでも商売にでかけていいそうですから」

「まったくなんていっていいか」

局長は椅子にかけて、「あのじいさんは、ふだんはほんと物静かな男なんだ。こと音楽となると相当きびしくはなるがね。それにしても、あいつがひとを殴りつけるなんて、二十年近くのつきあいになるが、おれはみたことがない。あれはどうしちまったのか、おれにもさっぱりわからん」

「私が悪いんです」

セールスマンは首をふって、「後生《ごしょう》ですから、どうぞお許しください。あなたはあんなにも忠告してくださった。なのに私は、ばあばあとやかましくしゃべりつづけた。あなたにも、あのかたに対しても、たいへんな失礼をしたとおもっています」

と沈痛な顔で頭をさげる。

そこへ看護婦がふたりやってきて、体温計をとりかえながらくすくす笑い、さっきのカタログの電気シェーバーやっぱりいただくことにするわ、とうれしげにささやき声をかけた。セールスマンは身をよじって彼女たちをみあげると、シェーバーの替え刃サービスや剃《そ》ったあとの肌の手入れ、足のむくみをなるべくやわらげる入浴法、それにまた、ふたりの両親にぜひすすめてほしい年金の運用プランなどについて、流れるようないきおいでまくしたてた。

「尻が痛くて立てない病人とお金との共通点ってわかりますか?」

うつぶせのまま彼はふたりにたずねる。「どちらも自分ではあるけません。あんまり長いあいだうちの外にださないままいると、いったい家のどこにいたものか忘れ去られてしまう。ご両親にお伝えください、私の尻が治ったらすぐ、こちらからおじゃましますす。そしてお宅にしまわれたかわいそうなお金たちを、おもてへ散歩につれだしてやりますから、って。実際すばらしい投資先を存知ておりますのでね」

彼女たちが立ち去ったあとも、セールスマンは余韻《よいん》をたのしむかのようにほほえんでいた。郵便局長は低く咳《せき》ばらいをし、先日みせてもらった切手のカタログだけれど、と話をきりだした。職業柄ああいったものは見飽きてはいるんだが、あのカタログには、その、なにか目あたらしいものは、載ってるのかな。

セールスマンがベッドの下に手をのばす。ぱちん、ぱちんと革かばんの留め金がはずれる音がする。さしだされたそれは、よほどのマニアでさえ入会がむずかしいといわれている、とある切手蒐集《しゅうしゅう》クラブの会員向けカタログだった。局長はページの端を指先でつまみ、鼻で息をしながらゆっくりとページをひらいた。このときだけは正直、やつの尻にキスしたくなっちまったよ、としぶしぶながら本人ものちにみとめている。そもそも郵便局長は、おさないころからの切手趣味がこうじて現在の仕事に就《つ》いたのだった。五十年来欠勤はなく、珍しい切手がつかわれた手紙をみつけるや、みずから宛名《あてな》の住所へと自転車をとばし、切手だけ回収してもどってくる。

「どうです、ごらんになって」

セールスマンはいった。「私は切手の世界には疎《うと》いものでして、目あたらしいものがあるのかないのか、局長さんのご意見をおききしたいんですが」

「目あたらしいか、どうかだって？」

局長は興奮をおさえきれなかった。手元にひらいたページをかかげ、「これをごらん。

鉄道事業四周年の記念切手だ。がきのころ、白黒の図版でしかお目にかかったことがない。それに、なんてことだ、目打ちがずれている！」

「目打ち？」

「切手のまわりのこまかなぎざぎざだよ」

局長はうっとりとためいきをついていう。「これがずれているものはすぐ捨てられてしまう。こんな保存状態で残っているものは、賭《か》けたっていい、この世にまちがいなくふたつとないぞ」

蜂のパジャマからセールスマンは首をのばし、カタログの図版にみいった。そして感心したようにうなずくと、

「なるほど、たしかにぎざぎざがずれているようですね。うーん、切手趣味のかたは幸せだとおもいます。なにしろ、切手のまわりのこんなこまかなぎざぎざにまで、喜びをみいだせるんですから」

「喜びってより、手にはいらない悔《くや》しさを味わうことのほうが多いがね」

と局長さんはいった。「ただまあ、こういうものをながめてるだけで、ファンファーレをふりおえたときみたいに胸がじんとするんだよ」

軽く肩をすくめると郵便局長はカタログをとじ、ベッドに寝そべった相手にさしだした。セールスマンはほがらかに笑いかけ、

「それはさしあげます」

といった。

「おいおい」

と郵便局長。「冗談だろう」

「申しあげたでしょう、私は、なにかにこころ奪われているかたの姿を拝見するのが無性に好きなんです。その冊子があなたを少しでも別世界にお連れできるとするなら、これほどのよろこびはありません。それに、ってがありましてね、そのカタログの最新版が毎月手にはいります。無粋《ぶすい》な私には、目打ちのずれに涙を浮かべるなんてこと、とてもできやしません。カタログは毎月おもちすることにしましょう」

郵便局長は自分に向けられた目をみかえした。茶色い涼《すず》しげなそのひとみは、なにかあったかいものを喉《のど》にそそぎいれられたように、局長の胸を熱くした。局長は枕《まくら》に置かれたセールスマンの青白い手にてのひらをかさねた（セールスマンのつかっていた宿屋の洗面台から茶色いコンタクトレンズが十枚みつかっている）。

病室を去るまぎわ、局長はふとたずねてみた。そういえば、あのじいさんにあんた、なんていったんだい。どんなことばがあの温厚なじいさんに火をつけたんだね。

すると相手はそれまでみせたことのない苦しげな表情をうかべたという。

「集音機、です」

とセールスマンはしぼりだすように、「外国製の古い立派なやつが格安で手にはいるものですからね、私はいったんです、集音マイクをおもちしましょう、と」

「それだけかね」

局長は呆《あき》れかえってたずねた。「それだけのことであんたは尻にひびをいれられたのか」

セールスマンは深く息をついて頭をふった。

「集音マイク。あのかたがこころからほしがっているものがそれなのか……。ふしぎです。たしかにそうだという気がするし、ぜんぜんまちがっているって風にもとれる。あのかたは、そう、じつに珍しいかたにちがいない……」

局長は口をつぐみ、切手のカタログをかかえ病室からでていった。さっきのばあさんはまだベンチにいて、

「あの高慢ちきなじじいに、いっといておくれ！」

郵便局長の背中にさけんだ。「あんな商売熱心な青年をぶつだなんて、何様のつもりだい。今度うちの店にきたら、頭をつるつるてんにそりあげて、孫に落書きをさせるからね！」

きてれつな髪飾りとけばけばしい化粧のせいでわからなかったが、そのことばではじめて局長は、ばあさんが散髪屋の女主人だってことに気づいたそうだ。

りなおした。

「それにしても、集音機とは！」

病院の廊下を歩きながら局長は頭をふった。そして胸元のカタログを両手でそっと握りなおした。


楽団員たちもみなそれぞれのうちで奥さんや娘から猛反発をくらっていた。ステージ以外で彼らは、家庭をかえりみない道楽者とみなされている。あの善良なセールスマンがけがさせられるような場所に、毎晩あんたをいかせるつもりはない、と女のひとたちはいいはった。楽器が吹きたけりゃ、あのひとが無事に商売できるよう、とりはからってやりなさい、倉庫だろうがどこだろうが。

通りをあるいているとうしろでクラクションが鳴る。運転席の窓から、退院したてのセールスマンが、含むところのない笑顔で手をふっている。

「やあ、お宅に化粧水をもってうかがうところなんですよ」

「購入いただいた靴の調子はいかがです」

「よかったら、埠頭《ふとう》まで乗っていきませんか。荷揚げされた商品をうけとりにいく用事がありますので」

玉虫スーツにもどった商売人の頭には、楽団員ひとりひとりの名前と職業、家族構成まで、すべてはいっているらしかった。どんな話題にも熱心にこたえ、なにげないひとことを聞き逃さず、わかりました、なんとかしましょう、そういってぴんと胸をはる。三日かそこらのち団員がうちにかえると、家族の誰《だれ》か、もしくは自分あてに小包がとどいている。なかみは、年老いた母親に似合うショール、高速モーターの電気ドリル、ちいさな息子が忘れられない味だといっていた南国産のバナナだったりする。請求書の金額はいつも定価から二割引かれていた。

セールスマンが再び二番倉庫にあらわれたのは、花火委員会がはじめてうちあわせにきた晩というから、まさにはかったようなタイミングだった（むろんはかったのにきまっているけど）。倉庫の戸を押し開けはいってきた黒い影にきづくと休憩《きゆうけい》中のみなは口をつぐみ、ちらちらとステージのほうへ視線をおくった。おじいちゃんは背を向けてティンパニの張り具合を調整している。

セールスマンは台車をおしてステージへ近づいていった。団員たちは手をとめ、なりゆきを見守った。湿《しめ》った倉庫の床に台車のころと靴の音だけがひびく。

やがてセールスマンはたちどまり、

「どうも、先日はご無礼をいたしました」

おじいちゃんはこたえない。

「今日はささやかなおわびの品をおもちしたんです。楽団のみなさんもよろしかったらごらんください。もちろん音楽に関係のある品物です。ええ、この倉庫にそれ以外のものなんてもってくるものですか」

といわれても、管楽器パートのみんなにはそのおおきな革ケースがなにかよくわからなかった。おもて革も銀色のとめがねもぴかぴかに磨《みが》き上げられている。突然、花火委員会メンバーとはなしこんでいた楽団マネージャー、役所の出納係《すいとう》が、うしろのほうからすっとんきょうな声をあげた。

「どうした」

とトロンボーンの配管工。

出納係はトランクケースに駆けよると、あちこちをぺたぺたとたしかめて、

「打楽器ケースだよ、去年コンクールの前にいつのまにかなくなってた！　おどろいたな、なかの楽器まで全部そろってる。ねえあんた、これをどこでどうやってみつけたんだい」

「長く商売をやっていると、いろんな道に通じるものですよ」

玉虫スーツのセールスマンはとりすましてこたえる。「盗品の楽器がたどりつく末路《まつろ》って、みなさんご存じですか？　コップですよ。野外用の、真鍮《しんちゅう》のコップなんです。手元に楽器がはいったとなると、故買屋《こばい》はすぐコップ工場に電話をします。で、たたいてはのばし、たたいてはのばし、真鍮板をラインにいれ、とってをつけて、きれいなコップにしちまうんです。楽器の製造番号がはいった真鍮コップは一部マニアもいるほど人

気が高いんですよ。ただ、おわかりのとおり、はなしは金管楽器に限られていましてね、この楽器ケースを手に入れた故買屋は、みごともくろみをくじかれたってわけです。あけてみると、なかには打楽器、カスタネットや木魚だけ。そんなはなしをきいたことがありましたもので、ケースごと手にいれるのは比較的かんたんでした」

団員たちがケースのまわりにあつまってくる。たがいに低い声で、用務員さんの思い出を口にしている古いメンバー。「なぐりあうこどものためのファンファーレ」を口笛で鳴らしているもの。配管工はじめ金管チームは、さっきのはなしに憤慨《ふんがい》をかくせないでいる。木管パートのひとはセールスマンにクラリネットやオーボエの行く末をたずねている。

ぼいーん、とティンパニのG音が鳴った。みんなだまった。

「いいだろう」

とティンパニのうしろ、ステージのいちばん高いところからおじいちゃんはいった。

「ただし条件がある。あんたがそいつらにはなしていいのは、練習がすべて終わったあとだけだ。それからステージのうえにはぜったいにあがってくるな。ぜったいにだ。くさい臭《にお》いが吹奏楽の風をにごしちまう」

少し不満げに、クラリネット吹きの若い音楽教師が鼻をならした。彼はパノラマ写真機とスライドの映写機をセールスマンから格安で買いうけていた。奥さんはハイヒールを三足色違いでそろえたそうだ。楽団員の奥さんがたはそのころ、全員が全員、ハイヒールのあるきかた講座にかよっていた。

おじいちゃんはなにもいわず、ティンパニのねじをしめ、もう一度G音を鳴らした。そして顔をあげ、なにかをあきらめたような表情で、

「さあ、みんな、とにかく音楽をはじめようじゃないか」

楽器をもって団員たちはステージにあがる。みんなのポケットから、あの赤い布きれがのぞいている。郵便局長はそっとおじいちゃんの横にあゆみより、

「でも、なあ、よかったじゃないか」

と小声でいった。「あのトランクケースがもどってくるなんて、少なくともそれだけは、あんたにだってうれしいことだろうが」

おおきな楽器ケースを新入りの団員が台車ごと押していく。それをみやりながら、

「とんでもない。気にくわんね、まったく、なにもかも気にくわん」

おじいちゃんは、歯のあいだのねばねばしたなにかを吐《は》きだすようにつぶやいた。

「だが、もう、しかたがない。あの男は街のあちこちにべったりくっついちまっている。わしらにできるのは音楽だけだ。音楽が鳴っているあいだは、やつのくさい息もこの連中にはとどかんだろうからな」

「だから、くさくないって」

と局長はいった。「そんなにいうほど、悪い香水じゃないよ」

その晩の練習は長引きに長引いた。楽団員はへとへとになったけど、おじいちゃんのティンパニに引きずられるように、二番倉庫がおどりだすようなアップテンポをたもちつづけた。セールスマンはにこにことしながらおとなしく待っていた。そして、真夜中近くに演奏がおわるとおおげさな拍手《はくしゅ》をおくり、団員たちめいめいの楽器ケースにカタログをさしこんでまわった。ええ、今夜はもう遅いでしょうから、明日私がご説明にあがります。それにしても、演奏、よかったですよ。セールスマンはいっそうの微笑《ほほえ》みを浮かべ
ちょっと待って、と出納係が声をかける。セールスマンはいっそうの微笑みを浮かべふり返った。

「ひょっとして、音楽関係のことって、くわしいですか」

と出納係。「役所の倉庫にはこれまでの録音がずいぶん眠ってんですよ。それをどこかで売り出せれば、楽団の運営がずいぶん楽になるなっておもって」

「音楽ですか、なるほど。以前かかわったことが、あるにはあります」

セールスマンはおでこをはじいていう。「かじった程度ですがね」

楽団の録音プロデューサーだけではない。ぼくのスクラップによれば、水上コンサートもふくめた、花火大会全般の総合アドバイザーにこのセールスマンが任じられたのは、翌週のことだった。あのもったいぶった記者は次のようにつづっている。

〈わが街の誇りたる吹奏楽団にこれまで欠けていたのは、経営の感覚である。くだんのセールスマンは本紙のインタビューにこたえ、楽団の財政事情をしらされたときは、正直、唖然《あぜん》としました、と語っている。長年赤字つづきの楽団経営に、とうとうメスがはいるわけだ。近く、大手レコード会社の役員を招く予定がある。二番倉庫もそろそろ全面改修の時期にきている。ただ、読者諸君、まずは花火だ。本年度の花火大会がどれほどもりあがるかに、楽団のみならず街の財政の今後がかかっているのである〉

花火大会はもちろん大成功をおさめた。大晦日《おおみそか》の埠頭を近隣からの観光客が人波となって埋めた。サンドイッチやビール、ポップコーンの屋台が垣根のようにたちならぶ。こうこうと照りつけるネオンは、花火のはじまる直前に消される予定だ。海はないでいる。

はしけをつなげた上に合板の即席《そくせき》ステージ。出番の前、郵便局長はおじいちゃんの姿に唖然とした。おじいちゃんのかたちのいい鼻先には、せんたくばさみがぶらさがっていた。

「なんだねそれは、あんたがまさか冗談《じょうだん》を」

「冗談なものか」

鼻づまりの声でおじいちゃんはこたえる。「くさい。くさすぎる。こんな場所でなんで演奏なんぞ。早いところ終わらせてうちのラジオで合唱でもきくぞ」

大会運営席では、いつものように玉虫スーツをきたセールスマンが腕をくみ、きらびやかな港の灯りをみまもっている。街にこんなにも色とりどりの光があふれたのははじめてのことだ。夜の海にうつったさかさまの灯りが華やかさをさらに増す。ひとびとはソーセージやローストチキンをくわえ、うっとりと極彩色の海にみいる。胸にこみあげる甘いものを冷たいビールでのみくだす。みな肩をよせあい、ひとつの黒いかたまりとなって、もうじきに打ちあがる花火をざわざわと待っている。

「合図だ」

と郵便局長は楽団のほうをふりかえる。「はじめよう」

さっとタクトがあがり、ざわつくひとごみの上にクラリネットのアンサンブルが流れだす。三隻《せき》の外国汽船からぴーぴーとはやすような口笛がなった。セールスマンの提言で、汽船《きせん》の甲板は特等観覧席として売りだされており、船内で一泊すごし年を越すこともできた。キャビンでは楽団つきのダンスパーティ。半裸の踊り子も四十人やとわれたらしい。ここでの演奏を断固として拒絶したのはおじいちゃんばかりではなかった。

屋台のうしろではぶんぶんと勇ましく発電器がまわっている。ひどく太った売り子が叫ぶ。まだだよ、花火には時間があるよ、ポップコーンはどうだね、ほら、いりたてだ、いりたてほやほやのあったかあいポップコーンだよ！

ぷかぷか揺《ゆ》れる板の上で、郵便局長はしんぼうづよくタクトをふるっていた。ステージの最後列ではおじいちゃんが、せんたくばさみで鼻をはさんでマレットをかまえている。指揮台はティンパニとまともに向かい合って置かれていた。かしこまってタクトをふりあげるたび、鼻からぶらりとさがった大きなせんたくばさみが目に飛び込んでくる。

「あれにはまいったよ」

と局長はのちにかたっている。

演奏がおわるとネオンが消され、港に浮かんだはしけから花火があがりだした。はじめは低く、じょじょに高く。夜空は赤、紫、真っ白へとつぎつぎに色をかえた。

花火用のはしけは五艘《そう》、花火職人は助手もふくめ十人。役場の委員会がおもいえがいていたとおり、いや、おもいえがいた以上に、大会はこれまでになく華やかで大規模なものになった。屋台の手配からプログラムの進行まで、玉虫スーツのセールスマンがすべてをとりしきった。田舎町の花火大会というよりそれは、海と空をかきわりにえがいた巨大なサーカスのはじまりにみえた。

空半分のひまわりのように黄色がひらく。

つんざくような音をたて、光の雨がこうこうとふる。

ひとびとは大口をあけて花火にみいった。圧倒され、ただぼんやりと、まるでこの世のおわりをみまもる最後の動物のように。その景色は、セールスマンのいう、まさに新世界だった。そこにあつまったひとびとは、いってみればみんな、新世界を旅する観光ツアーのお客だった。

ひときわ大きな音をあげ夜空に赤い花火がひろがっていく。はしけや船ばかりか防波堤や灯台までもがずんとふるえる。どこかでおばあさんが芯《しん》をぬかれ腰からその場にくずれおちる。

花火がつぎつぎにあがるちょうどそのころ、港から少しはなれた学校の校庭では、分厚いコートに身をつつんだ父さんがピラミッド型ケージのねずみたちに白い息を吹きかけていた。そしてケージをひらき、真っ暗な校庭にひとかたまりとなってかけていく素《そ》数《すう》のねずみをながめては、にんまりとしていた。

ねずみ男の末路

郵便局長は切手コレクションを小分けにして手放していった。例の会員向けカタログとくらべ、自分のそれまであつめてきた切手はあまりにも貧相《ひんそう》にみえた。処分は当然のように、玉虫色のセールスマンに依頼した。時期、相手をのがさず、彼はうまく売りさばいてくれた。春がくるころ、貯《た》まった売り上げでヨットの頭金ぐらいにはなりますよ、そういわれ、楽団の練習のあと局長は四人の友人にはなしをもちかけた。頭金を払うかわり、ヨットの権利半分を郵便局長がもつ、というとりきめがなされ、五人はそれぞれ契約書にサインをした。カタログによればそのスクーナーは三本マストだった。いちばんうしろに張る三角セールの図案を、局長は会員向けカタログの切手から一週間かけてえらんだ。

レコード会社の役員が、年あけてすぐ二番倉庫をおとずれた。かっぷくのいい中年男で、出納《すいとう》係や配管工とむっつりと握手をかわし、楽団の演奏をききおわってもまったく口をきかないまま黒いヴァンの後部座席にのりこんだ。のちに、けしてしゃべらないようセールスマンに釘《くぎ》をさされていたことが判明する。彼は花火大会でポップコーン屋台をだしていた売り子だった。あんなにきついなまりって、このあたりじゃ滅多にきかれないね、と取り調べにあたった刑事は耳をほじっていった。

若い女のひとはみんな、もうじき届く夏物の新作ワンピースをうきうきと待っていた。その年の流行は袖《そで》なしの麻《あさ》素材、スカート丈は膝《ひざ》下長くとも五センチ、ということだった。袖のない服なんて街の誰《だれ》もみたことがなかった。流行が毎年季節ごとにかわること自体おどろきだったのだ。女のひとたちは厚ぼったい木綿スカートのすそを膝下五センチでおりかえし、朝夕の市場で、来《きた》るべき夏にむかって、優雅なあるきかたを訓練した。膝の内側に力をいれるのが優雅さをかもしだすこつらしかった。

そして老人たちの貯蓄は、セールスマンをとおし、見知らぬ楽園の別荘地へと流れこんだ。そこでは一年じゅう花がさくらしい。四季をつうじて、果物の香りがただよっていて、日中は乾いた陽気がつづき、夕方にはちょうどいいおしめりがある。用務員さんのほら話とだいたいそっくりだ。楽園といわれる土地でおきることはどこだって似通ってるものらしい。セールスマンはいつもつぎのせりふで口上をしめくくったという。

「ここに吹きわたる風はまさに吹奏楽です。目をとじ耳をかたむけるだけで、あなたのからだを音楽が吹き抜けていく、そんな暮らしが送れるのですよ」

なにをばかなはなし、と今のぼくなら笑いとばせるだろう。自然はけして吹奏楽なんてかなでない。風は風だ。疲れたからだをこごえさせ、砂煙をまきあげて目をつぶす。生まれそだった建物や飼い犬、紅葉やいかだを吹きとばし、手のとどかないどこかへとさらっていく。

ただ、老人たちにはこれが効いた。塩辛い海風が吹きつける、けんかの絶えない港町で暮らしてきたひとびとにとって、やさしい音楽が鳴りつづけるというその別荘地は、余生を過ごすのに理想的な場所におもえた。

半年をかけセールスマンは綿密に計画をすすめていった。ちょうど腕のいい火薬職人が、ビルのあちこちにダイナマイトをしかけてまわるように。うまくしかけられた火薬は、一瞬のうち、まわりになんの被害も及ぼさず、おおきなビルをあとかたもなく破壊する。

はじめから彼は花火大会の運営資金をねらっていた、と警官たちはかんがえている。いっぽう役所の意見では、吹奏楽団のために組まれたものもふくめ、次年度の予算こそが、あのセールスマンのねらいだったとみている。

貯蓄をはたいた老人たちは自分こそいちばんの被害者だと口々にいった。

郵便局長はしばらく埠頭《ふとう》に足をむけなかった。スクーナーの一件がそれほどショックだったのだ。

このように、街のひとそれぞれが、自分のつかれた嘘《うそ》こそあのセールスマンのほんとうのもくろみ、と、そう思いたがっているみたいだった。つまるところみんな、楽園をみていたんだとおもう。セールスマンのたくみな口上から、夢のような新世界をおもいうかべ、そこにつれていってもらえるものとおもいこんでいたんだ。あとで誰もがおもいしらされたとおり、楽園はこの世にはなかった。ただ、セールスマンの語るはなしのなかにだけあった。

記録的な雨がふりつづいた土曜日の夕方、ねずみ男が宿屋にとびこんできた。ずぶぬれの上着から生ごみのような臭《にお》いがたちのぼっている。主人は奥の部屋で寝こんでいた。奥さんが腰をたたきながら窓口へでてくる。

「あの男は?」

父さんは息せききってたずねる。

奥さんにはすぐそれがセールスマンのことだとわかった。毎朝ふたりで仲良くねずみの数をかぞえ、校庭に放しているのをしらないものはなかった。

「部屋にいるんじゃないの」

と奥さんはいう。

「何号だ？」

「二〇三だけど、あ、ちょっと、困るったら！」

階段を駆けあがる父さんの背中を奥さんはあわてて追っかけた。誰も自分の部屋にとおさないように。あのセールスマンから宿屋にだされていた注文はそれだけだった。宿賃なら前払いでもらってる、と主人からいわれていた。

父さんはドアをノックし、げんこつでどんどんとたたいたあと、やせたそのからだを扉にぶっつけはじめた。二階の客がなにごとかとでてくる。十六年前、船で港についたはじめての夜から、奥さんはずっと父さんを見知っていた。陰気だけれど、正直きわまりない人物、そういう印象をもっていたそうだ。じいさんのほうだったら鍵《かぎ》はあけなかったよ、とその夜警官にかたっている。あのじいさんったら、ときどき、頭がおかしいんじゃないかっておもうときがあったからね。あの銀色の棒っきれがさ、なんたってこわいよ。

部屋のなかはさながら、さかさになった書類机のひきだしだった。床じゅうにカーボン紙、かきちらしたメモ用紙。ぷんと薬品のにおいが戸口までただよってくる。父さんはずかずかと部屋にふみこみ、そこらじゅうの紙きれを片っ端からひっくりかえしてまわった。

「やめとくれ！」

奥さんは悲鳴まじりにいった。「お客のもちものにさわるんじゃない、警察を呼ぶよ!」

父さんは無視した。戸棚《とだな》をあけ、積まれた箱をばらばらとおとす。黒い靴《くつ》ひもがからまりあい父さんの頭へおちてくる。

「どこにもない!」

部屋をあらしつくしたあと、肩で息をしながら父さんはいった。

「なにごとなんだい」

奥さんは涙声でたずねた。うしろには泊まり客がならび、部屋をのぞきこんでいる。

「いったい、なにをさがしてるってのさ」

「論文だよ!」

父さんは歯がみしていった。「私の研究論文だ。あの男が、複写をとるからといって、三日前にもってったんだ」

税関の役人が廊下から声をかける。

「なにか仕入れに、となり街にでもでかけたんじゃないのか。落ち着きなよ、この雨だ、明日まで待ってみちゃどうだね」

「明日だと?」

ねずみ男の燃えるような目つきにみんなあとずさって廊下の壁《かべ》へはりつく。

父さんは頭をかきむしり、

「しめきりは今日なんだ、このまぬけどもめ！　今日の消印でないと、懸賞には間に合わないんだよ！」

くるりと身をひるがえし三段跳《と》びで父さんが走り去るのを、奥さんたちは呆然《ぼうぜん》とながめていた。そしてそろって窓に駆けよる。宿屋からどしゃぶりのなかへと父さんがとびだしていく。浅い川の流れと化した舗道を、繁華街《はんかがい》のほうへ、水に足をとられながらねずみ男は走っていった。その窓から、お客たちにはたしかにみえたんだそうだ。父さんのうしろ二、三メートルほどの距離をあけ、水をかきわけるようにしてすすんでいく、黒ずんだ半透明のかたまりが。

酒場のバーテンダーはこう証言している。

「あの雨だったからね、そのときはまだ、お客はふたりしかいなかった。いきなりはいってきて、すぐにまたでていっちまったが、ねずみ男は泣いてるようにみえたよ。いや、雨粒だったかもしれない。ともあれ、それからしばらく経《た》って、次から次へとお客が店へとびこんできちゃあ、セールスマンのことをきくんだ。なんだかとんでもないことになってるらしい、ああ、そんな気はしたね。ねずみがふってきたあのあととくらべても、ひどいことがおきてるらしいって。うーん、もちろんひどい降りったって、ふつうの雨だったしね、みんな、おととしみたいにふらふらよろけながら店にはいってくる、ってんでもなかったよ。ただ、カウンターからいろんな酔っぱらいをみてるとわかることがあるんだよ。この野郎、もうどんつきまでいってるなって。いきどまりの壁にがんがん鼻面《はなづら》ぶっつけてるな、ってさ。ねずみの雨のときは、そりゃみんなひどい目にはあったけど、それでも出口はありそうでね。ありゃ、治る余地のある病気みたいなもんだった。けど今回の一件はちがったね。あ、こいつは行き止まりだ。駆け込んできたやつらの顔みりゃすぐぴんときたよ。おれはおもうんだけど、いきどまりの袋小路って、そこまでたどりつかないと誰にもわかんないんじゃないかな。で、壁にいきあたった本人にはそれが最後の最後までわかんない。とくに強情なやつになると、壁で頭が粉々にくだけたって認めようとしないんだよね、絶対にさ」

その夜、二番倉庫にも父さんはあらわれている。大雨にもかかわらず、練習にあつまってきた楽団員が十人いた。おじいちゃんと教頭先生、それに配管工をはじめとする金管パートが八名。十人は嵐《あらし》のなか「田舎の農夫の踊り」なる軽快なブラス曲をさらっていた。この曲では、豚《ぶた》のいななきをおもわせるチューバが主旋律《せんりつ》を奏《かな》でる。おじいちゃんはティンパニでなく、牛の首につける鈴、カウベルにむかってスティックをかんかんと打ちつけていた。重厚なのもいいですけどね、と出納係はいったそうだ。笑いをさそうような曲も少しは吹き込んどくべきだとおもうんですよ。スタジオレコーディングは翌週にせまっていた。配管工はおじいちゃんと相談し「田舎の農夫の踊り」「こうもりのファンファーレ」、そして「ふたごの船乗りによるホイッスル」をえらんだ。

そのとき団員たちの注意を最初にひいたのは、ふりしきる雨音より、鼻のもげるような臭気だったという。旋律の途中でチューバ吹きはげほげほとむせた。目をあげるといつのまにか鉄扉があいていて、すぐわきの薄闇《うすやみ》のなかに、海をさらうサルベージの鉤《かぎ》にひっかかったみたいな姿の父さんがみえた。

配管工は、ねずみ男、といいかけて、その男がおじいちゃんの息子であることをおもいだした。

「先生」

と配管工は笑みをつくり、「ずいぶんひどいかっこうだな。おもてでシャワーでも浴びてきちゃどうだい。その間に清掃局のともだちに電話しとこう、あんたの立ってるそこに、消毒剤をまいてもらったほうがいいだろうから」

そういいながらステージからおり、水筒のとうもろこしスープを紙コップへそそぐ。湯気のたちのぼるコップをさしだされても父さんは動こうとしなかった。

「あいつはどこだ」

父さんは遠い暗がりからいった。「やつはどこにいるんだ」

教頭先生の証言によれば、それはまるでひとりごとみたいにきこえた。倉庫のまんなかに透明な、けれどぶあつい板がはまっていて、それをとおし、父さんの姿をのぞきみてるような気がした、と、そう教頭先生はかたっている。

「商売人のことか」

おじいちゃんが口をひらくと、父さんの影はみんなの目に、急に伸びあがったようにみえた。「あの男はここにはいない。この三日、うれしいことに、わしらの前へ姿をみせちゃいない。それよりおまえ、早いところ手を切ったらどうなんだ。数学におぼれるのは勝手だが、おまえらのやってるくだらんお笑いぐさに、いったいなんの意味があるんだね」

父さんはこたえない。倉庫の暗がりに溶けてしまったかのように、じっとしたまま。

「まあいい」

と薄あかりのついたステージからおじいちゃんはつづけた。「いま練習中だ。扉をしめろ。おまえもひさしぶりにきいていけ。この吹奏楽団はなかなかわるかないんだ。あのいやらしい商売人がこなけりゃ、もっときれいなアンサンブルをきかせられたところだが。それに、この教頭だってな、そりゃもちろん、まだまだねこのかわりだっておぼつかないにせよ……」

「あの子をそんなあだ名で呼ぶな！」

父さんの大声が倉庫の空気をふるわせた。さっきねずみ男って呼びかけなくてよかった、配管工はこころからそうおもった。

「なにが吹奏楽だ。父さんのやってることこそ、いったいなんだ？　道楽を街のひとらに押しつけて、我がもの顔にふるまってるだけじゃないか。あの子もさぞ息がつまったろう。だから街を離れたんだ。あの子は正しいことをしたよ」

雨音が屋根をたたく。倉庫の薄闇から父さんの声はつづける。

「わかってるのかい、街のひとだって迷惑《めいわく》なんだ。たのしみで楽器がならせればそれでよかったのに、十何年来、毎日毎晩、練習、練習、練習だ。それでなにが得られる？　ありがたいほめことばか？　父さん、あなたはね、街のひとの犠牲の上に自己満足していすわってるにすぎないんだ」

「先生、それはちがう」

紙コップをにぎったまま配管工はいった。「先生、それは、いっちゃいけないことだよ」

父さんはだまった。そして闇の奥へと足音もなくあとずさり姿をけした。倉庫の扉がぎいとしまる。屋根をうつ雨音がいっそう強くひびく。

配管工はぬるくなったスープをひと息にのみほした。天井にむけ何度か鼻をならすと、のろのろとした足取りでステージへあがってくる。

この二代目コンサートマスターはセールスマンからなにも買っていない。そればかりか、彼の倉庫への出入りを苦々しくおもっていた数少ないひとりだった。新開発というふれこみの洗浄剤や、ぐにゃぐにゃと自在に曲がる便所ブラシが、定期清掃による収入をうばった。それでも彼の口から下品な冗談《じょうだん》が発せられない日はなかったという。配管工は女のひとにひどくもてた。トロンボーンのせいだよ、と、ぼくの耳にささやいたことがある。ねこ、もっとおとなになりゃおまえにもわかるさ。ティンパニなんて目じゃない、トロンボーンは魔法の管だぜ。

そのトロンボーンを肩にあてがいながら、

「ほんとにシャワー浴びにいったとしたら、ありゃ、きんたまのなかまで洗うべきだね」

つぶやいてすぐ、配管工はおじいちゃんをふりむく。「ねえ、あんたの身内ってのは承知してるけどさ、でもな、いわせてもらえば、くさいってのはああいうのをいうんだよ。あの商売人なんて、てんで問題にならない、あの先生はほんとうにひどい臭いがするよ。まるでからだの内外をうらっかえしたみたいな臭いがよ」

配管工のことばが終わるのをじっと待っていたおじいちゃんは、こんこん、と軽くカウベルをうった。そして低いけれどもよくとおる声で、

「さて、それじゃみんな、音楽をつづけることにしようか」

外で海風が鳴っている。二本のチューバの切り裂《さ》き音が、「農夫の踊り」の導入部を、競いあうかのようにかなでだす。

郵便局長が父さんとはなした最後の人物になった。この夜は当直にあたっていた。各地からあつまった手紙を仕分けおえると、二週間後には進水式をむかえる自分たちの船の名を考えながら、窓口にすわってうつらうつらと居眠りをしていた。前日までは「速達便」号で局長のこころはほぼかたまりつつあった。けれど夕方、ほかの船主四人からいわれたとおり、いくらはやくったって一方通行の名前じゃ、たしかに縁起がわるいって気もした。局長はいった、「足のすこぶるはやい正確な郵便配達」号じゃどうかな。四人はいっせいにいった、それじゃ長すぎるよ。

ざあっと雨の音がきこえた。戸口へ目をやると、黄色い常夜灯の真下に、しとしとと滴《しずく》をしたたらせてねずみ男が立っている。局長は目をこすった。父さんのからだがなんだかすきとおったようにみえたのだ。ほかのみんながかいだあの臭気には気づかなかった。配達のさいちゅうに傘をとばされ、朝から鼻風邪《はなかぜ》をひいていた。

「めずらしいな」

と局長はいった。「もっとこっちへ寄りなよ。もう夏だってのにまったく冷える晩だ。そこのカウンターに配達夫用のタオルがあるだろう、勝手につかってくれ」

「だしたい郵便があるんだが」

と父さんはその場を動かずにいった。

「ああ、そうだろうとも」

郵便局長は鼻をかみながら、「ここは郵便局だからな、ほかの用事でここへくるひとはあんまりいないよ」

そういって、電気計量ばかりのスイッチを押した。セールスマンの口上によれば、この最新器機をそなえた郵便局は、よほどの都会でもめずらしいとのことだった。

「それが、その郵便だが」

ふるえる声で父さんはいった。「ここにはないんだ」

「ない？　でかい小包かなにかか？　うちまでひきとりにこい、って、そういってんのか？　無理だよ。みてのとおり当直なんで、ここから一歩も動けやしないんだ」

「そういうわけじゃない」

と父さんはこたえた。「事情があって、いま、私の手元から知人にあずけてある。明日にはまちがいなくこちらの手にもどってくる」

局長はだまりこんだ。二度、三度とはかりに軽く手をつき、針がふれるのをしばらくながめ、そして口をひらいた。

「ひとつ提案があるんだがな」

はかりの目盛りから父さんに視線をうつし、「明日になって、その知り合いってやつから郵便物をひきとったうえで、もう一度ここへくる、ってのはどうだね。たぶんあんたが生まれた時分からずっと郵便局につとめてるが、おれのみてきたところ、郵便をだすひとはみんな、ふつう、一般的に、そうしてるみたいだけど」

「私がたのみたいのは」父さんはなにかをこらえるかのように声をしぼっていった。「私のだすその郵便に、かならず、今日の消印をうってもらいたいってことだ」

「なんだって？」

局長はききかえした。

父さんはもう一度いった。局長はつかったばかりのちり紙をかたく握りしめ、

「先生、あんた、頭がおかしいのかい？」

といった。声を荒らげないよう注意しながら、「郵便局長であるこのおれに、あんたは、郵便物のいんちきをやれ、ってそういってるんだよ。郵便制度の歴史、なりたちやなんかについて、あんたに講義するひまはないがね、ひとつだけ教えといてやるよ。あんたのいってることは、手紙をだしたり、うけとったり、そいつを配ったりするひとたちみんなへの侮辱《ぶじょく》だ。手紙ってのは、消印をおされるその瞬間、郵便物になる。いいかね、そこでちがっちまったら、その郵便にかかわる全体がまちがったものになる。消印

は正しく打たれなきゃなんない。絶対にだ。おれたち郵便局員が、ぺたんぺたんと機械みたいに印をついてるようにみえたとしても、消印をおすってことの意味はみんな理解してるとおもう。いいかい先生、消印ってものは、あんたがかんがえてるより、ずっとずっと重いものなんだよ」

ぼくはよくおぼえている、切手を貼《は》り忘れた楽団員や、郵便番号をかかなかったおばあさんの鼻先にむかって、局長さんはしょっちゅうこんなふうなお説教をたれてた。ときにやんわりと、ときにきびしく。ただ、のちに彼自身がかたっているように、このときほど怒りに駆られたことはなかったそうだ。

おもえば局長さんは、吹奏楽をやるうえでも正確を期すひとだった。最初からおわりまでペースをくずさず、ひたすら淡々《たんたん》とタクトをふりつづける。ぺたんぺたんと一心不乱に消印をおしていく郵便局員みたいに。そのあたりがおじいちゃんから信頼を寄せられていたゆえんだったろう。ただ、正確さといっても、おじいちゃんのと局長さんのとでは楽団員に与える印象がまるでちがった。おじいちゃんのティンパニは、うしろから楽団員ひとりひとりを正確においたてていく。いっぽう郵便局長のふるうタクトは、それぞれの演奏者をひとつの楽団にまとめあげ、みんなをまちがいのないテンポへと導く。

ともあれ、局長にとってこのときの父さんのたのみは、指揮台のうえで楽団に尻《しり》をむけ、ツイストをおどってみせてくれというようなものだったろう。青白い父さんのくち

びるは、かたくとじられたままだった。局長は鼻をすすりながら、

「ほら、もうすぐに明日だ」

と壁《かべ》のかけ時計を指でさした。「明日になりゃ今日のことは忘れてやるさ。あんたのもってきた郵便に、おれが責任をもって消印を打ってやる。ほかの何千って手紙とおなじく、にじみもかすれもない、公明かつ正確な、明日の日付の消印をだ」

かけ時計の針は十一時五十九分を示している。妹のだんなさんが昇進祝いに贈ってくれた品だ。こちこちと心地よい音をたて秒針がすすんでいく。やがて真上にあがった秒針に、二本の黒い針がぴたりと重なった。

「さあ、十二時だ」

局長は席をたち、奥の事務所へむかいながら、「昨日はもう忘れた。さあ、そこのタオルをつかいな。いまコーヒーをいれてやる。うちのコーヒーはうまいぞ。先月あたらしいコーヒーメーカーを買い入れたからな。おれなんか、一日に五杯はのむよ。砂糖はつかうかい」

「あの男から買ったのか」

と父さんの声がしずかにひびく。

事務所から局長はこたえる。

「コーヒーメーカーかね、ああ、もちろんそうだよ」

「今日、あいつと会ったのか」

「昨日、だろ」

局長はカップをふたつもって席にもどってくる。「ああ、会ったとも。昼前にここでな。茶封筒をだしにきたんだ。えらく分厚い封筒だったよ。会計報告かなにかかい、ってきいたら、すましこんだ顔でさ、それ以上のものですよ、なんてうれしそうにいってたな」

父さんは目を輝かせ、せきこむようにたずねたらしい。

「誰《だれ》かのかわりに出すんだ、といってたろう？」

「いいや」

と局長はあっさりこたえた。「なんでも、これでちょっとした稼《かせ》ぎになるとか、そんなようなことをいってたよ。おい、コーヒーを早く……」

局長は息をのんだそうだ。

ねずみ男は突然ちぢんだようにみえた。それもすごく。常夜灯のしたで、父さんのからだはくずかごよりもちいさくみえた。局長の目にそれは、暗いどぶからあがってきたばかりのねずみそっくりにみえた。小さな父さんはくるりと身をひるがえし、郵便局の外へと走りでた。

「おい！」

局長もはね戸をすりぬけ、あとを追っておもてにでた。雨は弱まっていた。水のたまった舗道のはるか向こうに、黒々とした半透明のかたまりが、しぶきをあげ遠ざかっていくのがみえた。

そのころ二番倉庫ではチューバがさいごのいななきを吹きおえていた。

倉庫をでた配管工は小雨のなか、あまりの寒さにぶるっと背中をふるわせた。音楽がおわったあとは、いつも耳がぼんやりとなる。それでも、その夜の雨音は妙に耳やかましくひびいた。配管工はおじいちゃんのほうをむいて、

「どうだい、寝る前に一杯やってかないかい」

おじいちゃんは頭をふって、

「風邪気味なんでな、今夜はおとなしく帰るよ」

そういうと杖《つえ》で水たまりをたたきながら、たったひとり、うちのほうへと去った。

金管パートの三人と連れだって配管工は酒場にむかった。そして扉をひらいたとたん、目の前の大騒ぎに立ちすくんでしまった。おいおい泣きくずれているもの。つかみかからんばかりの口論。それに、ヒステリックないくつもの高笑い。

人垣のあいだからバーテンダーが顔をだす。

「よう、注文は？」

「こりゃいったいなにごとだい？」

配管工はビール四つ、と身ぶりでしめしながらたずねた。

「なにごと？　そうだな、おれのみたところお通夜《つや》だよ。どうやら街のお通夜らしい」

バーテンダーの笑みはひどく疲れている。「おまえらもはやく飲んじまうことだ。飲めよ、明日にはもう一滴だって飲めなくなっちまうかもしれないんだから」

誰かが店の奥でグラスを割る音がひびく。もうひとつ、さらにもう一個と。

郵便局長にならって正確を期すと、このとき、日付はもうすでに、その明日へとかわっている。


出納係《すいとう》はかんがえにふけりながら運河沿いの道をあるいていた。小雨がぽつぽつと傘をうつ。

真夜中すぎまで何度計算をくりかえしても、帳簿の数字はあわなかった。それも端数《はすう》じゃない。前年の花火大会、楽団の予算、街の美化計画など、さまざまな項目の残金がまるまる桁《けた》ふたつ足りないのだ。ここまで食いちがうのは、と出納係はおもった、どうかんがえても自分の計算ミスじゃないな、誰かが記帳をまちがったんだ。いつも小言ばかりのあのばあさん、帳簿担当の。ひょっとしてあいつの書き損じじゃないか。そうだったとしたら、はは、なんて愉快だろ。

と、横道からいきなり懐中電灯をあてられ、出納係の足はこおりついた。船乗りは苦手だった。とくに酔っぱらってるのは。出納係は片手でズボンの裾《すそ》をひきあげ、いつでも逃げ出せるように体勢をととのえた。

「ああ、ごくろうさん」

と、船乗りじゃない、酔っぱらってもいないその声はいった。

「なんだ、おまわりさんか」

出納係は傘をもちなおしこたえる。警官がふたり傘もささず、懐中電灯をかざして運河通りにでてきた。腰の無線機から雑音がもれている。

出納係は、なにかあったのか、とたずねた。

その若い警官はあかりで運河を照らしながら、なにがあったってわけじゃないんだが、と前置きをして、

「あんた、靴《くつ》のセールスマンをみかけなかったか」

「いいえ」

と出納係はこたえた。「今朝からずっと机にはりついてましたからね」

「そうかい」

と警官。「警察署はまるで迷子《まいご》センターだよ。次から次へ誰かがかけこんできては、セールスマンはどこですか、ってたずねるんだ。何の用事かきいても、個人的なことな

んで、ってこたえようとしない。昼過ぎからもう、二十人以上だよ。電話の問い合わせは数えきれない」

「ふーん」

　と出納係。

「自動車は？　あの、黒い靴みたいな」

「宿屋にも学校にもみあたらないよ」

「二番倉庫は？」

「いってみたさ」

　と警官。「セールスマンはいなかったよ。埠頭《ふとう》のどこさがしても」

　若い警官は、まさかこのとき自分の母親が救急車ではこばれている最中だとはおもってもみなかったろう。出納係は腹ぺこだった。おまけに背中が冷え切っていて、帳簿のことなどもうこれっぽっちも頭になかった。袋小路の壁《かべ》は、バーテンダーのいうとおり、いつとも知らないうちぬっと目の前にたちあらわれている。目のみえないものの前にも、みえるものの前にも。

「おい」

　ともうひとりの警官が声をひそめいった。

「みろ、あそこに誰かいるぞ」

懐中電灯のあかりが水位のあがった運河にのびている。ひらかれた水門にむけごうごうと、黒い急流が泡《あわ》をたててすすむ。三人のいるすぐ上手あたり、水質調査用にかけられた橋の上にひとつ、やせた人影がみえた。下流の水面をじっとみつめ、冬枯れの木のようにたたずんでいる。

「ありゃ、ねずみ男だ」

と若い警官はいった。「どうしたってんだろう、あんなところで。ねずみを泳がせる実験でもやってるのかな」

「様子がおかしいぞ!」

年かさのその警官はうめき、懐中電灯をもったまま走りだした。若い警官も駆けた。出納係もわけのわからないままふたりのあとを追っていた。橋の上のねずみ男が、立ったまま両足を交互にあげ、甲のあたりをはさみでかきむしるのがみえた。

「やめろ!」

と先頭を走る警官が叫ぶ。が、橋にまでたどりつく間もなかった。

身をなげる瞬間、父さんのからだはまっすぐ背がのびたままだったという。あとで三人がたしかめたとおり、橋の上にころがった父さんの靴は、セールスマンの売っていた定番商品だった。両の靴ひもは、はさみでずたずたにちょんぎられていた。あの男から買ったものを身につけたまま、運河にとびこみたくなかったってことだろうか。

父さんは、まるで時計の針がたおれるように、水面にむかって鼻面《はなづら》から落ちていった。しぶきはほとんどあがらず、いったん深く沈んだ父さんのからだは、意外なほどはなれた水面にぷかぷかとあがった。そして、三人が呆然《ぼうぜん》とながめるその前を、黒い濁流にのって水門のほうへすすみはじめた。

つづいて三人には、橋の上から薄灰色のちいさなものがつぎつぎにとびこむのがみえた。それらは運河の水面でひとつにかたまった。ごぼごぼとあたりにこまかな泡が浮かぶ。薄暗いその半透明のかたまりは、父さんのあとを追いかけるように、暗い水門のむこう側へときえた。

「あれが、やみねずみじゃないってのか？」

「ぜったいにちがうよ」

とぼくは若い警官にこたえる。もう夜明け近い。疲れきっていたけれど、ぼくはしゃべりつづけた。なにかしゃべらないではいられなかった。郵便局長はついさっき仕事にでかけていた。

「ぼくは去年この目でみたんだ。やみねずみがばらばらになって、すっごくきもちよさそうに逃げていくのを。父さんのねずみたちが身をよせあってみえたとしても、それは、セールスマンのつかった薬のせいだ。おとといの夜、父さんのあとをついてったんだって、父さんのからだにそのにおいがしみついちゃってたからだ。だからくさかったんだ」

年かさの警官はなにもいわない。腕を組んで目をとじたまま居間のソファにすわってる。でも、寝てるんじゃない、とぼくにはわかる。

無線機から声がする。下流の水門を順ぐりに調べてますが、とその声はいう。運河のどこにもみあたりません。港には、二時間前からはしけをだしています。また連絡します。

「了解」

といって若い警官は無線機をおく。「なあ、どこかにあがって、別の実験はじめてるのかもしれないぜ。もうすぐ朝になる。明るくなればきっとみつかるさ」

年かさの警官は、やはり目をとじたままだ。

「やみねずみじゃないよ」

とぼくはくりかえしいう。「それはやみねずみなんかじゃない」

毛布をもってきてやりな、と年かさの警官が若いほうにいう。

「ふるえてるよ。無理もないさ。こんなでかいなりはしてるが、まだ十六なんだから」

やがて窓から朝陽がさしこんでくる。雨はあがっていた。

白い光のなか、台所の壁じゅうに、ボールペンやチョークで書かれた数式らしきものがうかびあがった。ぼくは盲学校の寄宿舎をおもいだした。目のみえないひとが手さぐりで書いた壁のサイン。彼らがそこにいた証拠としてていねいにきざまれた、誰がみることも期待されちゃいない、おびただしい数の署名《しょめい》。

「さっぱりわからんな。よめもしない」

壁をながめながら若い警官がいう。「いまのこどもはこんな呪文《じゅもん》をおそわるのか」

ちがう、こんなのはおそわらない。ただ、台所の数式問題のあちこちに、ぼくにもわかることばがくりかえし書かれてるのはみえる。小学校、中学校の教科書でぼくたちをうんざりとさせてきた、あのことばだ。斜めにかしいだその字が、台所のタイル、コンロの正面、古い食器棚《だな》にまでのこされている。

なぐり書いたような父さんの字。

証明せよ。証明せよ。証明せよ。

おじいちゃんはがんとして入院をこばんだ。結局、日に二度、注射を打ちに医者がうちをたずねてくることになった。どちらにせよこの医者は、そのうち街じゅうの家々を往診してまわらなくちゃならなくなる。この午前中には、ショックで倒れた老人たちで、病院のベッドはすべてふさがっていた。

じいさんのそばについててやりな、と年かさの警官は戸口でぼくにいった。じいさんが入院をいやがったのはな、おまえの父さんがかえってきたとき家にいたいからさ。そういうのを待つのって気がめいるものだよ。そばにいてやれ。お茶をもってぼくが二階にあがると、おじいちゃんは、ラジオから流れるパンパイプと羊飼いの合唱にあわせ、枕元《まくらもと》の金だらいをひとさし指でたたいていた。

雨上がりの街はすぐ暑くなった。お昼になるころには、街のひとびとがこうむった被害のおおきさが次第に明らかになりつつあった。

「土曜に、別荘地への見学ツアーが組まれていたんです」

とチューバ吹きの父親は、病院のベッドでかたっている。「三十人ばかり、役場の入り口にあつまったんですが、約束の時間を一時間過ぎてもあのセールスマンはきやしません。時間に遅れるようなひとじゃありませんからね、それにひどいどしゃぶりだったし、なにかあったのかもしれない、って心配になりました。誰かが機転をきかせてね、契約書に載ってた番号に電話してみよう、ってことになった。事情がわかるかもしれないし、この日はツアーにはいかれないことを伝えといたほうがいい、って、そうおもいましたからね。役場で電話を借りました。ええ、私がかけたんです。受話器の向こうで女のひとの声が、はい、動物なんでも質問箱、というのがきこえました」

チューバ吹きの父親は受話器をおき、もう一度かけてみた。さらに一度。電話はすべて遠いどこかの動物園の、同じ質問係につながった。

三十名の老人は自分たちの契約書が紙切れにすぎないことをみとめたくなかったろう。が、現実はそうだった。年金のほとんどすべてを頭金としてふりこんでいたことも事実だった。郵便局に記録が残っている。送り先は外国の私書箱で、現地の警察が調べてみたところ、月曜の朝には私書箱はからっぽになっていた。

別荘だけじゃない、あたらしくできた船会社の株券、七十歳過ぎてはいれる新種の生命保険、その他あらゆる契約物件が、この世には存在しない架空《かくう》の財産だった。ゴシップ記者たちばかりか、都会からきた捜査官さえ、老人たちの不注意にはあきれかえってる様子だった。

役所の被害も甚大《じんだい》だった。次年度予算としてあらたに組まれたお金が金庫からきれいさっぱりなくなっていた。その他、権利書や手形など、わずかでも価値のありそうなものはすべて消えていた。出納係の願いもむなしく、だれも帳簿をかきそんじてなんていなかったわけで、それぞれがそれぞれの仕事を正確にこなすという、この気質は郵便局も含め、ぼくの街の役人には徹底されてたといえる。ただ、最初がずれていたにすぎない。郵便局長のいいかたを借りるなら、彼らは、ちがった日付の消印がおされた手紙を、正確に期日を守って運んでいたということになる。

手紙といえば、去年の春、父さんに数学コンクールからとどいた手紙にこんな一節があったことを、ぼくはおもいださずにいられない。

「致命的《ちめいてき》な穴は、終わりに近づくにつれ、加速度がついたように増えていきます。当然です、導入が、まちがっていたのですから」

黒いひつじの、雪だるま。

街じゅうをころがったそのみえない玉は、向こう十年先までの街の財政をぺっちゃんこにふみつぶした。

警察にあつまった女性たちはみな、水曜には届くはずのワンピースがまだ届かないのはなぜか、あのセールスマンを問いつめる気でいた。むろん翌週になったって、ワンピースは届かない。その年の夏が過ぎ、秋がきてもだ。

宿屋の主人は土地もふくめ、すべての財産をうしなった。自業自得《じごうじとく》、といったひとがいるが、それはことばがすぎるとおもう。セールスマンはたぶん、いかさまポーカーにも長《た》けていたはずだから。ほとんど毎晩、宿屋の一階でふたりは賭《か》けポーカーをつづけ、やがて半年のち、主人はどんつきにたどりついたことを自覚した。権利書のたぐいは、これも郵便局から堂々と私書箱あてにおくられていた。ふた月後には、見知らぬ不動産業者がずかずかと街へやってきて、宿屋の土地を更地にしてしまう。

火曜の夕方、父さんのからだは港の沖合でみつかった。

はしけの水夫は、真っ黒いかたまりが波間に漂っているのに気づいた。ちょうど、海鳥におおわれた漁船が港に流れついたときのように。その黒いかたまりは漁船よりはるかにちいさかった。方向も逆で、港から沖にむかって流れていた。

船を近寄せてみると、黒々としてみえたのはねずみの群れだった。うつぶせた父さんのからだに無数のねずみがしがみつき、身を寄せ合うようにしてふるえていた。はしけの水夫は埠頭でぼくに謝っていった、ねずみがはなれやしなかったからさ、網で引っ張ってくるしかなかったんだよ。

哀れなねずみたちは一匹ずつ背中からひきはがされた。保健所の職員が数えてみると、百二十四匹いた。これは素数《そすう》じゃない。父さんなら、海に落ちたぶんも数にいれるように、と主張したことだろう。ゴシップ新聞には、はやくもその週末、次のような記事が載った。

「ねずみ男の末路」

ねずみをとらえては放し、とらえては放し、そんな実験をくりかえしていた頭のゆるんだ科学者が、運河へ身なげした。科学者は「ねずみ男」と呼ばれていた。彼は実験結果を数学懸賞に応募しようとしていたが、できあがった論文を友人に盗《ぬす》まれてしまった。この友人は有名な詐欺師《さぎし》である。靴《くつ》商人の顔をして、相手にうまうまと近づくのがいつもの手だときく。雨の運河へと身をなげた科学者の体は、港の沖で浮かんでいるところを船乗りに発見された。背中には何百、何千というねずみがとりついていた。ねずみ男は生前、群れをなすねずみに関する研究をしていたらしい。筆者がおもうに、ねずみ男は最後の実験にいどんだのではなかったか。水に飛びこむ自分に何匹ついてくるか、背中にとりつくねずみの数はいったいいくつか、これを調べるため、自ら身をなげだしたのではないだろうか。そうだとすれば、まったくみあげた科学者根性である。その実験を間近で見学できず、残念だったとは、この筆者もまさか思ってはいないが。

郵便局長のスクーナーについては少し事情がちがう。事件から十日ほど経《た》ったある日、局長あてに小包が届いた。あけてみると、三本マストの見事な模型ができた。帆《ほ》はついていない。局長はそれを郵便局のカウンターにかざった。

あのセールスマンは郵便局長を気にいっていたんだろうか。宿屋の部屋から手つかずのまま、切手コレクションもみつかっている（買い手がつかなかったのかもしれないけど)。例の会員向けカタログだって、郵便局の棚に置かれたままだ。その後、郵便局をおとずれるひとはきまって、カウンターにおかれた美しい帆船に目をうばわれることになる。帆は三枚すべて古切手をはりあわせた手のこんだものだ。模型の横にこんな標語がかざられている。

「郵便物はどれもすべて正確に配達されなければならない」

つまり、なかみが盗んだ書類であっても、ひとびとからかすめとった為替だとしても、いったん消印がおされたならすべて公平に配送すること。

局長は仕事においてきわめてまじめなひとだった。局員にも同じまじめさを求めた。たとえまぬけにみえようが、郵便局員はひたすら消印をおしつづけ、雨風にあおられようとも毎日手紙をくばってあるく。局長はつまり、あのセールスマンによって、自分の仕事の非情さをおもいしらされた、ってことになる。いい手紙、わるい手紙。郵便配達にとってはみんな同じだ。標語どおり、それらはどれも正確に配達されなければならない。

カウンターにおかれたスクーナーの模型は、郵便局長にとって、ちいさなあめ玉だったといえるかもしれない。あめ玉の味はいつも甘いわけじゃない。ときどき、空からふってきたねずみみたいな味がすることもある。

けど、かんがえてみれば、街の女性たちだってセールスマンから買ったハイヒールではじめておしゃれにめざめたんだ。役所はすかんぴんになり、催しもののたぐいはしばらく開けなくなったけれど、街のだれもが年末になると、あの盛大な花火大会のことを口にしはじめるという。

ころのついた亀《かめ》。三十年前の船員手帳。その他いろいろ。

すべてはたしかに、街のひとに取りいるため、セールスマンがでっちあげたその場かぎりの嘘《うそ》だったかもしれない。ただ、それらの嘘によって、街のみんなには楽園の風景がみえた。楽園への夢は、女性の服装を、郵便局のカウンターを、ひとびとの冬の思い出を、ほんのわずかにせよ、華やかに変えた。おおきな代償を支払いはしたけれど、みんなの手に、なにひとつ残らなかったわけでもない。ぼくはやっぱり、いまもそうおもいたい。

何人もの老人のこんなつぶやきを、あの夏、ぼくは街のあちこちできかされた。

「あのセールスマンが、いまにもかえってくるんじゃないか、っておもうときがあるんだよ」

坂の途中に腰かけながら、ぼくの顔をみあげて、「おまえさんは会ったことがないんだよな。いいやつだったよ。あんなことするなんて、よっぽど困ってたんじゃないかな。わしにいってくれれば、ほんのわずかでも、なにか手助けがしてやれたかもしれないのに」

麦わら

車椅子《くるまいす》をおして二番倉庫にいく。おじいちゃんはなにもはなさない。銀の杖《つえ》をかたくにぎって、じっと港のほうをみつめている。

倉庫の扉は、報告のあったとおり、貼《は》り紙で埋め尽くされていた。裁判所は無断の立ち入りを禁じ、保険会社の調査員たちは、なかの担保《たんぽ》物件にいっさい手を触れないよう命じた。担保とはつまり、街の誇り、吹奏楽団の楽器すべてだ。調査員は楽団員すべてに、それぞれの楽器を倉庫へ運びこむようい い、さびた鉄扉に封印をした。出納《すいとう》係はさいごまでふんばったらしい。けれど、借金はたまりにたまっていた。とうに支払いおえたとおもっていた花火大会の設営費も、全部あのセールスマンに掠《かす》めとられてたことがわかった。酒場には夜ごと古物商があつまり、楽器をどうわけるか酔った声ではなしあった。

倉庫の扉を、おじいちゃんは打ちはじめる。

がん、がん、とくぐもった音が埠頭《ふとう》にひびく。

はじめはゆっくり、やがていきおいをつけ、おじいちゃんの銀の杖が二番倉庫の扉をたたきつづける。これまで倉庫で十何年奏《かな》でられてきたすべての音楽を、眠りからさまそうとでもするかのように。杖の先から銀メッキがはがれとぶ。貼り紙はもうずたずただ。おじいちゃんは口を結び、声をあげず泣いている。おじいちゃんの涙をみるのははじめてのことだった。

苦しそうだ。でも休まない。

おじいちゃんは涙をながしながら杖を打ちおろした。まるで、自分の胸をなぐりつけるみたいに、十六年前にたたいたその扉をえんえんと打ちつづけた。

「よう」

とうしろから声がする。

ふりかえるといつのまにか、配管工、それに楽団員の大半が、すぐうしろにならんでいた。ぼくは唖然《あぜん》とした。古いせんたく板、灰色の水道管、じゃばらに穴のあいたアコーディオン、小学生用のタンバリン、リコーダー。自転車のクラクションまである。団員たちの手には、どこかで寄せ集めてきたそれらのがらくた楽器がにぎられていた。

「むこうの穀物倉庫で、ひと練習やってきたんだがね」

水道管を肩にかついで配管工はいった。「まあ、音響はここほどじゃないし、小麦くさくてしょうがないけど、管理人はすみのほうでなら楽器ならしてもいい、っていってる。ただ、あんたがいないと全体がどうにもしまらないんだ。ちょっときてくんないかな」

穀物倉庫のなかはうすぐらかった。窓からさしこむ光の筋に、白い粉がうきあがってみえる。茶色い穀物袋がうずたかく積まれてある。狭い通路で、車椅子のとってがとうもろこし袋にひっかかる。

「うわあ！」校庭の砂場ほどのせまい場所にでたとたん、ぼくは叫んだ。「これ、いったいどうしたの」

小麦袋のあいだに、四台のティンパニがでんとならんでいる。

「出納係の手柄だよ」

にやにやして配管工はいった。「楽器の目録からこいつだけ消しちまったんだ。帳簿の修正インキみても、上司の女は、いつもこれじゃないの、まったく気をつけてよね、だとさ」

へたな声色に団員から笑いがもれる。

「ほかにもほら、そこに打楽器のトランクケースもあるぜ。これはほんとに、もどってきたときに報告しとくの忘れてたんだと。やつのまぬけっぷりが、じつに役だってくれたってわけだ」

おじいちゃんはなにもいわず車椅子から立ち上がった。銀の杖をつきながらよろよろと前へ出る。ティンパニの前にひざをつき、のばした右手で皮を一枚、ぽいーん、とならす。

「おい」

とおじいちゃんはつぶやく。「ゆるみっぱなしじゃないか。チューニングはどうした」

配管工は苦笑して、

「教頭先生も忙しいんだよ。生命保険契約のあと始末でおおわらわだって、息子を受取人にしてたそうだが、契約料は丸損らしいぜ。おわらいぐさだよな、いつもいってるのに、広告を鵜《う》呑《の》みにするな、ってさ」

おじいちゃんはきいてないみたいだ。目をとじ、一心に調整ねじをひねっている。チューニングをあわせれば、すべてがもとどおり調子をとりもどすなんて、おもってるんだろうか。いや、おもってやしない。おじいちゃんは知っている。降った雨は空へもどせない。ひとはなにかをなくせば、なくなったそこからやっていくほかないって。

「なあ」

と配管工はいう。「息子さんのこと、気の毒だったよな。くさかったなんていってほんと悪かったとおもうよ。ただな、さっきもこいつらとはなしてたんだが、たとえあんたのきんたまとは無関係でも、おれたちみんなあんたの息子みたいなもんだ。こころからそうおもってる。なあ、あんたもそうおもわないかい。吹奏楽団全員、ねこのおやじだし、あんたの息子なんだよ。おやじってのは、なにがあったって、でんと構えてるもんじゃないかい？　おれたちのいちばんうしろでさ、頼もしく見守ってくれてるもんだろう。あんたは十何年ものあいだ、ずっとそうしてきてくれた。だからさ、頼むよ。これからもたたいてほしいんだ、おれたちのうしろで、そのでかいティンパニをさ」

「よし」

とおじいちゃんは立ち上がって深くうなずく。「四台全部ぴたりと合ったぞ」

そしてよたよたとティンパニのうしろにまわり、楽団のみんなをぐるりとみわたすと、

「さあ、はじめようじゃないか。ねこ、おまえ棒をふれ」

「え？」

ぼくは面食らっていう。「そんな、急にいわれたって」

配管工が横から、おじいちゃんの声色で、

「ねこよ、ほんとうの音楽家ならばな、いつだって、四六時中、音楽の準備ができてるはずだぞ」

「無茶だよ」

とぼく。「それに、棒って、そんなのもってきてないよ」

「それつかえよ」

とクラリネット吹きが、たて笛で、穀物袋の上をさししめす。「ちょうどいいじゃないか」

黄色い麦わらが一本、そこに落ちている。もってみると太くて、芯《しん》をとおしたみたいに、ぴんとさきまでとがってる。よく育った、元気のいい麦わらだ。クラリネット吹きのいうとおり、タクトにするにはちょうどいい。

ただ、楽団員全員がならぶのに、その場所はせますぎた。みんな倉庫じゅうの穀物袋によじのぼり、ティンパニとおじいちゃん、それにぼくをみおろした。

「でかくってよかったな、ねこ」

配管工が遠くのとうもろこし袋の上で笑う。「指揮台にのらなくたって、ちゃんとタクトがよくみえるぞ」

かつかつ、と銀の杖が床をたたく。みなしんとなる。

ぼくはおじいちゃんに目をやる。

ティンパニ奏者と指揮者。ぼくたちふたりだけが床に立っている。

おじいちゃんがうなずく。

ぼくの手がさっとあがる。

こども用リコーダーのアンサンブルが倉庫にひびきだす。穀物袋にまぎれたどこかで、水道管が低音をかなで、チューバ吹きはチューバのかわりに、喉《のど》から絞めころされそうな声を鳴らす。ぼくは即席《そくせき》のがらくた楽団に向かって、頭上高く、おおまじめで麦わらをふった。

楽園じゃなくぼくたちはこの世にいた。たしかにこの世の空気をふるわせていた。めちゃくちゃだったけれど、あの演奏を忘れたことはない。穀物倉庫での吹奏楽は、用務員さんのお葬式とならんで、ぼくにとって特別な演奏になった。

「もう一度だ」

とおじいちゃんがいう。「三番のリコーダーから妙な音がするぞ」

「あの、親指穴のしたに」

倉庫のどこかでクラリネット吹きが叫ぶ。「ひびがはいってるんです。うちのがきがねじまわしをつっこんだんで」

「なら、はやくふさげ！」

おじいちゃんがどなる。「鼻くそでも泥でもいいから、ねじこんでふさぐんだ！」

そしてまた、合奏がはじまる。がらくた楽器の騒音を、ティンパニのやわらかな低音がうしろから支え、麦わらがそのかたまりを前へ前へとみちびく。それはぎごちない風となって埠頭へとでていく。

きんたまつながり

セールスマンの黒いヴァンが島の反対側でみつかったのは、彼が姿をけして二週間後のことだった。

一部始終を目撃していたヒッチハイカーによると、見晴らしのいい峠の舗装路をつっぱしってきたそのヴァンは、直線路でとつぜん蛇行《だこう》をはじめ、いちどガードレールにバンパーをぶっつけると、その勢いでくるりとまわりながら道路をななめにすべってきた。ぶどうの無人販売コーナーからとびだすのが一秒でもおくれてたら、ぼくのほうもぺちゃんこになってましたよ、とヒッチハイカーはかたっている。

ぶどうの置かれた棚《たな》をなぎたおしたあと、ヴァンは樹齢数百年を経た松の木に真正面からつっこんだ。セールスマンのからだはフロントガラスをつきやぶり、松の幹に当たってはねかえると、ボンネットのうえに鈍い音をたてておちた。火はあがらなかった。セールスマンの首はほとんどもげていた。死体のまわりにはつみたてのぶどうがころころところがっていた。写真によれば、黒いヴァンは、はきつぶされてそりあがった革靴《かわぐつ》にみえた。

「その、うしろのトランクですけれどね」

とゴシップ新聞のインタビューにこたえ、ヒッチハイカーはかたっている。

「そこからどろどろ黒い汁みたいのが流れだすのがみえたんで、ガソリンが漏れてるんだ、ってそうおもったんですよ。でもね、そのうち、汁じゃないってわかった。信じてもらえないかもしれないが、それは、ねずみの群れだったんです。ざわざわと、いったい何匹いたのか見当もつかない数が、松林へ駆けてくのがみえた。ブレーキのケーブルがかじられたんでしょうか、それとも何匹かがエンジンにつまったんですかね」

警察の調べでは、ブレーキのケーブルは切れちゃいなかったし、エンジンにもなんら異常はみられなかった。ただ、運転席の床に、三匹のねずみがふみつぶされ転がっているのがみつかった。

運転中、と年かさの警官はぼくにいった。

「どこかからとびだしたねずみにおどろいて、やつはきっと、ハンドルをにぎりながらダンスをおどったんだ。自分のあの黒い靴で、ねずみどもをふんで、おまけにアクセルやブレーキもでたらめにふみつけてな、死ぬ間際《まぎわ》までそうやってあのセールスマンはおどりつづけたんだ」

トランクからにげだしたねずみの群れ。それが「やみねずみ」だったのかどうか、今のぼくにだってわからない。

彼が私書箱へおくった為替《かわせ》は、その後もみつかっていない。現金もどこかへ消えてしまった。黒いヴァンのトランクに積まれていたのは、大量の靴箱、それに靴ひもの束だけだった。


この年、数学懸賞の審査員がひとりいれかわったことを、父さんはしっていたんだろうか。セールスマンはしってたとおもう。だからこそ論文をぬすむなんて真似《まね》をしたんだ。ぬすんだ、ってより、要点をつかんでよみやすく整理しなおしたのはセールスマンだったわけだから、論文はふたりの共作といっていい。

あたらしい審査員は数学上の業績より、その奇行で世間にしられているひとだった。レストランのどこかで電話が鳴ると、テーブルのパンをとって耳にあて、もしもし、と大声でこたえる、そんなふうなひとだったらしい。また、数学の分野で勲章《くんしょう》をさずかった最初の人物でもある。

「この論文にはなにかがある」

審査の席で彼は立ち上がりいったという。

「展開は舌足らずだし、証明の作法はエレガントさからほどとおい。まるでひょこひょこ片足をひいて坂道をのぼっていく躁病《そうびょう》の登山家みたいだ。ただ、ここにはなにかがある。それにところどころ、おおいに笑える」

父さんの論文は彼ひとりの推薦《すいせん》で特別賞をうけた。やがてのち、この審査員の弟子が、父さんのおもいついた素数と集合の理論をエレガントにつかいこなし、世界じゅうの数学者を悩ませていた証明問題とやらに決着をつけることになる。

国際数学懸賞の規定には次のような文言があるそうだ。研究者本人が死亡した場合、賞金は助手に贈られる。助手も亡《な》くなった場合、どちらかの家族に渡される。セールスマンには家族どころか、ほんとうの名前すらあるのかわからなかった。残された住所は私書箱の宛名《あてな》だけだったし、その私書箱は警察の管理下におかれている。

結局、賞金はぼくのうちに届けられた。

ぼくはその郵便為替をもって石工の工房にでかけていき、父さんの墓石にあらたな碑《ひ》銘《めい》を彫《ほ》りつけてくれるよう頼んだ。仕事は半日ですんだ。父さんのお墓にはいまも、誰《だれ》にもわかるはっきりとした字で、つぎのような文句が刻まれている。

「証明せよ。証明せよ。証明せよ」

穀物倉庫にでかけ、おじいちゃんたちに賞金の残りのつかいみちを相談することにした。打楽器は大小そろってるわけだし、まず買いそろえるべきなのはクラリネットなのか。それとも金管が先か。各パートに一本ずつまともな楽器をそろえたほうがいいんだろうか。

けれどおじいちゃんはティンパニのうしろで首をふって、

「おまえが全部つかえ」

穀物袋に載っかった郵便局長がぼくの耳に口をそっと近寄せ、

「チェロ弾きのところへいっちまえ。あのボクサーがいってたとおりに」

ぼくはぎょっとしてふりかえる。おじいちゃんは教頭先生にタンバリンをしこんでる。いまのことばは、きこえちゃいなかったらしい。

ぼくはそのとき、ちょうちょおじさんと手紙のやりとりをはじめていた。手紙のなかでおじさんは、くりかえしくりかえしそのチェロ弾きにふれた。

「おとついね、電話ではなすことがあったよ、きみのことというと興味をしめしていた。時間はたっぷりあるし、きてくれてかまわない、そういってた。電話のむこうで犬の鳴き声がいくつもした」

手紙というのはつまり、声をふきこんだカセットテープで、テープにはほかにも街にひびく時報やジムでかわされるかけ声、コンサート会場のざわめきやなんかがはいっている。郵便局のカウンターに再生機を載せ、ぼくは局長さんにそれぞれの音がどこでなってるのかをはなしてきかせた。おばさんとあるいた通りや、風景画にかかれた湖なんかについても。ただ、カスタネットのかたちをしたあの街の音が、どれもぼくの耳にはずいぶん遠くにきこえた。ぼくが学校を休んでふた月が過ぎていた。

練習のあと配管工は、水道管をくみあわせた不格好な楽器を拭《ふ》きながら片目をつむり、「おれたちもめいめいおまえの親父《おやじ》っておもってるが、ねこ、やっぱり、きんたまつながりの、ほんとの父親ってものはありがたいもんだよな」

その夜、ぼくはずいぶんちいさくなったベッドにねころがったまま、なかなか寝つけないでいた。盲学校ですごした一夜のことが何度も頭のなかによぎる。

満天の星。よせくるさざ波。おじさんのボクシング。赤、黄、みどり色の犬。

浜辺に寝そべり星の音に耳をすます盲人たち。

はじめからわかってた、方向図なんてないって。目が見えようが見えなかろうが、ひとは地図のとおりに歩くことはできない。音の地図にかぎらず、それはたえずかきかえられる。予想もつかないついたてが突如としてあらわれ、足もとの砂がまたたくまに崩れおちる。そして、いくら風景がかわっても、ひとはその先へその先へと、あるいていかなけりゃなんない。

音楽の演奏もまた同じだ。楽譜《がくふ》をみていたって音楽は鳴りだささない。

そうさ、わかりきってたことなんだ。

階段から、こつり、こつり、と杖《つえ》の音がきこえ、おじいちゃんが部屋にはいってくる。

お酒の匂《にお》いがかすかにする。ネクタイをとるおじいちゃんに、ぼくは薄闇《うすやみ》のなか声をかける。

「おじいちゃん?」

「なんだ」

「ぼく、チェロ弾きのところへいくよ」

「そうか」

とだけおじいちゃんはいった。そしてとなりのベッドへとしずかに身を横たえた。死んでしまった父さん、母さんと、ひどい暮らしをおくった街。おじいちゃんにとって、けしていい思い出のつまった場所じゃないはずだ。音楽修業のためとはいえ、たったひとりの身内が、まるで蝶《ちょう》が甘い草花にひきよせられるかのように、その街をまた訪れようとしている。

「おじいちゃん、ごめんよ」

ぼくは闇にむけていう。「でもそうきめたんだ」

おじいちゃんはこたえない。寝息もたてていない。ぼくは寝返りをうち、暗い天井をみあげた。その向こうには去年まで、なにかにつけ頭をつっこみ、きき耳をたてた屋根裏がある。あのかっこうはまるで、とぼくはおもった。なにかからかくれようと頭だけ穴にいれただちょうみたいだ。おおきすぎるこのからだだけは部屋に残したまま、目も耳もふさぎ、ほこりのまいあがる暗がりに頭をつっこんで。足ぶみがきこえてくる。天井からじゃない。もう父さんのいない階段のほうから、その音はしずかにやってくる。

とん、たたん
とん

音はごくかすかだ、でも、とぼくはおもう。

たたん、とん

クーツェの麦ふみはつづく。どんなに遠くまでいったって、その姿がみえず声はきこえなくなっても、ぼくのでかいからだのなかにその音はひびく。

「めしには注意しろ、ねこ」

とおじいちゃんが隣でいった。「あそこの食い物はどれもおそろしくまずいから」

「うん」

とぼくは天井をみあげたままこたえた。「できるだけ自分でつくることにするよ。オムレツならぼく自信があるんだ」

たたん、とん

女の子は船旅をたのしみにしている

港には、自称父さんたちが全員みおくりにきてくれた。めいめいががらくたをかかえたその一団を、街の誇り、吹奏楽団のなれの果てだとは、水夫や旅行客たちはおそらく気づきもしなかったろう。おじいちゃんはぼくに紙をとじた束をくれた。乱暴な水夫たちのそばで育ち、外国のゴシップ雑誌に長く目をとおしてきたぼくは、三、四の外国語ならなんとかはなすことができた。紙の束をひらくとそこには、ふだんの厳格なおじいちゃんからは想像もつかない下卑《げび》た俗語がならんでいた。

「おじいちゃん」

とぼくはきく。「この、ペンギンの皮をひんむいたやつ、ってどういう意味?」

「ああ」

とおじいちゃんはおだやかにいう。「ひどいおしゃべり、というほどの意味だな」

「なんでそういうことになるのさ」

「わからんね」

とおじいちゃんはこたえた。

ぼうと汽笛《きてき》がなり、ぼくはあわててタラップをあがる。楽団員はそろって埠頭《ふとう》にならび、この日のために練習してきたらしい、有名な別れの曲をかなではじめる。それは見事な演奏だった。ティンパニを港へははこべないので、おじいちゃんは四つならべた大小のドラム缶をたたいていた。曲がおわると甲板からもおおきな拍手《はくしゅ》がなりひびき、アンコールをもとめる歓声に、もう一度太い汽笛が重なった。団員たちはがらくた楽器をかかげ手をふっている。船はゆっくりと埠頭をはなれていく。

自分のうまれた島を外海からながめたのははじめてだった。ぼくはデッキのいちばんうしろで島影をずっとみていた。汽船はじょじょに速さを増し、とがった石ころのようなその影は、やがて水平線の向こうに消えた。


汽船での一週間は、退屈とは無縁だった。おじいちゃんの俗語集をひらき、キャビンに積まれた古いゴシップ雑誌を切り抜いているうち、いつのまにか夕方がきてる。船には顔見知りの水夫がおおぜい乗っていた。甲板ですれちがう旅客たちはぼくをみるとみな軽く会釈《えしゃく》をくれた。よく目立つばかりでなく、ぼくのおおきなからだは、一度みると忘れられないものらしい。音楽好きの老紳士《しんし》や楽器商なんかは、まるでむかしからの知り合いみたいにはなしかけてくれた。ただ、こどもには注意が必要だった。たまさかまうしろに立ってあくびしてたりすると、こどもはきまってさっとふりむき、そして船じゅうにひびくような大声で盛大に泣きわめく。

吹奏楽好きな、あの背の低い船乗りともこの船で再会した。ふくみ笑いをもらしながら、ぼくを船員用デッキへとつれていく。そこにおうむがいた。止まり木にとまった立派なそのおうむは、つやつやとなめらかな白い羽毛をふくらませつつ、

「あめ玉ください、あめ玉。あめ玉ください」

ふるえる声で鳴いた。まわりの船員が果物のかけらを放る。おうむは首をのばし、くちばしをかつかつならして器用に餌《えさ》をうける。黒真珠みたいな瞳《ひとみ》。笑ってみえる灰色のくちばし。埠頭の公衆便所でみつけたんだ、と背の低い船乗りはいった。積み荷といっしょにおかにあがったんだろう、不安そうにしていたよ、腹の羽根をくちばしでぼりぼりとついばんで。おれをみるとつんざくようにいったんだ、あめ玉、あめ玉、あめ玉！　って。そしておれの肩に飛びうつってきた。

背の低い船乗りは、鳥を肩にとまらせたまま、しょうがなくこの船に乗りこんだ。船長はとうにかわっていた。おうむが最初にとんでった場所は、なんと船長室だった。扉をこつこつ打ちながら、あめ玉、あめ玉ください、って、しばらくなきやまなかったらしい。

「おれにはわかんないよ」

　と船乗りはいった。「この鳥が、あいつの髪をむしってやりたいっておもってたか、それとも、あんなひどい船長でも、やっぱりこいつは慕《した》っていたのか。こいつははなせないからな。なにかんがえてようが、あめ玉ください、としかいえないからさ」

　ひとつだけたしかなのは、そのことばを教えたのが、ほかならぬその船長ってことだった。背の低い船乗りは、おうむの背中をそっとなでながら、

「それしかいえない、ってのは、ずいぶんひどいことのような気もする。けど、たったひとつだけおぼえさせるとするならさ、案外、すてきなことばじゃないかって気もするんだよな」

　おうむはぼくたちの顔をながめる。そして首をかしげると、甲高い声で、たったひとつしかいえないそのことばを何度も何度もくりかえす。なにがみえてるかわかんない黒い目をきょろきょろと動かしながら。

「船長はおうむをかわいがってたんだとおもうな」

　とぼくはいう。「すくなくとも、飼いはじめたときには」

　白い喉《のど》もとをくすぐりながら、背の低い船乗りはつぶやく。

「そうだといいがね」

　おうむはくりかえす。

あめ玉ください。あめ玉。あめ玉ください。

おだやかな夜の海をながめがら、ぼくは毎晩、甲板でねむった。

ある朝おきると深い霧《きり》がでてた。白くもやった甲板のあちらこちらに、毛糸玉みたいな灯りがぽんやりと浮かんでいる。

「ねこ、おまえだろ、そこにいるのは」

もやのなかに、懐中電灯をもった船乗りがあらわれる。肩にはおうむが首をすくめとまっていた。

「ひどい霧だな」

「うん」

ぼくはベンチから身をおこし、「全身ぐしょぐしょになっちゃってる」

霧の海を汽船はゆっくりとすすんだ。ちゃぷちゃぷと波が船体を洗っている。

ぼくは甲板をうろうろとさまよった。のばした手の先がみえないほどの霧だった。ときおり、おもわぬところからひとの声がきこえ、すぐにまた、まぼろしのように消え去った。ぼくはときどき立ち止まり、そんな遠い声に耳をすませた。姿はみえないけれど、甲板には、おおぜいのさざめきあるく気配がする。まるで牛乳瓶《びん》の底をあるいてるみたいだ。

たぶん、お昼前だったとおもう。真っ白な海の向こうから、とぎれとぎれのサイレンのような甲高い海鳴りがひびいてきた。それにこたえを返すみたいに、汽船のみえない煙突から、ぼう、ぼう、と汽笛がなった。

甲板でこどもが泣いている。

「おかあさん、恐竜だよ、恐竜がくるよ！」

短いサイレンがもう一度、霧をふるわせてひびく。ぼくは手すりをつかみ、目の前の白いもやをはらって遠くをみつめた。

「しずかになさい、そんなものじゃありません」

女のひとのやさしい声が甲板のどこからかきこえる。「船同士が、ごあいさつをしてるのよ。あれも汽笛。船乗りのひとが鳴らしているの。あれはね、恐竜なんかじゃない」

すっと一瞬霧がはれた。そのすきまにぼくはみた。みえたような気がした。この世のものとはおもえないほど巨大な、真っ黒い船。ぼくたちの乗った汽船が手こぎボートにおもえるくらい、はるか空高くまで立ちはだかる煙突。どこの港をでて、どの国にいくんだろう。こんな船のはいっていける港なんて、いったいあるんだろうか。船はあまりにもおおきすぎた。ばかでかかった。またサイレンが鳴っている。こちらの汽笛がすぐさまこたえてかえす。でかすぎるその船はゆっくりと海をよぎっていく。

「恐竜が泣いてる！」

霧のなか、こどもが叫ぶ。「なかまをよんでるんだい！」

霧の向こうで、巨大な煙突がぐにゃりと折れまがるのがみえた。そしてもう一度、空に向けてぐいとのびあがると、この世でいちばん長く生きてきた生き物のあげる、哀《かな》しみにみちた遠吠《とおぼ》えのような音を、真っ白い風景いっぱいにひびかせた。

海上のわずかな割れ目はあっという間にとじ、目の前はただ霧ばかりにもどった。甲高い音は霧のなか、遠くへ、遠くへと去っていく。あとを追いかけるように汽笛がなりひびいても、あの音はもうこたえをかえさない。

霧が晴れたのは、客室のかけ時計によれば、お昼ちょうどだった。青々とひろがる海原のどこにも、あのばかでかいなにかはみあたらなかった。

その午後、水夫たちにきいてみると、だれもそんなでかいものには気づかなかった、もちろん、汽笛をならしもしちゃいない。顔もあげずにそういいながらみんな、小えびの揚げたのをつぎつぎと口にはこんでいた。

着岸する一時間前、船内のアナウンスが外国語で、荷物を手早くまとめるよう告げた。ぼくのトランクには簡単な着替え、楽譜にタクト、それにスクラップブックだけがはいっている。

ちょうちょおじさんのカセットテープによれば、

「港をおりたら二番のバスに乗って、植物園前の停留所でおりる。二十分ほどの距離だそうだ。バス停から通りを進んで、三番目の角を曲がる。芝生のうわった五軒目のうちだ。壁《かべ》が、わりとはでなペンキで塗《ぬ》られているし、犬が何匹もかけまわってるから、すぐわかるだろう、ってことだよ」

まあたらしいパスポートをにぎって船室から甲板にでた。すでにぎっしりと人垣ができている。

「みろよ！」

と誰《だれ》かが叫ぶ。「ものすごいビルだぞ！」

もちろん人垣のいちばんうしろからぼくにもみえた。オレンジ色の、お城のようなビルが、埠頭のいちばん手前に建っている。ぼくはため息をもらした。これまでにみたどんな建物より立派だ。まわりでも賛嘆《さんたん》の声があがっている。そのとき整理係がまのびした声でいった。ありゃ、ただの倉庫だよ。からのコンテナをしまっとく倉庫だ。ぼくをふくめた旅客たちはみなしーんとなる。港の奥へ奥へとすすむうち、それまでにみたいちばんおおきな建物の記録は、つぎつぎと更新されていった。建物ひとつずつがまるで一個の街みたいだ。ぼくは自分が本当の大都会にきたことをしった。おうむを腕にのせた水夫が、デッキの端で手をふっていた。

汽船が埠頭にはいる。タラップがかけられる。出入国管理のだだっぴろい建物には、ほかの船からのお客も列をなしていた。高い天井にいくつもの外国語がひびく。ぼくたちは口をとじ、鉄柵《てっさく》でしきられた通路をにじりにじりとすすんだ。警備員がときおりぼくのほうをじろりとにらむ。ぼくはなるたけ腰をかがめた。何度かうしろの男に傘でお尻《しり》をつつかれた。

ぼくの列はいちばん右端で、そのさらに右は出国窓口になっている。港をでていく旅客たちが鉄柵の向こうを、あかるい、くらい、さまざまな表情でとおりすぎていくのがみえる。

入国手続きの窓口まであと三人とすすんだときだ。

右の出国口から、ずいぶん田舎じみた服装のおばさんが赤ん坊をかかえ、おさない女の子の手をひいて、疲れきった顔つきであらわれた。むらさき色をした、かわった柄のぶあついショールを巻いている。女の子は熊《くま》の人形を抱いていた。熊の目鼻はすりきれていて、もうなにがなんだかわからない。母親とはちがい、女の子は船旅をたのしみにしている様子で、つながれた手をぶらんぶらんとゆらしながら、なまりのきつい外国語で調子っぱずれな歌をうたいはじめた。

「ふめよ、ふめふめ、むぎふみ、クーツェ」

熊をふりまわし、女の子はうたった。

「とおくの、おそらへ、おもいくつ、あげて」

なにしてんだ！ とうしろから怒鳴り声がする。はやくすすめったら！

「しろくろちゃいろ、ぺっちゃんこに、ふんで」

誰かがいう、でくのぼう、おまえのことだよ！ ぼくの背中をなにかかたいものがおしている。ぼくははっとして鉄柵にとりすがった。母親と女の子は足早に駆けていた。かすかにきこえていた歌声はざわめきのなかにきえた。ぼくはがんがんと柵をたたき、遠ざかるふたりに呼びかけようとした。けれど、外国語でなんて呼べばいいのか思いつくより前に、うしろから何本もの手がのびてきて、ぼくのからだをぐいぐいと入国窓口の前まで押しだしていた。

「パスポートだよ、早く」

窓口の係官が鼻をならし、ぼくを真正面からみすえる。

「まって、だ」

ぼくは外国語でひとりごちる。「ちょっと、まって。そこのくまの子。そういえばよかったんだ」

「なんだって」

係官は腰をうかせ、ぼくのトランクをおずおずとのぞきこんで、「おまえ、まさか、小熊なんぞ連れてるのか？」

第四章

みどり色

芝生にはたしかに犬がいた。それも四匹。呼び鈴をならすととりわけでかいのがふらふら近づいてきて、ぼくのズボンの、ぽこんと突き出た膝《ひざ》のふくらみあたりをくんくんと嗅《か》いだ。

家政婦らしい女のひとが戸のすきまから顔をだす。ぼくが用件をつげると、

「いま、先生はおやすみです。はなしはうかがっておりますわ。どうぞ」

なかは円形のおおきな広間で、壁際《かべぎわ》にいくつも白と黒のソファがおいてある。二階までふきぬけになっていて、うねるようなかたちの階段が、バルコニーから玄関先までのびている。階段に敷《し》かれたじゅうたんは灰色。ぼくは真っ白な革ソファにかけた。きょときょとおちつかないぼくの視線に、冷えたお茶をもってきてくれた家政婦さんは気づいたのらしく、

「先生は、インテリアにはまったく興味をおもちではないので。おじょうさまが調度品

をえらばれました」

「じゃあ」

ぼくはすわったままいった。「あの絵も、その娘さんが？」

「ええ」

と家政婦さん。「まだちいさいころ、おかきになったものです」

広間のいちばん奥まった場所に、一枚だけ絵がかかっていた。野外での、チェロの演奏風景をえがいたものだ。演奏者の表情、弓をかまえた姿勢、それをみつめる聴衆の背中。細部はどこも真に迫っている。ただ、そこに塗られたけばけばしい絵の具が、絵の雰囲気、ひいては部屋のしずけさそのものを見事なまでに損《そこ》ねていた。芸術家の家庭で育つと、美的感覚ってやっぱり、どうかなっちゃうものかもしれない。ぼくは家政婦さんに、娘の歳《とし》をたずねてみた。

「この春、十九になられました」

彼女はいうと、階段へはっと目をやる。つられてぼくも、二階のほうをみあげた。

こげ茶色のもわもわで全身おおわれたちいさな人影が、階段の手すりによりかかり、一歩一歩、足場をたしかめながらおりてくるところだった。背の高さはようやく欄干《らんかん》に胸が達するほど。それこそ、立ちあがった小熊《こぐま》ほどのおおきさしかない。

短い足を広間のじゅうたんへようやっとおろすと、こげ茶色のもわもわ男はふうと息をつき顔をあげた。首の上にくりぬかれた穴からのぞくその顔は、ボールみたいにまん丸で、両目は霧がかかったようにぼんやりと白い。

「だれだ、ねえ、だれだい」

男は甲高いきーきー声をあげた。

家政婦はさっきからの慇懃《いんぎん》な態度をかえず、

「おともだちからのご紹介のあった、外国のかたです。ついさきほどつかれました。先生のご都合によっては、先に、今日からお泊まりいただく部屋にご案内いたしますけれど」

「どっちでもいいけど」

先生と呼ばれた男は肩を上下させながらはあはあと息をついた。

家政婦はつづける。

「では、どうでしょう、お荷物はわたしがはこんでおきますから、そのあいだ、先生がこのお若いかたを、仕事場にご案内されてはいかがですか」

「うん、そうする」

男はくるりとその場でぼくのほうに回り、ひとさし指を少しあげて、「こいよ」

そして広間を横切り、あの悪趣味な絵のほうへさっさとあるきだした。目がみえないのにすごい速さだ。ぼくは大股《おおまた》であとを追った。

仕事場は、ちらかってるなんてもんじゃなかった。チェロの弦《げん》がそこいらじゅうで鉄条網みたいにとぐろを巻き、六台のチェロがばたばたと、棺桶《かんおけ》のように転がっている。ずっと窓をしめきっていたらしく、いわしの酢《す》漬けみたいな臭《にお》いがあたりに充満していて、チェロの下の床には、どれも同じ茶色いもわもわのつなぎが何枚も脱ぎすててある。

男は、部屋のまんなかに置かれた四本足の丸椅子《いす》にとびのると、

「さあ、やれよ」

「え？」

とぼく。「なにを？」

男はこともなげにつづけた。

「部屋をかたづけてくれよ」

少しむっとしたけれど、なんにもいわず腕まくりをした。ぼくがチェロを壁に立てかけ、弦を巻き取っているあいだ、男は椅子のうえでからだをゆらせ、むーむー、むむむー、と、低い声でうたっていた。そしていう。

「床もふけよな」

ぼくは家政婦さんを呼んで、雑巾《ぞうきん》をもってきてもらう。茶色いつなぎをもちあげると、床からいっそう強くお酢の香りがたちのぼった。

「先生が、チェロを弾くんですよね」

雑巾をしぼりながらぼくは外国語でたずねる。

「そうだな」

足をぶらぶらさせて男はこたえる。「ひくんじゃないかな」

「先生のチェロは、この世でいちばんとおもいます。ぼくのおじいちゃんもそういってました」

「それはすごいな」

男は耳たぶをいじりながら、「いや、たいしたもんだ」

家政婦さんが、水をはったあたらしいバケツをもってきてくれる。軽くお礼をいったあと、ぼくはチェロ弾きに向きなおって、

「ぼくは、指揮を学びにきました」

「へえ、そりゃいいね」

「掃除係にやとわれたつもりはありません」

「そりゃ、たいしたもんだ」

「あのですね」

ぼくは雑巾を床におき、「ちょっとまじめにきいてくれませんか」

男はうわの空で、つなぎのなかで背中に手をのばしながら、

「ああ、とどかないな。ちょっとここかいてよ」

ぼくは聞こえよがしなため息を深々とつくと、男のうしろにまわり、もわもわのつなぎごしに背中をかきはじめた。

「直接！　直接！」

きーきー声で男はいう。

ぼくは背中のジッパーをあけ、なかに手をさしいれた。そしてぎょっとした。裸の背中に浮き上がった背骨は、とぐろを巻いた弦のように、ぐんにゃりと湾曲《わんきょく》しながら下へ下へとつづいている。

「そこ、そこ」

やがて男は鼻歌をうたいはじめ、「背中かくのうまいな、ねこ、っていうんだろ。よし、きめた。おまえはなかまにいれてやるよ、ねこ。いいか、いまからぼくたちのなかまだからな」

そうつぶやきながら、細い眉毛《まゆげ》をひくつかせている。

家政婦さんのはなしによれば、先生の歳はたしかに四十代なかばで、天才チェロ弾きとして世にしられた有名な演奏家にまちがいなかった（レコードのジャケットに写真は載っていなかった。白いひらひらした女のおおぜい並んだ絵がつかわれていた）。この街で生まれた先生は、おさないころ、走るろばからころげ落ち、それっきり成長がとまったのだそうだ。そして、十五をすぎたとき白内障《はくないしょう》にかかり、国立病院で手術することになった。あいにく手術は失敗し、先生は失明した。ぼくの島の盲学校でちょうちょおじさんと会ったのは、そのすぐあとってことになる。

「先生は、音楽以外のことにはまったく無頓着《むとんちゃく》ですから」

やせた家政婦さんは、白黒の格子《こうし》模様のシーツをひろげながら、細長い鼻に皺《しわ》をよせた。どうやらそれが彼女の笑顔なのらしい。

「芯《しん》はおやさしいかたなんですよ。どうでもいい、っておっしゃるのは、こちらの気のすむようになさい、ってお考えからでしょうし」

ぼくはスクラップのファイルと楽譜《がくふ》を書棚《しょだな》に積みあげながら相づちをうった。

「なるほど」

そして先生の背中をかいた右手の爪《つめ》をみつめる。あぶらぎった垢《あか》がみっしりはみでている。

ぼくは二階の西側に部屋をあてがわれていた。窓の外に植物園の巨大な温室がそびえている。温室のガラスに反射して西日が砂粒みたいにきらきらと輝く。目を細め、ぼくはたずねた。

「先生はいつ練習を?」

「練習ですか?」

家政婦さんはおどろいたようにふりむき、「あのかたは滅多に練習なんてされません。少なくとも、このうちでは」

「楽器を、鳴らさないんですか？」

「ええ」

彼女はもう一度鼻をしかめて、「とくに夜は、犬たちがさわぎますから」

「ああ」

とぼくはうなずき、「そういえば、おもてにぞろぞろといましたね」

「おじょうさん、ほんとうに、かわいがっておいでですの」

十年前に盲学校がつぶれたとき、先生は娘を連れ、裁判での証言と休暇のために、あの街をおとずれたのだそうだ。そして校長から、盲導犬を一匹ひきとってくれるようたのまれた。

「先生はいつもどおり、どれでもよかったそうですが」

と家政婦さんはいった。「三匹いたうち、おじょうさんが、この犬がいい、って、抱きついてゆずらなかったんだそうですよ」

「みどり色」という名のその盲導犬は、このうちで七匹子犬をうんだあと、ある夜、すやすやと寝入りながら息をひきとった。ぼくがみたよりほかに、まだ三匹もいるらしい。

「同じ名前だから愛着がわいた、とそうおっしゃっていました」

「名前？」

ベッドをぱんぱんとはたきながら、

「おじょうさんも『みどり色』という名前なんです」

と家政婦さんはいった。「子犬たちには、うすみどり、きみどり、ビリジアン、草色、むらさきみどり、あおみどり、ふかみどり。そういう名前がつけられています」

「それはすごいな」

ぼくは本心からおどろいていった。

「陽がかげったら、窓をお閉めになってください」

と家政婦さんはいった。「植物園からの風は、冷えると実にしめっぽいですから」

食堂は広間からつづく小部屋のひとつにある。夕食のあいだずっと、つなぎをきた先生は、フォークの先のじゃがいもをゆらゆらとふっていた。ときどき、いもをぽてっとテーブルにおとすや、

「ねこ、とってよ！」

ぼくはじゃがいもを素手でつかみ、フォークにずぼりとさしてやる。

「おじょうさんのこと、なんにも心配ありませんわ、先生」

そういいながら、家政婦さんがサラダのお皿を運んでくる。のぞきこんでみると、じ

やがいもをすりつぶした上に、粉パセリをふりまいてあった。

「夕方、電話がありました。現像所が混んでいるので、少しおそくなると」

「どっちでもいいさ、そんなこと！」

先生はフォークをさしたまま、じゃがいもをサラダに投げつける。ぺちゃっとそれは見事にサラダの上へ着地する。

「ねえ、先生」

とぼくはたずねてみた。「みどり色、って名前なんですって、その、おじょうさんだけど」

「ああ、そうだよ」

先生はからだをゆらせて、「うん、娘の名前はみどり色さ」

「どういうわけで、ええと、あの、どういう願いをこめてそんな名前を？」

「なんだよ、ねこのくせにおまえ、変なこと気にしてんなあ」

家政婦さんはサラダに塩をふりながら、ぼくのほうをちらりとみやる。

「しらないよ、あいつの母ちゃんが勝手につけてたんだから」

と先生はつづけた。声にはありありといらだちがにじんでいる。「しったこっちゃない！　みどりだって、青だって、黄色だってさ、茶色でもオレンジでも、なんだってよかったんだ。へん、なんでもいっしょだ！　ちくしょう」

興奮した先生は、椅子に立ちぴょんぴょんとはねた。にぎりこぶしでぽかぽか自分の頭をたたいている。

でも、といいかけたぼくは、家政婦さんの視線に気づいて、あわてて口をつぐんだ。

「名前なんざどうだっていい、みどり色はいい子だ！　この世でいちばんのなかまなんだ。あ、そうか、ねこ、おまえさかりがついてきてるな。ふーん」

先生はテーブルに腰掛け、白々とした目でぼくをみつめた。にやにやと笑いながら舌をだしたりひっこめたりしている。まったく気味がわるいったらない。

「さかり、さかり、さかりのばーけねこ」

椅子の上ではねながら先生はうたいはじめる。

「先生」

と家政婦さん。「おともだちができて嬉《うれ》しいのはわかりますが、食事中ですよ、そんなふうにおどりながらうたうなんて、おともだちに失礼ですわ。ほら、こまってらっしゃいますよ」

「そうか」

先生はおとなしく椅子にすわり、右手でテーブルをまさぐった。サラダの皿からフォークをとってわたしてやると、にっと笑みをうかべた。

「そうだ、歌っていえば」

ぼくはサラダをとりながら、「麦ふみの歌って、きいたことありませんか」

「なんだいそれ？」

ぼくは一度咳《せき》をして、入国のときききいたあのうたを口ずさんだ。

ふめよ、ふめふめ、麦ふみクーツェ……。

「ひってえ歌！」

せんせい！　家政婦さんの鋭い声に、チェロ弾きはうつむき、落ち着かない様子でもぞもぞとじゃがいもをかじりながら、「しらないよ、そんなへんなの」

そのあとをうけ、家政婦さんがお皿片手に立ったたまま、

「麦ふみ、って、あの冬の畑でやる？」

ぼくはばかのように大きく口をひらき、

「しってるんですか？」

その歌のことは存じませんが、と家政婦さんはつづける。

「麦ふみ、こんな暖かい場所では滅多にみかけませんけれど、北の地方では寒い冬に、しょっちゅうやるそうですわ。農夫が雪のなかにならんで、たしか横ばいに麦をふんで……」

「そう、横ばいなんだ！」

今度はぼくが興奮して立ち上がる番だった。「横ばいに畑をふむんです！　あれ、で

もおかしいな。雪のなかで？」

「ええ」

「黄色い土じゃなくて？」

「ちがうとおもいますわ」

ぼくはしばらく考えこみ、麦ふみってなんのためにやるのかたずねてみた。家政婦さんはお皿をテーブルに置いて、昔、写真でみただけだからそこまではしらない、といった。そしてぴんと背をのばし厨房《ちゅうぼう》へと去った。

「ねえ、ねえ、ねこ」

と先生がうずうずときく。「その、麦ふみっておもしろいか？」

ぼくは少し間をおいてこたえる。

「わかりません」

「やってみせろよ」

みえない目でぼくをじっとみている。ぼくはため息をついて立ちあがった。そして一歩ずつ横ばいに、ニスの塗《ぬ》られた木目をふみしめていった。

とん、たたん
たたん、とん
「おもいだした！」

と先生。「電話でやつがいってたぞ。おまえって、すっとんきょうな音がきこえるんだって？」

「はい、まあ」

とぼく。やつ、ってちょうちょおじさんのことだろう。あのおじさんが、すっとんきょうな音、とはいわなかったとおもう。先生は手をたたいて笑っている。なかまだ、ねこ、やっぱりおまえはなかまのなかのなかまだな！　すばやく椅子《いす》からおりて、ぼくのまわりでぐるぐると側転をはじめる。ぼくが真横へすすむたび、先生は、軽業師のように身をひるがえしてでかい靴《くつ》をよけた。

と、突然、

「かえってきたぞ！」

先生は叫び、側転をやめ、またもやものすごい速さで広間へと駆けでていった。ぼくの耳にも、あけっぱなしの扉ごしに、芝生の犬たちがわうわうと騒ぎだしたのがきこえた。すぐに玄関の扉がひらき、やせっぽちの女の子が大荷物をかかえはいってくる。ぼくはどきっとした。港町でそだったぼくのまわりには、こんなに色の白いひとはいなかった。セールスマンのカタログでみたような、薄むらさきの袖《そで》なし服から、牛乳ゼリーみたいな二の腕がのびている。ちいさな顔にはみどりのふちのセルロイド眼鏡《めがね》がかかってる。ぼくより二歳だけ年上のはずなのに、ずいぶんおとなびた、おちつきのある笑みを浮かべている。

「ずいぶん、おそかったじゃないか！」

先生がふくれていうと、

「ごめんなさい、今日はほんと、いろんなところが混んでたの」

女の子はやわらかな声でいった。「はいこれ、父さんのおくすり。ごはんはすませてきちゃった。あのこたち、はやく散歩につれてってあげなくちゃ」

「いっしょにいくよ！」

先生はとびあがり、「ちょっと待っててくれ、杖《つえ》もってくるから！」

仕事場にばたばたと駆けこむ音がきこえる。

荷物を床におくと、眼鏡をはずし、女の子はひとつあくびをした。そして玄関先から、食堂につったったぼくに向きなおると、

「あの、はじめまして」

そういって笑った。「みどり色です」

「はい」

ぼくはこたえた。「知ってます」

といいながらあわてて足元をみる。ちがう、床はふんでない。なのにさっきからえんえんと足音が鳴ってる。これまでにないほど歯切れよく、たしかなひびきで、ぼくので

かいからだのなかで麦ふみの音が鳴っているんだ。

とん、たたん　とん
たたん、とん　たたん
「待たせたね！」

自分のからだほどもある白い杖をふりかざし、先生が玄関先にあらわれた。みどり色はほんの少しだけ背伸びをして、じゃあ散歩にいってきます、あとでいろいろおはなしをきかせてね、ねこ！　そういってくるりとまわれ右をし、玄関からでていった。犬たちのざわめき、先生のはしゃいだ声がやがて遠くへきえうせても、ぼくの耳の奥で麦ふみの音はしばらく鳴りつづけていた。

家政婦さんは食器をかたづけはじめる。ひとり娘がかえってくると、先生はいっさい食事に手をつけないんだそうだ。あなたの分は、サンドイッチにして、夜食におもちします、と家政婦さんはいった。

「じゃあ、部屋にもどってます」

玄関先に置かれた大きな荷物は、三脚と反射板、それに箱形の古いカメラだった。そういえば二階の廊下にずらりと写真がかざってある。冷え冷えとしたインテリアに一階のけばけばしい絵、そういうものから想像していたひとり娘の様子と、実際のみどり色からうける印象は、あまりにもかけはなれてるようにおもった。

ぼくは階段をのぼり、あらためて写真をながめた。アルミの額におさめられた写真は、どれも白黒フィルムでとられている。笑う友だち、料理している家政婦さん、犬、犬、犬の写真、そしてタキシード姿の先生。ぼくはいつのまにか、一枚一枚の前で立ちどまっていた。やわらかな光、影にとけこむ空気。歩調をゆるませずにはいられないなにかが、それらの写真にはたしかにあった。

とん、たたん

たたん、とん

また靴の音がきこえてくる。ぼくは壁《かべ》のいちばん端にたどりつく。

そこに飾られた写真は、白黒じゃない。色のあせたカラー写真だった。

その風景はぼくにも見覚えがある。盲学校の管理事務所。十年分若い、あの管理人のじいさんがしゃがんでいる。その横に怒ったような顔つきの先生が立ってて、中央では、九歳のみどり色が犬の首に手をまわしにこやかに笑っている。

ぼくは写真に近づき、もう一度目をこらした。

まちがいない。

赤だ。

犬の首輪は赤だった。ちょうちょおじさんの練習相手、遊覧船《ゆうらんせん》から飛びこんだはずの赤色が、舌をおおきく突きだし写真のまんなかにいすわっている。

たたん、とん
クーツェの靴音はいつのまにか、廊下をすすんでくる家政婦さんの歩調にかわってい
た。
部屋のあかりをつけ、じゃがいもサンドイッチがテーブルに置かれるのをみつめなが
ら、ぼくは家政婦さんにおずおずとたずねた。
「あの、みどり色は、生まれつきの色盲なんですか」
「ええ」
家政婦さんはこたえる。「先天性全色盲といって、何十万人にひとりの症状だそうで
す。すべての色が、まったくおわかりになられません」
「じゃあ」
とぼくはつづけた。「お父さん、つまり先生も、手術する前までは色盲だったんです
ね」
すると家政婦さんは首をふって、
「いいえ、ちがいます」
といった。「実のところ、おじょうさんは、ほんとうのお子さんではないのです。お
生まれになってしばらくのち、先生がひきとられたときいております。あくまでわたし

の考えですが、目の病気ときいて、あのかたはきっと、もらいうけずにいられなかったのでしょう」

窓の外に、わうわうと犬の声がきこえてくる。ほえ声にまじって、先生のでたらめな歌がきこえる。芝を転がるような、やわらかい笑い声もかすかにひびく。

部屋をでていきながら、家政婦さんはしずかな声で、

「先生にとって唯一《ゆいいつ》、どうでもよくないものがおじょうさんなんです」

といった。「おじょうさんと比べれば、ひょっとして、音楽さえどうだっていいとおもっておられるかもしれません」

そして少しだまり、

「申し訳ありません、ほんとうに余計なことを」

「ありがとう」

とぼくはいった。「サンドイッチもありがとう。いただきます」

家政婦さんはほんの少し鼻に皺《しわ》をよせ、ゆっくりとドアをしめた。廊下を遠ざかる彼女の足音は、やがてすぐあのかわいた靴音となって、ぼくの耳からからだのすみずみにまで、とん、たたん、とひびいた。

鏡なし亭にて

みどり色が、この世にはどうやら色ってものがあって、かたちや明るさ以上に事物の印象をかえてるらしいと気づいたのは、小学校にあがって間もないころだった。その日、担任教師から向こうひと月間の予定表がくばられた。課外活動、授業参観、朝礼やなんかが、どの日にあるかをしらせたものだ。ふと、となりをみると、仲のいい女の子が土曜日と日曜日の日付に丸をうっている。土曜日は薄く、日曜の丸はくろぐろとしている。

となりの女の子はいった。

「やっぱりこうやってしるしつけると、日曜ってわくわくするよね」

「その丸が？　どうして？」

とみどり色はたずねてみた。

女の子は、

「だって、赤ってなんだか特別って感じじゃない？　土曜はうちの父さん仕事があるの。

だからその分さしひいて、青ってぴったりの色。でもほかの曜日にくらべたらぜんぜんましよね。ああ、毎日が赤丸ならいいのに！」

　みどり色は自分の予定表をみおろした。かすかに濃淡《のうたん》はあれ、日付も曜日の名も、どれも同じ黒でならんでいる。となりの子の予定表をもう一度みる。丸で囲まれた数字はくっきりと浮きだしてみえた。それはたしかに特別な感じだった。

　みどり色は、犬たちにひきずられながらぼくのほうをむき、

「やっとわかったの。その特別さは、赤のせいだって。赤が曜日を浮きたたせてるって。私、その子に色鉛筆《いろえんぴつ》を借りたわ。そして自分の予定表にも丸をつけてった。女の子、変な顔をしてて、そしていったの、日曜ってさ、みどりって感じじゃあないとおもうんだけど、って」

「赤とみどりだけかい？」

　とぼくはたずねる。「その、とくに区別がつきにくいのは」

「とくにってのはないのよ」

　とみどり色はこたえる。彼女の背はぼくの胸までもない。「濃いむらさきとみどりは同じにみえるし、空色とクリーム色もどうちがうかわかんない。濃い、薄いっていうのはわかるの。明るいか暗いかも。でも、じいっとみてると頭いたくなってきちゃって、それではじめて、あっ、色がついてるんだな、ってわかるのよ。白黒写真や、字だけの

本だと、ぜんぜんだいじょうぶなんだけれど」

　こげ茶、つまり先生のつなぎは、いちばん目にさわらない、やさしい感じの色にみえてるんだそうだ。

　小学生のそのとき以来、さまざまな失敗をおかしながら、みどり色は、自分にはみえない色ってものについて少しずつ学びとっていった。りんごは赤、ぶどうはむらさき。すいかはみどり、半分に切ればなかみは赤。空や海が青いとみんな喜ぶけれど、真っ青なたべものだけはこの世のどこをさがしてもみあたらない。

　やっかいなのが服えらびだった。小学校までは制服があったそうだ。中学にあがってしばらくはモノトーンの服装でとおしていたが、ある日、男子生徒たちが自分のことを「葬儀屋」と呼んでいるとしらされ、みどり色は家政婦さんといっしょにデパートにでかけた。そして、スカートからセーターから、自分の名前どおりの色でそろえてみた。すぐさまつけられたあだ名が「あまがえる」だった。

「眼鏡をかけていたしね。みんなわたしをみるとけろけろとないたわ」

　みどり色は猛勉強をした。それがなぜからかわれるのか見当もつかなかったけれど、ある種の色のくみあわせが、ばかげてみえることをしった。たとえば、青いズボンにオレンジのシャツは道化みたいで、ピンクのセーターに赤いスカートをはくと砂糖菓子にみえる。服屋でみどり色はひとり頭痛をこらえながら、半日かけて服をえらんだ。そのうち、自分の顔立ちや背格好に似合う色があることもまなんだ。淡《あわ》い黄色と薄むらさきだ。どんな色かは想像もつかないものの、それは、日曜日をかこむ赤丸みたいに、自分のなかのなにかをくっきりと浮きたたせてくれるらしかった。その年の春の文化祭で、みどり色はベストドレッサーにえらばれた。授賞式には、帽子から靴まで、微妙に色調をかえたみどり一色の服装ででた。だれもう、けろけろとはなかなかった。

八百屋の店先で、ぼくは七本のひき綱を束ねてもち、野菜をえらぶみどり色を待っている。彼女はすばやい。山と積まれたじゃがいも、たまねぎ、にんじんのなかから、鷹《たか》のように迷いなく、いちばん新鮮なものを抜きとっていく。野菜の鮮度がひと目でわかるらしい。野菜にかぎらず、肉でもパンでも、食材の発するかすかな匂《にお》い、手触り、あるいはことばにできない声みたいなものをすべて、みどり色は正確に感じとることができた。ただひとつ、色をのぞいて。

十年前、自分のもらってきた犬が赤い首輪をはめていたことに、彼女は気づいてはいなかった。家政婦さんにしても、首輪の色がそのまま犬の名前だとは、考えもしなかったみたいだ。リーダー格のいちばんおとなしい犬のはずが、芝生を掘りかえし泥だらけになって遊ぶ姿に、家政婦さんも先生も、ひとり娘のみどり色も、この犬、きっと外国にきておちつかないんだ、そうおもったらしい。

ふつうの犬だったなら、ほえるその声で、先生にも区別はついたろう。けど、盲学校の三匹はすこぶる優秀な盲導犬で、いくらはしゃいだって、鳴き声をあげることはなかった。

ちょうちょおじさんに送った一本目のカセットテープは、船上のできごと、街の印象を長々と述べたあと、こんなふうにおわっている。

「つまり、おじさんの大好きだった赤色は、けっこう恵まれた余生をおくったようです。おなかをけられて死んだのが、黄色だったとすると、船から湖へとびこんだ責任感の強い犬こそが、みどり色だったことになります」

ぼくはほぼ毎朝、七匹の犬をつれて植物園をまわり、日中はにぎやかな街にでてさまざまなものをながめた。学校がえりのみどり色が、市場やアーケード街を案内してくれることもあった。ちょうちょおじさんはカセットテープのなかでこんな助言をくれていた。けしてあせらず、そこがどんなところか、自分のからだでたしかめること。

「それに」

とおじさんの声は、たぶん公園の雑踏のなかでこうつづけていた。「そのチェロ弾きはとっても気まぐれにみえて、ちゃんときみのことも気にかけている。そういうやつさ。いずれ、やつのやりかたで、きみに音楽を教えはじめるよ。そのときを待ちなさい」

あせりがまったくなかった、というと嘘《うそ》になる。でも、ぼくにはおじさんのいってることがなんとはなしにのみこめた。たとえば、先生は夕食のときまってぼくに麦ふみをせがむ。いいかげんに床をならすと癇癪《かんしゃく》をおこし、家政婦さんのつくった料理をテーブルにぶちまけたりする（みどり色の食材えらびのおかげか、料理はおじいちゃんがいうほどひどくはなかった）。少なくとも先生はぼくのたてる物音を真剣《しんけん》にきいてるようにみえた。ぼくは根気よく待つことにし、そのあいだ、街のあちこちへでかけてみることにした。

バスにのってターミナル駅へ。そこから市の中心部にむけて地下鉄がのびている。路線図にのった駅の数をかぞえるうち、なんだかぼくはめまいがしてくる。島でいちばんおおきなあの街だって、あるいて一周するのに、たいして時間はかからなかった。それが、ここでは駅ひとつひとつが、島一個分におもえる。ぼくは地下鉄にのって、島をめぐるはしけのように、市内をぐるぐると回遊し、そして適当な駅でおり人ごみへと歩きだす。

巨大な皿を何十枚も重ねたかたちの図書館。ガラスだけの塔《とう》。豪華客船《ごうかきゃくせん》のようなビルがはてしなくつづく夜の御殿。道路をうずめる自動車。罵声《ばせい》のような警笛。ねじまがったガードレール。この世にいる半数をあつめたかのような、ひとの奔流《ほんりゅう》。

新聞の分厚さにもおどろかされた。犬の散歩の途中、郵便受けにつっこまれた束をはじめてみたとき、ぼくはてっきり、この街じゃ一週間に一度ずつまとめて新聞がくばれるものとおもった。島の新聞はゴシップ紙もふくめ、どれもせいぜい十二ページしかない。

記事の多彩さも段違いだ。スクラップの材料が、ここでは毎日、紙面のいたるところにみつかった。この騒々しい街では、日々とどけられる新聞自体、いってみれば、無数の事件を取捨選択したあとの、スクラップブックのようなものだった。

たとえばある日、地下鉄にのっている二時間ほどのあいだに、とびこみ騒動一度、置き引き三件、なぐりあいのけんかを三件、ぼくは目の当《ま》たりにしたことがある。港町の水夫にくらべ、ひとびとはあきらかにけんか下手で、なぐりっこはめりはりもなくだらだらとつづいた。三件のうち二件では、当事者でなかったひとが半死半生になり、担架で駅からかつぎだされてた。こうした出来事は、新聞には一切のらない。紙面上にスクラップされるにはありきたりすぎるのだ。

図書館には音楽雑誌もあつめられていた。あたらしい打楽器の奏法や楽譜《がくふ》なんて、まったくのってない。とあるギター弾きが首をつったとか、ハープ奏者と歌手がステージでののしりあいをはじめたとか、しばらく演奏会をひらいていないあるヴァイオリニストは、実のところ、体重が百キロを超したのだとか、そんな記事ばかりだ。

そういう雑誌のなかに、ぼくは先生に関する記事をみつけた。投書コラム「あのひとをここでみた！」によれば、世界的に著名なこの天才チェリストは、市街地の東のはずれにある古い歓楽街に頻繁《ひんぱん》に姿をみせるという。

「なかでもお気に入りは『鏡なし亭』なる娼窟《しょうくつ》である。喧噪《けんそう》がすさまじいこの宿の小部屋で、真っ昼間から三人の娼婦を相手にすることもある」

はじめて売春宿にいったのは九月の初旬。先生のうちにきて三週目の土曜日。朝食のあと、犬の散歩からかえると、軍艦《ぐんかん》みたいな高級車がエンジンをふかし芝生の前にとまっていた。犬たちはおびえ、きゃんきゃん裏庭へ駆けてく。玄関にはチェロケースに腰掛けた先生がいて、つなぎは洗い立てらしく、こげ茶の毛がふだんよりいっそうけばだっている。

先生は立ちあがり、

「こいよ、ねこ」

ぼくはわけもわからず、先生にうながされるまま自動車にのりこんだ。

後部座席に向かい合ってすわり、ゆられること一時間、色ガラスの向こうにほこりまみれの街並みがみえてきた。木造の二階建てがえんえんとならび、どの建物の戸口にも、地味な服を着た、化粧だけははでなばあさんが立っていて、まばらな数の通行人においでおいでをしている。開け放された扉の奥が、ときどきぼくにもみとおせた。どの薄暗がりのなかにも、くじゃくみたいな恰好《かっこう》の女性が足を組んですわっていた。

やがて自動車はわりにあたらしそうな建物の前でとまった。ここだけは三階建てで、赤くとがったかぶと屋根は色があせ、でこぼこと波打っている。戸口の上に貼《は》りつけられた木板にはこうかかれてある。

「鏡なし亭　鏡等もちこみお断り」

運転手が重々しげにドアをひらく。小便とお酒、ほかにもいろいろ混じった臭気が車内にまでおしよせてくる。通りの向こうでは、薄ぐらい戸口からおばさんがひとりでてくる。ひょこひょこと自動車に近づいてきて、

「しばらくぶりだね」

おしろいまみれの顔に笑みをうかべ、そしてぼくのほうをちらりとみる。

「なるほど、ようやく、あたらしい相方がみつかったんだね。さあ、早いところあがりな、このくるまじゃ目立っちまってしょうがない」

先生はうなずき、すばやく戸口の奥へと消えた。楽器ケースをかかえて運転手もあとにつづく。

「なにしてんだい、早く！」

「あの」

とぼくはおずおずという。「いったいなにがどうなってるのか、さっぱりわからないんですけど」

「いまにわかるよ」

建物のなかは涼《すず》しく、壁《かべ》の木材はつるつるにみがきあげられてあった。高級ホテルとはいかないまでも、長くつづいた田舎の診療所のような、清潔でおちついた雰囲気がある。少なくとも、港町の宿屋や船員宿舎よりはよほどましだった。寝間着姿の女のひとがふたり、待合いのソファで煙草《たばこ》をふかしている。その煙と消毒剤にまじり、甘ったるい香水がつんとにおう。

先生は、とみると、女のひとのちょうどまんなかに立ち、ごしごしと両側から頭をなでられている。おもてでクラクション、そしてアクセルをふかす音がきこえた。女ふたりの寝間着はピンクと薄い黄色、どちらも長いワンピース。すそがひらひらだ。くちもともひらひらと頼りなく笑っている。

「ええと、順番からいくと」

おばさんは指をなめ、分厚い手帳をめくりながら、「三階のつばきの間だね。ちょうど三十分前、客がかえったばかりだ」

「ちがう、ちがう！」

と突然、先生が甲高い声をあげる。「順番なんかいいんだ、きょうはさ、ねこがえらぶんだから！」

「ねこ？」

おばさんはぼくをみやり、「ああ、この相方さんか。なりはでかいけど、ずいぶんとうぶなようだね。いいのかい、先生、ほんとにこんな男の子にえらばせて」

「いいったら、いいんだよ！」

先生はぴょんぴょんその場で跳《と》びはね、「さあ、ねこ、えらべよ。どれでも好きなのを！」

「なにをですか」

とぼくはぽかんとたずねる。「いったいなにをえらぶんですか」

おばさんはげらげら笑いだし、あんたたちの相手だよ、といった。ふたりの女はソファにすわったまま、はじめてぼくに気づいたような目つきでこっちをみている。

「はやく、はやく！」

とその向こうで先生が叫んでる。

おばさんが横で、なんなら写真帳もってこようか、という。うちには三十人ばかりいるよ、半分はまだ寝てるけどさ。

ぼくはあわてて首をふった、そのとき、
とん、たたん、とん

いきなり大きく、クーツェの足音が耳をおそった。

ととん、たん、たたん！

「はやく、はやく！」

「あんた、だいじょうぶかい、ひどい顔色だよ」

ぼくは息を吸い込み、ゆっくりと顔をあげる。頭が割れそうだ。とん。片側の女のひとが灰皿に灰を落としてる。たたん。人差し指でリズミカルに、煙草のおなかをたたいて。とん、たたん、とん。

「黄色のひと」

とぼくは声をしぼっていう、目をつむりながら、「そっちの、黄色いワンピースの。煙草の！」

黄色い寝間着の女のひとはにっこりと笑った。煙草をじゅっと灰皿におしつけて、先生の手をとり階段をあがっていく。

おばさんがぼくの耳にささやく、

「あんた、ずいぶん気に入られてるんだね。いつも、あの先生、わざわざえらんだりしやしないのに」

そしてお尻《しり》をこづき、「さあ、とっとと上へいきな」

ぼくは狭い階段をそっとあがる。とても暗く、地下へつうじるトンネルのようだ。ぼくは一歩一歩暗がりをすすむ。

ねこ、早くこっちこい！ と先生の呼ぶ声がする。ぼくは薄闇《うすやみ》のなかおでこの汗をぬぐい、三階へとつづく踊り場をまがる。

たたん、とん

部屋には明るい陽がさしている。窓ぎわにおかれたベッドに、黄色い寝間着に身をつつんでさっきの娼婦がすわっている。表情は、さっきとはちがう。顔のまわりをおおっていたもやが溶け、むきだしの芯《しん》がみえてるって感じだ。にこりとほほえむその表情は、どこか生臭く、そして後ずさりするほどきれいだった。

戸口の横のクロゼットに、先生は茶色いつなぎを放りこみ、パンツ一枚になる。裸の背中にごつごつとねじくれた背骨がみえる。運転手が運んでおいたんだろう、床にはおおきな楽器ケース。先生はそれを手さぐりであけ、からだとほぼ同じ背丈の、古いチェロをとりだす。

「さ、ねこ。はじめろよ」

ドアのノブをうしろでにもったまま、ぼくはその場につったっている。腕の銀時計がこちこちとときをきざむ。黄色い娼婦は細い首をかしげ、ぼくと先生をやんわりとながめてる。

「なにを？」

とぼくはやっとのおもいできく。「はじめる、って？」

先生は真っ白い瞳《ひとみ》をぎょろりとこちらに向け、いまにも怒鳴り声をあげそうにみえた。そのとき娼婦が口に手をあて、くすくすと笑いだした。

「あのね、ねこさん。この先生は目がみえないでしょう？　でもね、この場所がだいすきなの、二十年来ここへきてる。いつもそのチェロをかかえて。はなしにじっと耳をすませて」

「はなし？」

「そう、つまり、このベッドに座ったあたしたちが、どんな女かってはなしを」

黄色い娼婦は膝《ひざ》をかかえなおし、先生をみつめた。「最初はあたしたちが自分ではなしてたわ。でもね、そういうのってけっこう辛《つら》いことなのよ。そのうち先生、相方を連れてきはじめたわ。つまり、あたしたちがどんな女にみえるか、かたってきかせる役のひとをね。わかるでしょ、ねこさん、今日から、あなたがその役目ってことなのよ」

ぼくは唖然《あぜん》として彼女をみかえした。笑ってはいる、けど真剣な表情だ。もう一度ぼくは先生をみた。ぼくの視線を感じとったかのように、ナイフのような眉《まゆ》をかすかにゆがめ、なんだかわからないことばをもやもやとつぶやいている。

「そこの椅子《いす》にかけて、楽になさい」

黄色い娼婦は寝間着を脱ぎながらいった。「のどがかわいたら、洗面所にお酒がならべてあるから」

ぼくはふらふらと椅子に手をかけ腰をおろした。香水のにおいが、急にぷんとつよくなる。ぼくがこの部屋から逃げだすすべはなさそうだった。先生の、その相方を、つとめたあとでなけりゃ。

ぼくはこころをきめた。ひとつ咳払《せきばら》いをし、そして、

「ベッドにすわってる。とても、きれいなひとです」

とはなしはじめた。

娼婦はおおげさに目をみはる。

「やせていて、髪の毛は赤毛です。足元に黄色い寝間着がたたんである。日光をうしろからあびて、お風呂《ふろ》上がりみたいに光ってます」

娼婦はまたくすくす笑いをはじめ、すると先生は、

「しずかにしろって！」

と小声でいった。「ねこ、つづけな」

ぼくはつづけた。細長い顔、肩に浮き出た鎖骨《さこつ》。胸と腰には黒い紐《ひも》を巻き付けてて、紐には小石がいくつもぶらさげてある。身じろぎをすると小石はかちゃかちゃ軽い音をたてた。この世にはいろんな下着がある。

ときにお世辞《せじ》をまじえたり、おもってもみないことをいったりすると、先生はチェロの弓をひと振りし、でたらめはよせ、とものすごく高い声で怒鳴った。ただ、ぼくは女のひとに慣れていない。ましてや裸の娼婦だなんて！　女のひとをあらわすためのいいまわしなんかあっという間に尽きてしまい、だんだんと、ことばとことばのあいだにぽっかり長い休止ができる。

黄色い娼婦は、ぼくがはなしに詰まるたび、腰紐をとったり四つんばいになったり、さまざまな工夫をこらしてくれた。ふと、仰向けに寝そべった娼婦のおなかに目がいく。それまで、どうして気づかなかったんだろう、横腹に、真新しい傷跡がある。六針ほどの縫《ぬ》い目。まわりはほんのり赤らんでいる。

「おなかに傷があります」

とぼくはつぶやいた。「でも、命にかかわるような傷じゃ、ないらしい。かみそりが走ったような細い切り傷です」

「よくわかるのね」

と疲れたような声の娼婦。「先週の月曜、男にやられたの。嫉妬《しっと》深いやつでね。かみそりもって暴れて。血をみたらおいおい泣きだしたわ」

とん、たたん

クーツェの足音がおおきくなっていく。

「おなかに傷を負った女のひとを、ほかにも知ってます」

ぼくはいった。「ただ、そのひとの場合は、その傷が命をうばいました」

そしてぼくは一字一句たがわず、七歳の夏のある日に読んだ、はと女の記事を暗誦《あんしょう》しはじめた。クーツェの麦ふみの音に合わせ、胃にためた石くれにある日突然おなかを裂《さ》かれた、悲惨《ひさん》なサーカス芸人の死にざまを、ぼくははなした。ふたりはだまりこみ、ぼくの声とクーツェの足音だけが、しんとした部屋にひびいていく。

暗誦を終えても、ふたりはやはりだまったままでいた。ぼくは、娼婦の横腹にできた細い切り傷をみつめなおし、最後にこういった。

「からだの内側からできた傷は、外側にくらべて、治りがおそいのかもしれません」

その瞬間、先生が弓をにぎりなおすのが横目でみえた。切り裂くような音がひとつ、そのとたん、部屋の空気が一変した。

チェロが、ゆっくりとうなりだす。

部屋じゅうに音があふれ、あらゆるものをふるわせていく。低く、高く。かぼそく、はげしく。港町でそだったぼくは、とっさに大海原をおもいだしていた。さまざまな高さの波を同時にもち、みはてぬ水平線のかなたまでえんえんとつづく、無限の海。青い、半透明のひとつながり。

吹奏楽が風の音楽とするなら、たったひとりの、この先生のチェロ演奏は、まさに海の音楽だった。そのはてのおぼろげな蜃気楼《しんきろう》までが、弓のひとふりによってくっきりとよみがえり、次の瞬間、潮の流れにきえていく。指板にぶらさがったような姿勢で全身をチェロのうしろにかくし、先生は海をかなで、やがて海面が凪《な》ぐように、すっと弓をとめた。肩で息をしている。部屋の空気にはまだ、みえない火花がぱちぱちと走ってる。

先生はよろよろと窓辺に歩みより、ベッドの娼婦《しょうふ》の上へぱたりとたおれた。ちいさな声でひとことふたことつぶやいたのち、目の前の、陽を浴びた腰をぎゅっと抱きしめ、そしてすうすうと安らかな寝息をたてはじめた。

ぼくは椅子を立ち、軽く頭をふった。チェロに洗い流されたかのように、クーツェの足音はきこえなくなっている。ドアノブをにぎり、足音をしのばせてでていくぼくの背中に、

「感激したわ。先生のチェロにも、あなたのしてくれたはなしにも」

ベッドから裸の娼婦がかすれた声でいった。

一階の待合いではおばさんとふたりの娼婦が輪投げをしていた。ぼくに気づくや彼女たちはにやにやと笑いながらソファをすすめた。太った娼婦がぼくにレモンジュースをだしてくれる。鼻を近寄せてみてぼくはぎょっとする。おそらく半分がお酒だ。輪投げ

の的は九本の酒瓶《さかびん》だった。あとでしったことだけれど、同じ建物の一階、待合い室のとなりは、ステージつきの居酒屋になっていた。

「たいしたもんだよ、あんな演奏、何年ぶりだかしれない」

汗をふきながらおばさんはいった。「あんた、よほどはなしがうまいとみえるね」

「そんな。ちがうよ」

とぼくはジュースをするふりをし、「あの女のひととは、ぜんぜん関係のない、変なはなしをしちゃったんだ」

「どんなはなしだね」

「おなかから石をはきだして死んだ、サーカスの女芸人のはなし」

おばさんたち三人は、きょとんとしている。

おばさんによれば、ぼくの前にいたいちばん最近の「相方」は、太りすぎてくびになった、とある競馬騎手《きしゅ》だった。彼が現役だったころの三倍近い手当を、毎月、先生は支払っていた。半年ほど関係がつづいたあと、騎手は娼婦のひとりと夜逃げをした。先生はなにもいわなかった。いままで語り手をつとめてきたものの半分は、娼婦と夜逃げしたらしい。残りの半分は、事故で亡《な》くなったり、牢獄《ろうごく》につながれたり、外国へ逃げたりと、さまざまな理由で連絡がとれなくなった。おばさんも含め娼婦たちは、先生が彼らを悪くいったのをきいたことがないそうだ。

目のみえない先生がこの店にかよいだしたのは、盲学校をでてすぐのころだった。「鏡なし亭」という名前は、店をひらいた女主人がつけた。娼婦は、自分のほんとうの顔かたちなんかみなくていい、ってことで。ここを訪れるお客たちも、いろんな意味で、鏡をみたくない男が多かったようだよ、と、つい三年前まで現役の娼婦だったおばさんはいった。

目のみえない先生を女主人は心底からかわいがっていた。自分の身の上や身近な出来事を先生に語ってきかせるのは、もともとこの女主人がはじめたことだったそうだ。ベッドの上でつむがれるそのはなしは、ほとんどが嘘《うそ》、いや、全部が嘘だったかもしれない、とおばさんはいった。

「ひょっとしてほんの少しは真実もまじってたかもしれないが、あたしにはわからないね。ただね、あたしたちのような女にとって、嘘であれほんとうであれ、自分についてはなすっていうのは楽なことじゃないんだよ。それこそ店の名前のとおりね、鏡なんてぜったいにみることなくその日を過ごせれば、っておもってたし、いまもそうおもってる。あたしたちが先生に気を許せるのは、ひょっとして、目のせいかもしれないね」

「目ですか？」

ぼくはききかえす。うしろでは娼婦たちがまた輪投げをはじめてる。

「みえない目だよ、先生の」

とおばさん。「相手に自分がみえないとなると、気が安らぐんだよ。つくりばなしとほんとうをまぜあわせて、その場だけは、おもいどおりの自分になりきるってこともできる。あの先生ってのは、あたしら娼婦たちにとっちゃそのころから、自分がうつらない理想の鏡だったんだよね」

「ふうん」

とぼく。「よくわかんないけど」

「あんたに、わかるもんかね！」声をあげておばさんは笑う。「女主人自身、目を患《わずら》う家系だったっていうから、先生とははなしも合ったんだろうよ。親兄弟の何人もふくめ、生まれつき色がわかんなかったそうで、ずいぶん珍しい病気なんだっていってたね」

「色が？　わかんない？」

つばをのみくだしながら、ぼくはなんとかたずねた。「じゃ、みどり色って……」

「ああ、先生のおじょうさんだろ。そう、女主人のこどもさ。赤ん坊が生まれたときは、誕生祝いに先生が、地下でチェロをひいたんだ。女主人がいちばんみたいとおもってた色だそうだよ、その、みどり色ってのは。父親は客のひとりさ。外国の貨物船に乗ってた」

うしろで娼婦たちの歓声とため息があがった。長い長い輪投げに勝負がついたらしい。

戸口からバンドマンが頭を低くしてはいってくる。となりの居酒屋では掃除夫がモップをつかっている。

「みどり色は、それを、ちゃんとしってるんでしょうか」

「しってるもなにも、三歳まではここで育ったんだから。それからさ、先生にもらわれたのは」

とおばさんはしずかに笑った。「先生とこの宿のみんなとは、親戚《しんせき》みたいなものだよ、先生は、なかま、って呼んでる。なかまのはなしを相方からきいたあと、先生はきまってチェロを弾くんだ」

おばさんは両のてのひらを打ち、娼婦たちに着替えてくるよう大声でいう。照明のついた待合い部屋は湖の底のようになまめかしい。おもてでは、ほのかにネオンが灯りはじめ、じょじょにひとごみが増えてくる気配がする。

戸口に立ち、夕暮れ空をみあげてるおばさんに、

「ねえ、おもうんだけど」

ぼくはたずねてみる。「やっぱり先生が、みどり色のほんとうのお父さんなんじゃないのかな」

おばさんはこちらをふりむき、

「あんたばかかい？」

呆《あき》れたように鼻をならす。「あのひとがおやじのわけないだろうが」

「どうして？」

「しらないのかね」

おばさんは舌をうって、「こどものころ事故にあったって、きいてないのかい」

「ああ、それは知ってます」

とぼくはこたえる。「ろばからおちて、背中を打ったんでしょう」

「打っただけじゃない、ろばはたくさんいたんだ。うしろからきた何頭かに、先生はぞろぞろとふまれたんだよ」

「ふまれた？」

「わかるだろ、だからおやじのわけがないんだ、ひどくふまれたんだから」

そして、おばさんはまたもや、おもてのほうをくるりと向き、「つまり、きんたまをつぶされたんだよ」

骨張った肩をすくめてみせた。

へんてこさに誇りをもてる唯一《ゆいいつ》の方法

それから毎週、月曜から金曜まで、ぼくたちは「鏡なし亭」にでかけた。娼婦の部屋をたずねては、ぼくが即興《そっきょう》のはなしをし、そのあと先生がチェロをならした。その冬、とある寒い夕方、店のおばさんにいわれたことがある。

「最近、あんたのはなしも先生のチェロにおとらず人気があるようだね」

ぼくはたしかそのとき、おもての色電球をとりかえていた（はしごをつかわずひさしの上に手が届くのはぼくぐらいのものだった）。二階の窓から、娼婦たちがけらけらと、丸めたちり紙を投げつけてきたのをおぼえている。

「今日はさ」

と、何げないそぶりでおばさん。「どんなはなしをしたんだね」

ぼくは電球をまわしながらこたえる。

「恐竜のはなしです」

その日ぼくと先生がたずねたのは、店でもいちばん太った名物娼婦だった。ひとつのおっぱいがトラックのタイヤくらいはある。その見事なからだについてぼくがかたってるあいだに、彼女は砂糖つきパンを五個もぐもぐとたいらげた。脇《わき》のしたやももからこぼれでている肉のかたまりについてはなすと、まるでおっとせいみたいな声で、あうあうと笑った。

ぼくは彼女にうっとりとみとれた。と同時に、なぜか哀《かな》しくもなった。気がつくと、用務員さんに昔きき、そして自分も霧《きり》の海でたしかにみた、真っ黒く巨大な生き物についてはなしはじめていた。

はなしが終わると娼婦は泣いた。先生は重くゆったりとしたテンポでチェロをかなでた。海の音楽のなかに時折、ざぶりざぶりと頭をだすおおきななにかの鳴き声が、いりまじってきこえるような気がした。

「なんだか冷えてきたね」

おばさんはぶるっとふるえ、「ねこ、電球がすんだらしょうがをすっておくれ。風邪《かぜ》にはなんせ、しょうが汁がいちばんだからね」

ぼくは赤、青、黄色の色電球がちゃんと光るのをたしかめたあと、でこぼこのしょうがをおろし金でていねいにすった。指を傷つけないよう注意しながら、ってことはつまり、そのときにはもう、ぼくは指揮棒をもってあそこにでかけていたわけだ。

いつだったろう、あるとき、演奏のすばらしさにおもわずからだをゆらしはじめたぼくに、

「速すぎる！」

と先生はどなった。「ちゃんときけよな！　音がこうなれば、つぎはきっとこうくる、ってわかるはずだろ！　チェロだってなんだって、音楽はつながってんだからさ」

その日以降、ぼくは先生のチェロが鳴りだすと、目をつむり、ぐるぐると両腕をさぐるみたいに動かすようになった。いや、腕ばかりじゃない、

「おどれよ、ねこ、音楽っておどりたくなるだろ！」

と先生はいった。「からだじゅうから、おどりがわいてきちゃうだろ！」

ぼくは全身をつかって踊った。娼婦たちがベッドで笑いをかみしめているのがわかった。北風が強まりだしたころ、ぼくははじめて指揮棒をもっていった。おじいちゃんにもらったやつでなく、倉庫でみつけたあの長い立派な麦わらだ。

娼婦たちにする、はなしの種はつきなかった。伝書鳩《ばと》。ねずみの楽園。スカンクのライターを手にした毛皮の女。おうむとあめ玉。

はなしがおわると、先生はなにもいわず弓を弾きつづける。ぼくは麦わらをふりまわしぴょんぴょんと跳ねる。ふたりともおおまじめに、まぬけにおもわれるほどの熱心さでもってだ。

娼婦たちはぼくたちの合奏が終わるとベッドに立ち上がって拍手《はくしゅ》をくれた。そしていう、ねえ、もう一曲だめかな。すがるような目つきで、おねがい、ほんとききたいのよ、もうだめかな。

先生とぼくは、いつだってアンコールにこたえた。娼婦たちはふたたび笑みをうかべ、ときに手拍子《てびょうし》で伴奏をした。ぼくにはわかりかけていた、ほんとうにききたい相手にむけまじめにならす音楽は、けっしておまけなんかにはならない。

犬たち七匹の区別がつくころには年がかわり、ぼくは十八、みどり色は二十歳になった。みどり色は写真学校へかよいだし、週日の昼間、顔を合わせることはなくなった。朝晩の散歩にはいつも、先生もいれて三人ででかけた。先生は彼女が実の娘でないことを、ぼくに対し、当たり前のようにみとめていた。

みどり色は犬の鳴きまねが上手だった。

それも、盲導犬の子犬たち独特の（子犬っていってももう八歳だったが）。

犬たちは母親から、ちゃんとした鳴き声を教わらなかった。そりゃそうだ、みどり色（ほんとうは赤色）は死ぬまでけっして声をあげなかったんだから。むらさきみどり、あおみどり、ビリジアン以下四匹は、あごをあまりひらかずに、きゅるきゅる、きゅるきゅる、と笛のような高音を喉《のど》から鳴らした。

それにあわせ、二十歳のみどり色も鼻をつんと青空に向け、
きゅるきゅる、きゅるきゅる
と青白い首筋をふるわせてみせる。
「うまいもんだねえ」
ぼくが感心してうなずいてると、
「おまえもやってみろよ、なあ」
杖《つえ》でいきおいをつけながら跳《と》びはね、先生はせがむ。「やれよ、ねこ、なあってば！」
なぜだろう、ふたりの前であの声をだすのは、まったくいやじゃなかった。早朝の植物園で、しゅろの幹をみあげながら喉をしぼる。ぼくはいつだって、盛大にならした。園内すべてに「ねこの声」がひびきわたると、あちこちで南国の鳥たちがばさばさと羽ばたいた。
犬たちもおどろく。いっせいに喉をふるわせて、
きゅるきゅる！ きゅるきゅる！
ぼくは七匹にかがんで、
にゃあ、にゃあ！
先生は大喜びではねまわっている。みどり色もすばやく合奏にくわわり、
きゅるきゅる！ きゅるきゅる！

犬たち、みどり色、そしてぼくの声は、植物園のガラスドームにわんわんと反響した。騒々しいぼくたちに対し、植物園の管理人がなにかいいたてることはなかった。珍しい樹木の大半は、先生がとりよせ寄贈したものだった。色のついた花を咲かせる植物は一株だってない。そのかわり、逆三角、ぎざぎざ、まん丸に星形、それぞれ変化にとんだみどりの葉っぱを一年中垂らしている。それら世界中の葉っぱは、かたちばかりでなく、注意してみると微妙に色調がちがった。みどり色は、そのちがいがはっきりみてとれるといっていた。

「だって、濃淡《のうたん》や明暗なら、わたしくっきりとわかるの。この世に、おんなじみどりなんてただのひとつもないわ」

休日になるとみどり色は街の珍しい場所を案内してくれた。闇《やみ》市場に絵描きの巣。地下にめぐらされたこじきの村。売れない詩人がつどう焚《た》き火の会。はためには、「ひどい暮らし」をおくってるようなひとばかりがいた。

そんな場所で、そんなだれもが、みどり色を歓迎した。みどり色には、どこかひとをほっとさせずにおかない、やわらかな雰囲気がある。それは彼女がおさないころ、「鏡なし亭」の女たちにかわいがられて育ったせいなのかもしれない。みどり色は、ひどい暮らしにふみつけられたひとびとを、そのまんま丸ごと受けいれてるようにみえた。ぶしつけに鏡をとりだしてみせ、相手をしらけさせるようなところがみじんもなかった。

春のとある土曜、

「きみはすごいね」

地下トンネルの途中で、そういったのをおぼえてる。その日はたしか、こじきの昼食会に招かれてたんだとおもう。材料のわからない変なかたちの料理がいっぱいでて、みどり色はにこにことしながら、こころからおいしそうに、それらをすべて平らげた。ぼくは暗いしめった地下道をあるきながらしきりに、すごい、すごいなあ、とくりかえしていた。すると、

「わたしにだって」

と彼女は少しこわばった口調でつぶやいた。「わたしにだって、怖いものはあるのよ」

「へえ」

とぼく。「怖いってなにが?」

少し間をおいたあと、

「サイレン」

「サイレン?」

先に立ったぼくは、ふりかえらずにききかえす。

水たまりをはねあげて彼女はつづけた。

「まだずっとちいさかったころなんだけど、あの宿、『鏡なし亭』で遊んでるとね、急に彼女たちが血相をかえることがあるの。わたしには、なにがなんだかわからない。大騒ぎのさなか、ぼうっと待合いに立ってる。そしたら背中をつかまれて、地下の小部屋にほうりこまれるの。知ってる？　じめじめした、あの、真っくらな地下室」

「うん」

ぼくはうなずく。たぶんそこは、彼女が生まれた部屋だ。

「そこでじいっとしてるとね、遠くから、うわんうわん、サイレンがきこえてくる。天井がばたばたいってる。こわくってね、戸口をあけようとすると、向こうのだれかが、でちゃだめだ、ぜったいに！　っていうの。サイレンはどんどん近づいてきて、そして、宿の前でとまる。わたし身をすくめて、地下室でじっとしてる。一階でぴーぴー笛の鳴るのがきこえて、ばたばたとまた足音がして、それでふっとしずかになるの。しいんとする。でも、わたし、でちゃだめ、でちゃだめだ、って、そう自分にいいきかせて、朝まで地下室にすわってる。まるで石みたいに、じっと息をつめて」

ぼくはそっとふりかえる。みどり色は寒そうに、自分の肩に両腕をまわしている。

「今でも、サイレンがきこえるとね、わたし心臓がどきどきして、息がつまっちゃって、しゃがんだままその場から動けなくなるの」

薄暗い地下道のなかで、彼女の顔は真っ白く浮き上がってみえた。唇さえ灰色だ。ぼくは知らず知らず、うしろにてのひらをさしのべていた。みどり色のちいさな手がぼくの親指をつかむ。にぎりかえすと彼女のこぶしは、冷えきったあめ玉のように丸く、そしてじっとりしめっていた。

ぼくたちは手をつないだまま地下をすすみ、やがてトンネルをでた。春のおだやかな陽ざしが粉をまくようにひろがっていく。みどり色は片手でポケットをさぐり、フレームのないサングラスをかけた。彼女の目は光によわい。近眼用のみどり縁眼鏡、サングラス。それに、遠くをみるときには小ぶりの双眼鏡をつかった。双眼鏡は、外にでるとき、いつも首からさげている。首にさげた紐《ひも》は明るいみどり色。子犬たちの母親の色だ。

「ねえ、それはさくら?」

と彼女がきく。

「うん、そうらしいね」

とぼくはこたえる。つかわれなくなった線路の両脇に、さくらの枝が垂れている。遅咲きなのか、まだつぼみは閉じたままで、もうじきピンクの花が咲きほこる予兆《よちよう》なんてそこにはない。ぼくはなぜだかほっとして、サングラスをかけたみどり色をふりむいてみる。陽をあび赤みがさした白い頬《ほお》がゆっくりとゆるむ。ぼくたちはつないだ手をほんの少しふりあげながら、さび付いたレールの上を一歩ずつあるきだす。

図書館で調べたところによると、先天性全色盲という症状は、たしかに何十万にひとりしかみつからない。それも女性の場合は、母親と父親の両方が、その症状をうむ遺伝子をもっているのでなけりゃ、発症しない。それは「伴性劣性遺伝」というしくみによっておこる。

机には分厚い医学書。XやらYやらパズルみたいな記号に、頭がこんがらかりそうになる。むずかしい理屈だったけれど、スクラップブックに図をかきなぐりながら、ぼくは少しずつ読みすすんだ。

鏡なし亭のおばさんのはなしによれば、みどり色の父親は外国生まれのハンサムな水夫だった。女主人から妊娠を告げられると、水夫は砂をかむような口調で、自分は実は色がみえない病気なんだ、と明かした。女主人は目をまるくして、

「あら、奇遇《きぐう》ね！　あたしも色がわかんないのさ！」

そしてからからと笑い、そんなこと、おなかの子を殺しちまう理由になんてならない、といった。あたしやあんたが今日までやってきたように、色がみえなくともなんとか生きていけるように、育ててやればいいんだから。

妊娠八ヶ月のとき、水夫は北の海で遭難《そうなん》した。女主人はひとりでみどり色をうみ、二歳の夏まで育て上げた。そしてある台風の日、どしゃぶりの雨にうたれ、風邪をこじらせて亡《な》くなった。娼婦たちは三分間黙禱《もくとう》すると、めいめいの部屋で待つ客のところへも

どった。全員がひと月間、黒い下着しかつけなかった。

それにしても、何十万にひとり、って遺伝子の男女がであい、こどもをつくる確率は、いったいどれほどになるんだろう。父さんなら即座にこたえられたろうが、ぼくはかけ算し、ゼロをうっていくうち気が遠くなった。それはねずみの雨が毎年街をおそうより、さらに少ない可能性におもえた。

けれど、

「そんなの、ふしぎでもなんでもないって」

先生は自宅の仕事場で、弓のつるを張り替えながらいった。「あのさ、へんてこなやつはへんてこなやつどうし、あつまってくるもんだよ。みどり色の母ちゃんと父ちゃん、それにさ、あの子の母ちゃんとこのぼくだってそうさ。おまえとぼくだって、な、そうだろ？　こんな狭いとこにふたりいる」

「それはそうだけど」

とぼくはチェロをみがきみがき、「それにしたって、何十万にひとり、ですよ、それがたまたま『鏡なし亭』で会うなんて」

「ねこ、おまえ、ほんとにばかだなあ」

先生のみえない目が正確にぼくをふりむく。「ろばにさ、からだじゅうふんづけられて、そのうえ目がみえなくなっちゃうってのは、何十万にひとり？　何万にひとりだい？」

　ぼくはだまる。

「ばかでっかいからだで、ずっと足音がきこえて、ほんもの以上にねこのまねがうまい、ってのは、じゃあ、何百万のうちひとりなんだよ？　ふざけんなよ、ねこ、おまえみたいなへんてこ、この世のどこさがしたってほかにいるもんか」

　先生は弓のつるをはじきながら椅子《いす》に立ち上がる。それでもやっと、ぼくの胸ぐらいの背丈になる。

「へんてこってさ、あつまってくるもんなんだよ」

　先生はもう一度いった。きーきーと甲高いけれど、落ち着いた声で、「もうがっこうへさ。ばいしゅんやどへさ。いなかのサーカス、いんちきなしばいごやとか、やくざもんばっかのオーケストラへさ。あつまらなくっちゃ、生きてけないって、そうおもってさ」

「生きてけない？」

　とぼくはたずねる。

「当たり前だろ。めだつからな」

　間髪いれず先生はこたえる。「へんてこはひとりじゃめだつ。めだつから、ぼんやりふつうにいると、ひとよりひどいめにあう。森に、ハトがたっくさんいるとすんだろ、で、なかにいちわだけ、まっしろいのがいたらさ、まっさきにワシにねらわれんのは、まちがいなくしろいハトだろ。ほかのなんばいもでっかいりんごがあったとしたら、リスやらキツツキやらは、とにかくそのりんごにかじりつこうとすんだろ、な、そういうもんなんだ、へんてこってだいたい、まっさきにひどいめにあう」

ぼくはだまりこみ、自分のからだをみおろしてみる。

そして、手探りで弓のつるを張っている先生にも目をやる。

たしかにへんてこだ。きっとこの世でものすごく目立つ。

ぼくにはわかるような気がした。目立つから、へんてこだから、獰猛《どうもう》なワシやろばの群れやねずみの雨が、ぼくたちのからだにはまっさきに降る。

ちょうちょおじさんも、用務員さん、それに父さん、ひょっとして靴《くつ》のセールスマンだって、みんな同じじってことだろうか。

つまり、へんてこってことにおいて。

ろばやらサミングやら真鍮《しんちゅう》の鐘《かね》やら、いろんなひどいものにまっさきにねらわれる、ってことにおいて。

おもてでクラクションがなっている。家政婦さんが玄関先にでていく気配がする。

先生は軽く首をすくめ、さ、こいよ、おむかえがきてる、といった。

自動車にのりこむとき、裏庭の草かげから五匹の犬がぼくたちをのぞいてるのがみえた。きゅるきゅる、きゅるきゅる。か細い笛の音が、いくつもきこえてくる。にゃあ、と喉《のど》を鳴らすと、真横に立った運転手が目をまんまるくした。

途中、雨が降りおちてきた。空から糸をひいたような春の雨は、市庁舎の角を曲がるころには大粒の夕立にかわった。

左右にはげしく動くワイパー。それでも向こう側はみとおせない。自動車のなかに、たたきつける雨音。リズミカルなワイパーの動きをみつめているうち、耳の奥に、またあの足ぶみがひびいてくる。

とん、たたん

たたん、とん

対向車が水しぶきをあげ行きすぎる。

たたん、とん

五叉路《ごさろ》の長い信号をまっていたときだ。先生がおもいだしたかのように、

「へんてこで、よわいやつはさ。けっきょくんとこ、ひとりなんだ」

と口の端からつぶやいた。「ひとりで生きてくためにさ、へんてこは、それぞれじぶんのわざをみがかなきゃなんない」

「技？」

とん、たたん

「わざだよ」

先生はこたえた。「そのわざのせいで、よけいめだっちゃって、いっそうひどいめにあうかもしんないよ。でもさ、それがわかっててもさ、へんてこは、わざをさ、みがかないわけにいかないんだよ。なあ、なんでだか、ねこ、おまえわかるか」

「それは」

たたん、とん

ぼくは足ぶみのようにひとことずつ区切っていった。「それがつまり、へんてこさに誇りをもっていられる、たったひとつの方法だから」

「へえ」

と先生は口をとがらせ、「ねこのくせに、よくわかってやがんの」

「ねえ先生」

とぼくはいう。「みどり色は何十万にひとりなんかじゃない。この世でたったひとりなんだ。ねえ、ひとりってつまり、そういうことでしょう?」

先生はなにもいわなかった。こたえをかえすかわり、鏡なし亭につくまでのあいだクッションのきいた座席の上で、ずっとぴょんぴょこ跳《と》びはねていた。

五月七日のスクラップブックより

＊

切手シートありがとう。葉っぱだけのシリーズなんて実に珍しい。その植物園で売られてるシートはできるだけ手にいれといてくれないか。消印がおされてあろうが傷物だろうがかまいやしないから。

いい知らせがある。おれたち、今年のコンクールにはでられるかもしれない。トランペットとクラリネットが、中古で二本ずつ手にはいったんだ。管楽器が四本あれば見た目もずいぶんちがう。少なくとも書類審査でおとされるってことはないだろう。じいさんのことはなんにも心配いらないとおもうよ。役所からの手当はでなくなったけど、なにしろ街の功労者だし、おれたちで援助金をあつめようとしたんだが、怒ったね。想像はつくだろう。結局、先週から、金物修理の仕事をはじめている。なべぶたのゆがみや乗れなくなった自転車を、金槌《かなづち》でとんとんたたき、使えるように戻すんだ。みてるとこれが、びっくりするほど上手でな、さすが一流のティンパニストは、なにをたたかせてもうまい、って、いまや港でも評判になっている。

*

(パンチングボールの音、トレーナーの声、小気味よい縄跳びのリズム。カーンとゴングの鳴りひびいたあと、少し息がきれたような声で)

「一分間の休憩《きゅうけい》にはいったよ。ねこ。こないだはたのしいテープをありがとう。子犬たちの鳴き声をぼくは毎朝ランニングの前にきいている。きみはああいったけれど、ぼくには一匹ずつの声のちがいがちゃんとききわけられるよ。顔つきや性格までなんとなくわかるようにおもう。いちばん母親似なのはたぶん、むらさきみどりだね。ほら、録音がはじまってすぐ、はしゃぎすぎて、鼻をマイクにぶっつけてたやつ。女の子の鳴きまねにもいちばんすばやく反応している。ボクサーにたとえるならば、ラウンドの最初かどんどん前にでていくファイタータイプだ。さて、いまからサンドバッグを三ラウンドだ。きみがどうしてこんなものききたがるのか、ぼくにはよくわかんないが、テープは回しっぱなしにしておくから、じっくり堪能《たんのう》してくれたまえ。じゃあ、またあとで」

(ゴングが鳴る。きゅきゅっと運動靴の音、それからジャブ、ストレートのワンツー、さらにワンツー。鎖《くさり》がきしみ、さらに容赦なく、ちょうちょおじさんのコンビネーションパンチがえんえんとサンドバッグを打ちつづける)

＊

「胃袋の悲鳴で気絶する主婦」

わが編集主幹と交友のある神経医の談話によると、ひとの聴覚には体内の音を拾う働きもないわけではない。ただそれでも、この誌面に紹介する主婦のような症例は、過去どんな医学雑誌にも紹介されてはいない。

空腹を知らせる胃袋の音が、まるで耳元で破裂する爆雷《ばくらい》にきこえる。気を失わぬためには食事をとりつづけなければならず、かの主婦の体重は現在二百キロをゆうに超えたという。神経医は彼女のケースをあくまでノイローゼによる強迫神経症と考えている。が、主婦は彼の談話に反論し、ドーナッツを口へ運びながらこうも語っている。

「ノイローゼだろうがなかろうが、だれだっておなかがすいたら、腹がぐうぐうなるだろう？　あたしがお医者にお願いしたいのは、どこかでこんがらがっちまった耳の線をちゃんとつなぎかえてほしい、ってそれだけなんだよ。夜もおちおち寝ちゃいられない、あの音は、突然きこえはじめる。最初はいびきぐらいの物音だ、でもすぐ、耳をつんざくばかりになってさ、もうほんと、ライオンの口んなかにでも寝そべってるみたいなんだよ。そのままなにも食わずにいると、どかん、どかん、ってね、鼓膜《こまく》が破れるなんてもんじゃない、脳みそがね、直接ゆれるんだ。どかん、どかん！　あんたにわかるかい、それがどんな音か。理屈屋の医者どもに想像がつくかい、頭のなかへ爆竹をつっこまれ、それをたてつづけに鳴らされるのって、いったいどういう気分がするものなのか」

六月十二日のスクラップブックより

＊

ねこ、やっぱりだめだったよ。こどものたて笛や水道管、空気ポンプでならす音楽は、コンクールの審査外だそうだ。たしかにな、おれもときどきタクトをふっていて、自分がばかみたいな気になったことがあるしな。ただささ、おもうんだけれど、じいさんのいうとおり、この世のどんなものだって音がなれば楽器なんだよ。それをきいて喜ぶひとがいるなら、それは音楽なんだとおもうよ。

コンクールにでられなくても、街のみんなは喜んで穀物倉庫にあつまってきてくれる。水夫のせがれや娘っこたちもふくめ、なべやらたらいやらもってきて、演奏にくわわるんだ。なんだかな、ねこ、前よりみんなうれしそうなんだよ。きいてるばっかりじゃなくてさ、みんな吹奏楽をならしたかったんだな。たとえでたらめにきこえたって、合奏ができるってのはすばらしいことだ。

また便りをくれ。からだに気をつけてな。楽団全員、いつも、こころからのファンフアーレをおまえにおくってる。がんばれよ。

＊

ねこちゃん、素敵なチェロの録音テープありがとう。きいてるうち、涙がでてきちゃった。いろんなことが頭によぎったわ。それで決心がついたの。来月から私、お菓子屋をひらくことにした。アパートの一階でね。いつも夕方、銀行の角に屋台をだしていたパン屋さんをおぼえてるかしら。ずっと前から、いっしょに店をやらないか、って誘われていたの。あなたとチェロ弾きの音楽をきいて、なんだか落ちつかなくなっちゃってね、おとつい返事をしたわ。彼、やもめなのよ。

船便で一週間かかるっていうから、乾燥剤だけでずいぶんかさばっちゃったでしょう、ごめんなさい。チョコレートクッキーの試作品です。へんな形だけど、いちおう、鳩時《はと》計からとびだした鳩をかたどってあります。

＊

「奇《き》跡《せき》の生まれかわり男、来店！」

人気連載インタビューでおなじみの、三千年の記憶をすべてもつ奇跡の生まれかわり男が、今月二十六日、新装オープンする百貨店に、特別ゲストとして招かれます。今年、現世では二十歳になる生まれかわり男ですが、生まれかわる二十年前までは、わが街を本拠とする国立オーケストラで、第一ヴァイオリンを鳴らしていた、名演奏家であったそうです（享年《きょうねん》五十五）。あなたのご両親、いや、ひょっとするとあなた自身だって、彼の演奏を耳にしていたかもしれない。なつかしくありませんか。当時の記憶をまるで映画のように、生まれかわり男は、あなただけに語りつくしてくれるでしょう。二十六日からまる一週間、一階催事場の特別ブースにて（多数の応募者が予想されるため対面はひとり五分と限らせていただきます）。

ボクサーたち

その日、三十分ばかり走ってようやく、行き先がいつもの売春宿じゃないらしいことにぼくは気づいた。自動車は港を過ぎ、市街地の中心へ、中心へとはいっていく。建物はどれもタンカーを立てたみたいに高い。歩道には行列のような人波が行きかう。先生はなにもいわず、運転手も黙ってハンドルをたぐっている。

なんだかわからないうち、とある黒々とした建物の地下駐車場へと自動車はすべりこんだ。そして、赤と白のスポーツカーのあいだに音もなく停まった。

「ついてこい」

ぼくはチェロをかかえて先生を追う。エレベーターに乗り込み四階へ。扉が開くとじゅうたんとニスの匂《にお》いが鼻を打つ。すたすたと先生は、いつものすごい速さで廊下をすすんでいく。廊下ですれちがう誰《だれ》もが先生をみしっているようで、少し緊張気味に頭をさげたり、にこやかに笑いかけたりしている。

「あけろ」

肉屋の冷蔵庫みたいな、重厚な扉のとってを先生はゆびさす。手をかけ押しあけると、いきなり、シロフォンとマリンバの音が、戸のすきまから転がりでてくる。先生は音のほうへ、そしてぼくも、うすくらがりの先、ひだのようにさがった黒いカーテンをくぐっていく。

白い光がてっぺんからふってきた。

ぼくはチェロをかかえたまま立ちすくんでいる。

半袖《はんそで》シャツの小太りの女性が先生と握手している。反対側には木製の古い壇《だん》があって、いちばん高いところに打楽器がいくつも整然と並べられてある。そのうしろには演奏者が五人。マリンバとシロフォンをなだれみたいに打ちあわせる練習をしている。そのリズムには、どこかききおぼえがあるような気がする。

「はじめまして」

小太りの女性がぼくのほうへ歩みより、右手をぴんとつきあげた。あわててにぎりかえすぼくに、「国立音楽ホールの主任です。先生からはなしはきいていますね。よろしくおねがいします」

「あの」

とぼく。「よろしく、って？」

その女性は芝居がかった目つきで先生をふりむき、「まただまってらしたのね！　まったくもう、いつもいつも！」

「いったさ、ちゃんと」

と先生。「みんな、耳にごみがつまっちゃってんじゃないか？」

小太りの女性は吐息《といき》をつき、気をとりなおすようにほほえんでみせると、来月国立オーケストラ定例演奏会がひらかれる、そのプログラムの前半で、ぼくに数曲、指揮棒をふってほしいとおもっている、そういった。

「ええと、もう一度いってくれませんか」

彼女はもう一度いった。ぼくのおっことしかけたチェロケースを先生が全身でだきとめた。

「あら」

演目のうち最後を飾る一曲は、先生と楽団によるチェロ協奏曲で、以前からそうきまっていたらしい。ただ、この年は市制四百周年にもあたり、なにか斬新《ざんしん》な曲を演奏会に組みいれたいと彼女はおもっていた。折りも折り、オーケストラの首席打楽器奏者から一本のテープをきかされ、彼女は頭をばちでなぐられたような衝撃をうけた。コンサートマスターも、こんな音楽はきいたことがないと興奮し、コーヒー皿をたたき割ったら

しい。ところが同じテープを、リハーサルにやってきた先生にきかせてみると、こともなげに、

「こんなの毎日きいてらあ」

といわれたんだそうだ。「その、ねこの鳴らし手はうちにいるし、その曲をつくったのは、やつの昔のなかまだってね」

ぼくの目の前で主任さんは携帯再生機をとりだしてテープをきかせた。雑音まじりに流れだしたそれは、どの公演でとられたのかはわからなかったけれど、たしかにあのなつかしい「なぐりあうこどものためのファンファーレ」にちがいなかった。クラリネットのメロディ、用務員さんの小だいこがロールを刻み、そのすぐあとに切り裂《さ》くような
「にゃあ、にゃあ、にゃあ、にゃあ!」の声。

「あなたはこのほかに、同じ作曲家のかいた譜面《ふめん》をもっているのでしょ」

テープをとめると、目をかがやかせて主任さんはいった。「それに先生がおっしゃるには、あなたの指揮だってそりゃあすばらしいって」

「無理だよ、無理です!」

ぼくはあとずさる。「人前で、こんな立派なステージに? ぼくが立つ? そんな途方もないこと!」

「いいや、できるって、ねこ」

チェロをかかえたまま先生があくびをする。「おまえにはできるさ。それに公演まで、あとたっぷり二週間もあるし」

用務員さんが亡《な》くなって二年も経《た》たないうちに、彼のつくった曲はどれも、この世の打楽器奏者のあいだで伝説の楽曲となっていた。完奏された録音は「ファンファーレ」一曲のみで、あとは二番倉庫でのリハーサルをおさめたテープの断片だけが、楽団から楽団へと伝えられたにすぎない（役所がまとめて古物商へ売り払ったんだろう）。それでも、これらふしぎなリズムの音楽は、一度きくと、打楽器奏者だけじゃなく、音楽を職業とするひとたちの耳にとりついてはなれなくなった。この数ヶ月、みな競って、この天才が残した楽譜をほうぼう手をつくし探しもとめた。その努力は、たいがいむだにおわっていた。

スクラップブックのファイルをかばんにつめ、ぼくは初日のリハーサルにでかけた。客席の暗がりにおおぜいの人影がすわってるのが舞台からみえた。ステージ上にはオーケストラ用の巨大な演台が置かれ、そのいちばんてっぺんに五人、打楽器奏者がならんでいる。

ひげの首席ティンパニストが立ったままぼくに、

「ここからみおろしても、やはりきみはでかいな」

残りの四人も、目配《めくば》せしあってうなずいてる。

主任さんがいった、あなたの出番でも演台はずっとだしっぱなしにしておきます、そのほうが都合がいいだろう、って、先生がおっしゃるので。たしかに打楽器アンサンブルなら、しかもこの立派な演台のてっぺんで鳴らすのならば、どんな背のちいさい演奏家だって、ぼくをみあげ首を痛めることはない。

打楽器は中央にティンパニと小だいこ、大だいこ、それにゴング。左側にはシロフォンとマリンバ、ウッドブロックやカウベル、鈴のたぐい。シンバル、トライアングル、ホイッスルなどは楽器台につりさげられてある。これらをこの街でいちばんうまい、五人の打楽器奏者が分担してならす。

まず、首席ティンパニストが、

「このリズムなんだが」

なにかをひきずるような摩擦《まさつ》音をマレットで鳴らしながらたずねた。「テープで出だしだけきいたんだが、これはなんて曲だろうか」

「ああ、それなら」

とぼくは赤いファイルをめくってこたえる。「『すべてはてこところのおかげ』、ですね」

主任さんが楽譜を複写し、大急ぎで戻ってくる。演奏家たちは口を曲げながら四苦八苦してそれをよんでいる。まるで数学の教科書を前にした生徒みたいに。

「いいですか？」

しんとした五人に、ぼくはタクトをふりおろす。正確なリズムで鳴りはじめる五つの楽器。けれど、十二小節すすまないうち、なんだか足元がむずむずしてきて、ぼくはタクトをとめずにいられなくなる。演奏は見事にぴたりととまる。

「どうしたの」

と主任さん。

首をひねりひねりするぼくに、先生は舞台袖から甲高い声で、

「話してやれよ」

とささやく。「話してやれって、すぐにわかるから。その五人なら」

ぼくは話した。用務員さんはもともと、三千年前、ピラミッド人足が石材をひっぱりながらうたったリズムを想像し、この曲をつくったんだと。その記事は誰もがしってるゴシップ雑誌にのっていたと。

「もっとだ、もっと！」

と先生のきーきー声。

ぼくは用務員さんの奇妙なあるきっぷりを、ステージの上で真似《まね》してみせた。全身をかくかくさせて、手足はてんでばらばらで。ぼくはいった、用務員さんは生まれつきこ

うじゃないんです。南の島で病気になってね、稲光《いなびかり》がからだをつらぬいたんです。用務員さんにとっては、小だいこのケースをもちあげるのも簡単じゃなかった。ケースにはころが四つついていました。おじいちゃんがつけたんです。これでうまく運べるよ、と用務員さんは口をぱくぱくさせて笑いました。それでも、まっすぐにはひっぱれなかった。ふらふらとよろけ、ケースの角はあちこちにぶつかりました。でもとにかく、運べはしたんです。倉庫の端から端まで、よく滑る、ころのおかげで。

ステージのてっぺんで、五人の打楽器奏者はじっとだまったままでいた。

ぼくはいった。

「この曲はつまり、そんな感じの曲なんです」

そしてゆっくりとタクトをあげた。

演奏が終わったとたん、主任さんがステージに飛びあがり、ぼくのおなかに抱きついてきた。ただのリハーサルなのに、背後の薄暗い客席から火のついたような拍手《はくしゅ》が起きている。舞台の端から、先生だけはにやにやといつもの表情でぼくをながめた。壇上の五人は真っ赤な顔で、めいめい自分たちの両手をみくらべていた。

次だ、次、と先生が足を踏みならしていう。

ぼくはファイルからさらに楽譜を抜きとり、

「じゃあ、次は」

五人の打楽器奏者へと視線をあげ、「次はこの、『ながく恐竜のためのセレナーデ』って曲をやってみましょうか」

休憩《きゅうけい》のあいだ、ぼくはステージの袖でずいぶん年上の打楽器奏者たちとはなしこんだ。みんな幼いころ、最初は、ヴァイオリンやピアノ、ギターやクラリネットなんかをやりたくて地元の楽団にはいったんだそうだ。ところが、他のこどもたちよりからだが大きい、力が強そう、ほんの少しとろい、そういった事情でリーダーのおとなから、

「これ、運んでおけ」

と大だいこのケースをわたされた。打楽器を担当することになったきっかけは、五人ともそろって、だいたいが似たり寄ったりだった。

首席ティンパニストはコーヒーをすすりながら、

「今でも自分の家族からいわれることがあるよ、おとうさん、いっつもオーケストラのいちばんうしろでぼーっと突っ立って、あれ、なにしてんの？　あれでほかの楽器パートのひとと、おんなじ給料がもらえるなんて、ずいぶん楽な仕事ねえ、って」

残りの四人は爆笑し、ぼくもつられて笑い声をあげる。

「楽な仕事か」

とティンパニストはつづけた。「まあ、そうみえてもふしぎはないがね。でも、とき

どきヴァイオリンのやつらがうらやましくなるんだ。ずっと楽器を鳴らしていられるほうが、きっと気楽だろうなあ、ってね。つぎに打ち鳴らす瞬間のために、じっとなにもせず、いちばんうしろでぼくらは立っている。実際、逃げだしたくなるくらいだ。シンバルなんて、一打うちそこなえば、それでその日の演奏、すべて台無しにしちまうからなあ」

「恥ずかしながら、そういう経験がある」

とシンバル、ホイッスルなどを担当してる、つるっぱげの奏者がいう。「まだずいぶん若い頃だが、その日はおふくろが危篤《きとく》でね、徹夜の看病でおれの頭はぼーっと熱っぽかった。交響曲のクライマックスで、ひと打ちだけ、壮大なコーダにむけてシンバルをたたかなくちゃならない。それを、おれは、やりすごしてしまった」

「どうなったの」

とぼく。

「交響曲は文字通り、へなへなの尻《しり》すぼみさ。おれは楽団をくびになった。おふくろならいまもぴんぴんしてる。ゆうべ、ひどい味のにんにくシチューをくわされたよ」

みんなが笑いやむと、ぼくは、目のみえないボクサーのはなしをはじめた。首にちょうちょのいれずみがあります。新人チャンピオンまですすむ才能の持ち主だった。試合中の事故で視覚をうしなったあとも、そのボクサーは毎日、朝から晩までサンドバッグをたたきつづけた。たたかずにはいられなかった。どうしてだとおもいますか？うーん、とハンサムなひとり、でもひどくやせっぽちな男が考え込んで、いらいらしてたせいじゃないかな、といった。首席ティンパニストは首をふって、それはちがうよ、といった。ねえ、ねこ、おしえてくれないか。

「そのおじさんは、こわかったからだ、っていってました」

とぼくはこたえた。「パンチを打っているあいだだけは、マンホールに落っこちることも、自転車がつっこんでくることも、ないだろうから、って」

きみ、ひょっとして、と首席ティンパニストがぼくにたずねた。そのボクサーを題材にした曲もあるんじゃないかね？

ぼくはおずおずと別のファイルから楽譜をとりだす。五人は順々にそれを手わたしていき、感心したように、うんうんとうなずく。首席ティンパニストはひげをこすりながら、

「悪くないよ、これも演目にいれようじゃないか」

「待ってください」

とぼくはいう。「実はそれに、パートをもうひとつ加えたいんです」

ぼくは楽譜を受け取り、ボールペンでところどころ指定をかきいれる。犬のあげるはしゃいだ吐息。砂浜では声を出すことを禁じられていたすぐれた盲導犬が、胸のうち、

こころの奥で、ボクサーに呼びかけていた、きこえない声。担当奏者は、その音がボクサーの耳にだけとどくように、と、そういうきもちで鳴らすこと。
「そのパートは、楽器をつかうのかい」
とハンサムな奏者がきく。
「いいえ」
ぼくは先生のひとり娘、みどり色について簡単にはなす。ぱちぱちと打ちならされる息の合った拍手で、五人はこころからの賛意をしめす。
みどり色はなかなかうんといってくれなかった。名チェリストの娘、国立ホールにデビュー、そういうプログラムって考えただけでぞっとするわ、みどり縁の眼鏡《めがね》を上下させぼくをにらんだ。
けれど彼女も、犬たちの反応をみて態度をかえた。ホールでテープに録音してきた五人だけのアンサンブルをきいて、七匹の犬ははねまわるのをやめた。ちょうどぼくの指定したとおりの箇所がくると、声をあわせて、
きゅるきゅる
きゅるきゅる
と鳴き、そして飼い主の顔をじっとみあげた。まるで、お手本をきかせてほしい、と

でもいってるかのように。

しばらくだまったあと、しょうがないわね、とみどり色は苦笑した。

「ステージ衣装の黒い服、新調しなくっちゃ。全部ちいさくなっちゃって、もう着られるのが一枚もないし」

ぼくの手から楽譜をとってめくりながら、「ねえねこ、ところで、ひとつだけ気になってるんだけど」

「なんだい」

「どうして、題名が『赤い犬』なの？」

あれは、おとついのこと。ぼくがこんなふうに横たわることになる、たった二日前のことだった。

二日間の音あわせだけで、みどり色の鳴きまねと五人の打楽器とは、ジグソーパズルみたいにぴったりはまった。このとき彼女は薄むらさきのブラウスをきていた。公演まではあと十日ある。リハーサルが終わると、みどり色はぼくを市の中心街へと連れだした。あなただって、黒服をつくらなくっちゃ、なにしろ指揮者デビューなんだから。

「それに、靴《くつ》も買わないとね」

「くつ?」

「そんなぼろ靴じゃ、ステージの上ですべっちゃうわ」

自動車のなかでみどり色は、ぼくの足をやんわりとふみつけ、「もっとちゃんとした、立派な靴を買いましょう。もちろん黒くて、底のぶあつい立派なやつをね」

初夏のひざしはやわらかく、街路樹が青空に向けのびをしてるようだった。その真下をうねるように人波がすすむ。みどり色はぼくの手をとって波をぬうようにあるいた。

もういっぽうの手には、むらさきみどりを連れた引き綱。ゴム製のおもちゃをゆうべかみわってしまったのらしい。かむとちゅうちゅう音がする、ねずみのかたちをしたやつ。あたらしいおもちゃを買ってもらえることがわかってるのか、犬ははしゃぎ、ときどき通行人の足にじゃれついた。サングラスをかけたみどり色に連れられているので、きわめて出来のわるい盲導犬にみえる。

とん、たたん!

ふいに足音がきこえ、ぼくは歩道のまんなかで立ち止まった。

とん、とん

たたん、たたん

ひとごみのなかに、クーツェの足ぶみがきこえる。ぼくの耳元でおおきく、強く。少し遠ざかっては、また少し近づいて。ぼくをこの街路から別の場所へ連れ出そうとするみたいに。

とん、たたん！

「どうしたの？」

はっとして、つながれた手の先をみる。みどり色はうっすら汗をかき、ぼくをみあげてる。クーツェの麦ふみはもうきこえない。むらさきみどりがはあはあと不安げに舌をだしている。

「なんでもないんだ」

とぼくは笑う。「なんでもない、さあいこう」

そしてぼくたちは、麦ふみの音がしたのと正反対の方向へあるきだした。

百貨店は昨日オープンしたばかりだった。正面玄関の外にいても、ペンキの匂《にお》いがうっすらとただよってくる。犬が二度くしゃみをする。この一週間は、全館でなんでも半値になるらしい。玄関にはおおきなトラックがとまっていて、配達会社の運転手と店員とが大声で口論をしている。荷台には山盛りの観葉植物が積まれている。

「はやいとこ搬入しないと、ほかの配達に遅れるんだよ」

と運転手はいらだたしげにいう。「そっちの工事がすんでなかろうが、こっちには関係がないだろう！」

「待ってもらわんとね。もうじきにすむから」

と制服をきた年かさの店員がぴしゃりという。「配送トラックはとりあえず裏口にまわしておいてくれたまえ」

「配達先は、おたくだけじゃないんだよ。全部、かっきり今日中に届けなけりゃいけないんだ」

「ともかく裏口へまわってくれたまえ」

と店員はくりかえす。そしてぼくたちをみて笑顔をつくり、右手で店のほうをさししめした。荷台をみていたみどり色が、背伸びしてこうささやく、

「ぜんぶ元気な葉っぱだわ。夏の若葉ね。日陰にいれちゃうのがもったいないくらい!」

なかにはいると、買い物客の人波がぎっしりとフロアを埋めていた。一階のエレベーター横に黒々と人垣ができていて、

「さあ、生まれかわり男だよ!」

とメガホンをもった店員が、はやくも声をからし叫んでいる。紙袋をもったおばさんがぼくの脇腹《わきばら》にどしんとぶつかり、苦々しげに舌打ちをした。

「押さないで、順番です! ひとり五分! さあさ、奇跡《きせき》の生まれかわり男から直接、信じられないようなはなしがきけるよ! ならんで、ならんで!」

生まれかわり男のみじかい思い出

最初、紳士《しんし》服売り場の店長は、十日ではとても仕立てがまにあいません、と慇懃《いんぎん》にことわった。すまなそうに肩をすくめ、

「なにしろお客様のサイズは規格外ですので、型紙から全部とりなおして、最低ひと月はみていただきませんと」

けれどみどり色が事情をはなすと、その年老いた男は口笛をならし、それを合図に店員が五人あわてですっとんできた。

「すぐさま、このお客様のサイズをはかれ」

と店長は生地の見本帳をひっくりかえしながらいった。「おそくとも、一週間以内にあつらえるんだ！」

国立オーケストラってことばは、この街で、しばしば魔法の呪文《じゅもん》のように作用する。靴売り場の店員は、演奏会には家族でいくつもりなんです、と緊張気味に笑いながら、

ていねいに足の寸法をはかってくれた。ひとそろえだけ在庫のある三十五センチの黒靴は、店頭のガラスケースのなかに、リボンを結わえつけて飾られてあった。

「売り物じゃないんです」

と売り子はいった。「古い靴職人が、百貨店の開店祝いに寄贈してくれたものでして。ごらんください、シンプルなデザインですが、百年はこうが型くずれしやしません」

厚底の革靴は、おどろくほど軽かった。ぼくは店員から、それをはいたまま生まれてきたみたいな靴、といういいまわしをはじめてきいた。開店記念のその靴はぴったりと、靴下みたいにぼくの両足をつつみ、それこそ一生はきつづけても疲れそうになかった。てかてか光った足の甲に、むらさきみどりが鼻面を近づけ、みどり色はその頭をぴしゃりとたたく。

ごった返すエスカレーターの乗り場で、

「それじゃ、わたしは自分の服をみにいってくるから。そのあと、上のおもちゃ売り場でこのこの買い物。一時間経《た》ったら一階の入り口でね。晩ごはんの材料は地下で買っていきましょう」

「うん」

彼女と犬は上の階へ。ぼくはエスカレーターでなく階段をおりることにした。

階段はすいていた。よく磨《みが》かれた大理石の床にまあたらしい靴底があたり、きもちのよい、かわいた音をひびかせる。ぼくは「てところのおかげ」をハミングしながら、一段また一段と、つまさきをあげて石段をおりていった。踊り場にすわりこんだおばあさんがぼくをみあげ、ごきげんね、といった。

三階までおりたところで、ぼくはつい咳《せき》こんだ。フロアへの入り口が、真っ白いビニールシートにおおわれている。そのすぐ前で、作業着姿の男が、疲れきった表情で煙草《たばこ》をふかしていた。

「三階はぜんぶ、こども服売り場なんだがね」

と男はいった。「ゆうべ見回りにきた百貨店の社長がさ、地味すぎる、っていいだしてさ。照明から壁《かべ》や床のペンキやら、夜中からぜんぶやり直しよ。そのくせ超過料金は払わねえとさ。ちきしょうめ」

「ふうん」

ぼくは鼻をつまみ、シートのすきまに頭をつっこんでみる。フロアのあちこちで、肩をおとした作業員が黙々とはけを動かしている。

「どうせがきどもがめちゃくちゃに汚しちまうのによ」

リーダーらしいその男は吐《は》き捨てるようにいい、あたらしい煙草に火をつけようとポケットをまさぐった。

「あれ」

ぼくの声に男は手をとめた。「どうしたんですか、そのライター」

「ああ」

男は照れたように笑い、逆立ちスカンクの金具がついたそのオイルライターを上下にふってみせた。「おもちゃだよ、街の動物園を工事したときにさ、事務員からもらったんだ。スカンクの檻《おり》を塗《ぬ》り直したんだよ。消臭剤をまぜた特別なペンキで」

ぼくはまじまじとみつめながら、

「外国の、古道具じゃなくて？」

「よせよ」

と男は笑った。「五年前、スカンクが動物園にきた記念品だぜ。あのとき工事にかかわったやつらは全員もらえたんだ。火付きがわるくってな。どうせ安物さ」

かちり、かちり。スカンクのしっぽが引きおろされ、お尻《しり》からふきだした弱々しい炎が男のたばこをあぶる。ぼくは低い声でひとことお礼をいい、そしてまた一歩ずつ、大理石の階段をおりはじめる。とん、たたん。

一階のひとごみはおちついていた。整然とした行列が、エレベーター二台の前を横切ってる。列にならんだ十人は冷やかしじゃなく、「生まれかわり男」にたずねたいことがある、本気のひとたちってわけだった。手に手に、大事そうに、写真や置き時計、手紙の束なんかを抱えている。

天井からぶらさがった看板には、

「現代の語り部！　生まれかわり男があなたに奇跡をおきかせします。午前十時から午後四時まで。おひとりさま五分。生まれかわり男のエッセイ『あのとき私は』第三巻お買いあげのかたのみ無料」

ひとり五分。五かける十は五十。これぐらいの計算、ぼくにだってできる。みどり色を待つのには、ちょうどいい時間だ。行列のさいごに加わったぼくを、すぐ前にならんだ女のひとが、ぎょっとした目つきでまじまじとみあげた。

ポケットに手をつっこみかちゃかちゃかちゃと小銭をならす。両足を交互にあげ、靴のはきごこちをたしかめてみる。

「そうです！　たしかにそうなんです！」

占いコーナーみたいな暗いブースから、涙まじりの声がきこえてくる。「おれのなくした毛布には、たしかに自動車の刺繡《ししゆう》がぬいつけてありました！」

係員たちの向こうに、机に肘《ひじ》をついた生まれかわり男の姿がちらりとのぞく。ぼくは息をのんだ。二十歳と記事にはあったけれど、おおよそ小学生ぐらいにしかみえない。青白い顔に、もやがかかったような銀色の髪。ぼくはそれまでこんなきれいな、そして、これほどまでに哀《かな》しそうな人間を、みたことがなかった。生まれかわり男は、まるで、どこにもない楽園に生まれ育ち、まちがってこの世にさまよいでてきた女の子みたいにみえた。

うつむきかげんに、相手と目を合わさず、ぼそぼそと生まれかわり男はなにかささやきかけている。何十年前かに毛布をなくしたらしいその男は、シャツのすそで涙をふきながらはなしにききいってる。さあ五分です、と係員がいって、男の肩に手をかけた。男は頭をふり、そこをさがしてみることにします、ありがとう、そういって立ち上がる。行列がぞろぞろ前にすすむ。

ぼくはいいようのない胸騒ぎをおぼえた。ならんじゃいけない列に自分がならんでいる、そんな気がし、何度も行列からはなれようとおもった。けれど、足がいうことをきかない。靴はその場を動かず、順番がすすむたび、迷いのない歩調で、とん、とんと前へとすすんだ。ぼくは、近づきつつある生まれかわり男から目をそらそうとした。が、ぼくの視線は、彼の美しい面立ちに貼《は》りついたままはなれようとしなかった。

「どうぞ」

と係員がいう。「五分ですから、お時間をむだになさいませんように」

ぼくは、喉《のど》からとびだしそうななにかをごくりとのみこんで席につく。生まれかわり男は灰色の目をゆっくりとこちらにあげる。

「さあ、なにを知りたいのですか」

ぼくはもうろうとしながら、かばんからスクラップブックをとりだし、コンクールで金賞をとったときの集合写真をひらいてみせた。

「このひと、ぼくのおじいちゃんだけど」

とふりしぼるような声で、「あなたがいまのからだに生まれかわる前、そう、国立オーケストラで第一ヴァイオリンを弾いてたころ、おじいちゃんはちょうどそのとき、同じ楽団で首席ティンパニストをしていました」

生まれかわり男は目をこすって写真をみる。

ぼくはつづける。

「そのころ、ひどい暮らしをしていたそうです。この街でです。なにか、おぼえていませんか、おじいちゃんのことでも、父さんのことでも」

「ああ」

と氷みたいな頰《ほお》に、生まれかわり男は笑みをうかべて、「たしかに息子さんがいましたね。あなた、ずいぶん混乱していらっしゃる。あの息子さんは、街の小学校で、数学の教師をしていた。おぼえていますよ、ずいぶんがんこなふうなかたでしたね」

「そうです、そうです」

とぼくは、さっきの男と同じ口調で、「たしかに父さんはがんこなひとなんです」

少しだまったあと、生まれかわり男は意外なことをいった。

「あのときは、ひどい音がしました」

「え？」

ぼくは口をぽかんとあけて彼をみかえした。

「実にひどい音でしたね、あれは。実におどろきましたよ、あんな立派なステージで、いきなりあのような音がきこえるとは」

ぼくはなんのはなしだかわからず、だまりこんでしまう。すがるように写真に目をおとすと、ぼくのとなりに用務員さん、そのうしろには、むっつりおし黙ったおじいちゃんの顔がみえる。

「そうだ、おじいちゃんの演奏」

とぼくは口走った。「おじいちゃんのティンパニはどうでした。見事なものだったんでしょう」

生まれかわり男は少し面食らった表情で、

「あなたのおじいさんが、ティンパニをですか。いいえ、私は、一度だってきいたことはありませんよ」

はげしいめまいがおそう。頭がぐらぐらする。こうしてすわっているのに、鐘楼台《しょうろう》にでもぶらさがって、でたらめな海風にゆさぶられてるみたいだ。そろそろ五分、という職員の声にも、肩におかれた手にも、ぼくは反応をかえせせない。

生まれかわり男はうつむき写真をながめながらいった。

「あのかたの木槌《きづち》やかんなさばきは見事でしたがね」

「なんのことです？」

「ほんとうに、ご存じないのですね」

生まれかわり男はいう。その低い声は、うすいくちびるのあいだじゃなく、はるか遠くはなれた、別の土地から発せられたようにぼんやりとひびいた。

「あなたのおじいさんは、首席どころか、ティンパニストでさえありませんでした。ステージ担当の木工職人、つまり、舞台専門の大工だったのです」


ふたりの職員にうしろから引っぱられながら、ぼくは彼に、あとで会いたいんです、と叫びかけた。明日でもかまいません、なんとかお会いしたいんです、ぼくはあなたに、会わなくっちゃいけないんです！

するとと生まれかわり男は、なにかあきらめきったような表情をうかべ、

「私には、もう、明日はないのです」

と銀色の頭をふった。

エレベーターの前で、職員は息をととのえながら、エッセイをお求めになりますか、とたずねた。

「お買い求めでしたら面談料はただになりますが」

ぼくはつかめるだけの小銭を職員ににぎらせ、おぼつかない足取りでふらふらとひとごみからはなれた。

おじいちゃんがティンパニ奏者じゃない？

舞台の大工？

生まれかわり男なんていんちきだ。三千年の記憶どころか、二十年前のことでさえでたらめだらけにちがいない。ぼくは片手にもったエッセイ本をごみ箱に投げいれようとした。

そのときだ。

ちん、と音がして三台のエレベーターが同時にひらいた。

なかから真っ白な煙、それに顔をハンカチでおさえたひとびとが、雪崩《なだれ》をうってフロアへと転がりでてきた。一階の買い物客たちは呆然《ぼうぜん》とみている。すぐに階段からも、ひとかたまりになった人波がいっせいに駆けおりてくる。

天井のスピーカーから、目覚まし時計のような警報ベルがなった。そのベルにまじり、不吉なほどおちつきはらった女の声が、

「みなさま、あわてないでください。おちついて行動してください」

正面入り口へと殺到する人波の上にひびいた。「三階の工事現場で火災が発生しまし

た。たいしたものではありません、おちついてください。防火扉はすべて閉じられました。燃え広がる心配はありません」

スピーカーのむこうで、ごほごほと軽い咳《せき》ばらいがきこえる。

「煙に注意してください。頭を低く保って、階段をおりてください。階段は北と南、西側の三ヶ所にあります。エレベーター、それにエスカレーターはご使用になれません。くりかえします、ただのぼやです、たいした火事ではありません。すぐに消防隊が到着し、消火作業に当たります。みなさま、あわてずに避難してください」

アナウンスの効果だろうか、階段をおりてくるひとびとの表情には、おちつきがもどっていた。緊張気味な眼差《まなざ》しの下にハンカチやタオルをあて、同じリズムでかつかつと靴音《くつおと》を鳴らしながら一階フロアへとおりてくる。人波はいつまでもつづくかにみえた。ぼくの足は知らず知らずひとの流れをよぎり、フロアのまんなかをめざしていた。帽子売り場、傘売り場、化粧品コーナー。香料のにおいはきなくさい臭気にかきけされている。

「はしご車だ！」

と入り口のほうで誰《だれ》かが歓声をあげる。

「何台もくるぞ！」

消防隊の出動は迅速《じんそく》だった。アナウンスがあって三分後には、すでに百貨店に近づきつつあった。赤いライトを回し、サイレンを鳴らして。すでに五台ものはしご車が建物をとりまいている。

ぼくにはきこえ、そしてみえた。

パトカーに放水車、救急車。

耳をやぶるような数え切れないほどのサイレン。

上の階のどこかで、煙のなかしゃがみこんでいる、みどり色と犬。

エスカレーターはとまっていた。ぼくは迷わず駆けあがった。靴は足の下でまるで生き物のように跳ねた。無人のエスカレーターを、三段とばしに駆けあがるごとに、煙はさらに色濃く、視界をさえぎるようにたちこめていく。うしろでサイレンの音が雪だるまのようにふえ、ぼくの背中に追いすがってくる。

やみねずみ再び

たしかに火の勢いはそれほどでもない。三階にあがっても、煙にかすんで炎はみえないし、熱気だって耐えられないほどじゃなかった。身をかがめると、床のあちこちにぶちまけられた、色とりどりのペンキがみえる。赤、オレンジ、青色に黄色。ただし、そこからたちのぼる煙は、曇《くも》り空をきりとったかのような、均一の灰色だ。売り場全体に白煙がたちこめ、どこからかぱちぱち、はぜるような音がきこえてくる。

一瞬、逆立ちしたスカンクの尻《しり》が頭にうかんだ。でも今は、火事の原因なんてどうでもいい。ぼくは白々とした煙のなか、エスカレーターを、つまずきもせず四階、五階へと駆けのぼった。

紳士《しんし》服売り場は、たしかこの五階だったはず。煙の先、姿勢のいいマネキン人形がぼんやりとうかんでいる。さっきのアナウンスがまた、天井でくりかえしいう。

「おちついてください、おちついてください！」

六階にあがる。

ほとんど真っ白だ。ここが婦人服売り場だろうか、それともペット用品？　強く口をおさえ煙のなかにあゆみだす、と、膝《ひざ》がなにかにぶつかり、床におちたそれががしゃんと音をたてる。どうやらグラスだ。食器売り場らしい。

あとずさりかけたとき、ぼくは突然、胸の左側にさしこむような痛みをおぼえた。その場にしゃがみこみ、わずかな空気を一心に吸いいれる。

ぼくの心臓。

おおきすぎるこのからだに、十八年のあいだ血をおくりつづけてきた心臓。それが折もわるく、たった今、悲鳴をあげている。ぼくは右手を胸にあて二三度たたき、ゆっくりともんだ。かたまりをとかすように、やわらかく、やさしく。

痛みはじょじょにうすらいでいった。

七階めざし、エスカレーターをゆっくりとのぼる。

うっすらとマネキンがみえる。この夏流行の巻きスカートをはいている。

みどり色、ぼくは呼びかけようとした。いるかい、みどり色！

唖然《あぜん》とした。声がでない。煙をすいこんだ喉がひりひりと痛む。ぼくはきなくさいつばをのみ、精一杯のかすれ声をあげた。

「みどり色！」

煙がもうもうと舞いたち、ぼくの哀れな声をあざわらうようにはねかえす。「みどりいろ、ったら！」

心臓に痛みがよみがえり、あわてて胸へ手をあてる。

ぼくは灰色のフロアをじりじりとすすんだ。ときどき床にまで頭をさげ、彼女の両足、あるいは倒れふしたからだがみえないかと探す。

そのうち、立ってはいられなくなる。はいつくばり、息をこらえながら両膝でにじる。胸のあたりがまたもやもやとしはじめ、ぼくは拳《こぶし》をつくり心臓へと打ちつける。

そのとき、声がきこえた。

真っ白い煙のどこか遠くで、かぼそくなりひびく、ささやかな物音をぼくはきいた。

きゅるきゅる！　きゅるきゅる！

上の階だ。

エスカレーターの踊り場にもどる。フロアにたちこめる白々としたガスに、下から吹きあがる真っ黒な渦《うず》が混じりこんでいる。ぼくは四つんばいのまま、心臓をたたきたたき、エスカレーターをのぼっていった。

物音は次第に近づいてくる、と同時に、だんだんと、かぼそくなっていくのがぼくにはわかる。

やっと八階へついた。

きゅるきゅる！　きゅるきゅる！

煙のむこうから物音がする。ぼくは呼びかけようとする、みどり色！　ぼくだよ、みどり色！

けど、なんてことだろう、喉《のど》はもう、一ミリだってひらこうとしない。舌の根元で、吸いこんだ黒煙がのりみたいにねばついている。ぼくは口をぱくぱくとあけ、なにか出ろ、音が出てくれ、胸を強くたたいていのった、すると、
にゃあ！

ひらいた口から軽々と、ねこの声がとびだした。いや、口だけじゃない、音はぼくの背、頭、腰……全身から鳴っていた。

ぼくが心臓をたたくたび、
にゃあ、にゃあ！

その声はくりかえし鳴った。あたりの煙が一瞬、雲に稲光《いなびかり》がはしるみたいにびりびりとふるえてみえた。

にゃあ！

やっとわかった。待っていたんだ。

うまれて以来ずっと、ぼくは知らず知らずのうちに待っていた、ばちをふりおろすこの瞬間を。いちばんうしろの高いところでずいぶん長いあいだ、じっとばかみたいに立

ちつくし、このへんてこな打楽器を打ち鳴らすときがくるのを。

にゃあ！

ねこの声はそれまでになく高らかに、理想のねこ、楽園からひびく鳴き声みたいにひびいた。その音は灰色のフロアすみずみにまで伝わっていった。

そして、それにこたえるかのように、白くたちこめた煙の向こうから、
きゅるきゅる！　きゅるきゅる！

と犬の鳴き声がした。

両手両足を床について、胸をたたきたたき、ぼくは入り組んだおもちゃ売り場をはいすすんだ。音のほうへ、音のほうへと。

にゃあ！

ぼくは鳴く。この世でたったひとり生き残ったなかまに呼びかけるように。

きゅるきゅる！

とその声はひびきかえす。まるで霧《きり》の海でひびく汽笛《きてき》のように。

みどり色とむらさきみどりは、浮き輪や水中眼鏡《めがね》のつりさがった売り場のすみで、抱き合ってふるえていた。彼女はぼくをみあげ、色をうしなったくちびるに気弱げな笑みをうかべた。髪はじっとりと濡《ぬ》れている。いるかのおもちゃがうかんだ水槽が手元におかれてある。犬はプラスティックのねずみをしっかとくわえたまま、申し訳なさそうに

うなだれ、こちらへ目線をなげている。

と、うしろに気配を感じ、ぼくは腹ばいのままふりむいた。灰色にそまったフロアのずっと先、エスカレーターののぼり口あたり、下の階からほの明るくたちあがるオレンジ色の炎がみえた。

真上のスピーカーでアナウンスがひびく。

「おちついてください、たいした火事ではありません、ただのぼやです！　おちついてください、ただのぼやです！」

エスカレーターはつかえなかった。下のフロアには火の手がせまってる。頭から水槽の水をあびたぼくは、彼女を背負い、むらさきみどりを引き連れて、熱い石段を一歩ずつはいのぼっていった。

九階。

屋上へとつづいているはずの階段には、鉄の格子《こうし》戸がおりていた。たちこめる煙のなか、格子に貼《は》られた注意書きの字がなんとか読める。

〈おくじょうやがいゆうえん、こうじちゅう。またこんどきてください〉

みどり色に耳をひっぱられなければ、ぼくはえんえんと、最後まで、あの格子戸に体当たりをくらわせていたかもしれない。ふと気づくと、自分の鼻先で、彼女の指が屋上とは反対側、灰色にけぶるフロアのほうをさししめしているのがみえた。

「そんな」

はいつくばったままぼくはおもった。「それこそどんづまりの、袋小路なのに」

ぱちぱちとはぜるような音は、すぐ下の踊り場にまで近づいてきている。みどり色は、ぼくの背中でうんうんとうなりながら、分厚い煙のまっただなかへとすすむよう、躊躇《ちゅうちょ》せず、せっつくように指さしてる。

ぼくは吐息《といき》をつき、格子から手をはなした。そして、彼女の指さすまま、九階のフロアへとゆっくりはいすすみはじめた。

目の前にたちはだかる、先のみえないどんつきの煙幕。

ぼくが歩みをとめるたび、みどり色の指は、そのまままっすぐ進むように告げた。あるいは耳を引っぱり、右へ、左へと進路をかえるようにと、まるで霧の海で舵をあやつる航海士みたいに。いや、水夫たちよりたぶん素早かった。彼らは羅針盤をつかうけれど、みどり色には道具なしに、けぶるフロアの先がみとおせたわけだから。

みどり色には、煙の流れがみえた。色のない、白黒の世界は、彼女にはお手のものだった。彼女の目は、灰色のこまかな濃淡、明暗のすべてをみわけた。みどり色には、すべての煙がまるで生き物のように、建物の外へ逃げだそうと懸命に出口をさがす、ねずみの群れみたいにみえてたのにちがいない。

空中をただようやみねずみに導かれるかのように、ぼくたちはフロアを横切っていった。頭にいくつもパイプ椅子《いす》の脚がぶつかる。こうしてはいすすんでいるのは、どうやら、広い食堂のまんまんなからしい。

みどり色の指が左をしめしている。

ぼくはみえない厨房《ちゅうぼう》へとはいる。むらさきみどりがぼくを追い越し、灰色の壁にとびこんでいく。すぐに、犬の前足が滑《なめ》らかなタイルをひっかきまわす音がきこえてくる。

きゅるきゅる

と犬は煙のむこうで鳴いた。

きゅるきゅる！

ぼくは壁のタイルに手をつき、息をこらえて立ち上がった。背中からみどり色が真上を指さす。おぼろげだったけれど、ぼくの目にもみえた。灰色の煙のかわりに、九階のフロアへあらたな風を吹きいれようと、まぬけにみえるほどの熱心さでもってぐるぐるとまわっている、換気扇《かんきせん》のファンが。

換気扇は天井近くで回っていた。ぼくは流し台をまさぐり、シチュー用の大鍋《おおなべ》をつかんだ。両手でやっとかかえられるほどの鍋を頭上にかかげ、換気扇へと力任せに打ちつけた。

二度、三度目で、換気扇は、枠ごと建物の外側に落ちた。厨房にたまっていた煙が、ぼくのうしろから、ものすごい勢いで出口をめざす。

大穴に手をかけ、懸垂《けんすい》の要領で全身を引き上げると、ぼくは建物の外へと顔をだした。おさないころ、うちの天井裏をのぞいたのとよく似たかっこうだ。

はしご車の台座にふたり、消防員が立っていた。ぼくの顔をみて、信じられない、って表情をしている。新鮮な空気を胸いっぱいにはらむと、喉のひっかかりがうすれた。

「はしごをもっと！　もっとこっちへ近寄せてください！」

消防員は通信機で地上の職員に指示をおくる。ぼくは頭を穴から抜いて、背中のみどり色を肩の上にのせる。彼女の首から上が、建物の外へと消える。

しばらく経《た》つと、肩にかかった重みが消えた。ぼくはしゃがみこみ、臆病《おくびょう》な犬を抱き上げ、穴の向こうへ押しやった。消防員がすぐさまむらさきみどりを抱きとめてくれたのが感触でわかった。

もう一度しゃがむ。足元におちているのは、ねずみのおもちゃ。まあたらしいのにかみあとだらけで、もう原型をとどめていない。ぼくはそれを拾い、ズボンのポケットにさしいれた。そして背伸びして、穴の縁をしっかりとにぎった。

胸まで穴の外にでる。すぐ前で、消防員が手を伸ばしている。

「よし、その調子、その調子だ！」

ぼくはうなずきあたりを見回してみる。真っ青な夏空。すきとおる雲。真下からわあわあと歓声がひびいてくる。ぼくは吐息をつき消防員の手をつかむ。そして建物の外へと、一気にすべりでようとした。

「どうした？」

と消防員。「はやくでてこい！」

「変なんです」

とぼくは宙づりのままいう。「穴のむこうでなにか、ひっかかっちゃって」

からだはそれ以上すすまなかった。換気扇の穴のぎざぎざが、まるででかいねずみのように、ぼくの腰にかみついてはなそうとしない。鍋で打ち壊された恨みを晴らそうと、建物のなかへぼくを引きもどそうとしてるみたいに。

ぼくはおもいあたった。靴《くつ》だ。三十五センチの特注の靴。かたく閉じあわされたふたつのばかでかい靴が、厨房のどこかにひっかかっているんだ。

ぼくはもがいた。

穴のすきまから立ち上る煙の色が急にかわった。革靴の底を、みえない炎がめらめらとあぶる。心臓にそれまでにない痛みをおぼえ、ぼくは拳をにぎり、ありったけの力をこめ胸をたたいた。

にゃあ！

右の靴が脱げた。

にゃあ！

左の靴も。

その拍子《ひょうし》にぼくのからだはすぽりと穴を抜けた。消防員は大口をあけてなにか叫んだ。地上の消防車が、やじうまが、ひとびとの顔が近づいてくる。裏口にとまったトラックには観葉植物が積まれていた。そのとなりには、六人の手でささえられた救命シート。真っさかさまにおちていきながら、あれじゃぼくのからだには小さすぎるな、ぼくはそうひとりごちた。

夏の陽ざしをあびた元気のいい葉っぱが、みるみるうち、視界のすみずみにまでひろがっていく。ぼくが最後にみたものは、つまり、元気に生えそろったみどり色の若葉、ということになる。

手術台で

手術台のまわりを白い服のひとが行き来している。うつむいて、耳慣れないことばを口々にささやきあいながら。

ぼくは仰向《あおむ》けで横たわり、じっとしている。じっとしてるほかない。

とん、たたん、とん
たたん、とん、たたん
ねえ、クーツェ。

それ、麦ふみの歌のリズムかい？

カンフルだとか脈拍とか、白いひとたちの声が急におおきくなる。が、すぐにまた遠のく。波止場にうち寄せ防波堤の先で消える、波のかたまりのように。

おじいちゃんはほんとにただの大工だったのか、生まれかわり男のきいたひどい音ってなんのことか。ほかにもききたいことはある。いくらでもあった。

でも、わかってる。クーツェはけしてこたえない。淡々《たんたん》と足音を薄闇《うすやみ》のなかひびかせるだけ。
とん、たたん
たたん、とん
ぼくには、なんとなくわかる。この世のところどころにしがみつくへんてこなひとたち。彼らはそれぞれの技をみがく。自分のへんてこさに、誇りをもとうと。まじめに、まるでばかにみえても。
とん、たたん、とん
この世に打楽器でないものはなにもない。ただ、打楽器はひとつずつ、ちがう音を鳴らす。ティンパニ、どら、大だいこに小だいこ。それぞれがことなった音をひびかせ、やがてこの世の吹奏楽となる。
とん、たたん、とん
ぼくにはたくさんのことがわからない。
けど、わからないまでも、ねこの声は鳴った。そのひびきで、犬とみどり色を火事から救うことができた。
ねえクーツェ、みどり色はちゃんと元気かい？
むらさきみどりのおもちゃは、別の店でも手にはいるかな？

とん、たたん、とん

クーツェはこたえない。

おだやかに、足ぶみだけが闇のなかつづく。そのていねいな歩調は、ひとつだけにせよ、たしかなことをぼくに伝えてくれる。ずっと昔から、クーツェがくりかえしいっていたことば。たぶんぼくがいなくなっても、唱えつづけるだろうあのひとこと。

いいも悪いもない、だってこれは、麦ふみだもの。

鋭い声が、心電図、そう叫んだのを最後に、まわりのささやき声がほどけ、ちりぢりになって、部屋のすみへ消えていくのがわかる。

心電図

やめさせろ、と誰《だれ》かがいう。

「外のあの騒ぎをはやくやめさせるんだ！」

なんだろう。騒ぎ？　ぼくの耳にはきこえない。かたくとじた目に、明かりの気配さえ感じない。声高に叫ぶ誰かの声も、音っていうより、頭のなかににじむあぶりだしの文字みたいなんだ。文字はつづける。

「くそっ、心電図に反応は？」

「みられません」

と別のあぶりだしがこたえる。

この世では、待つことを学ばなければならない

ぼくは犬の声をきく。湖の砂浜で、三匹の犬が踊っているのがみえる。浜辺には麦わら帽子が打ち上げられている。おだやかな湖面に夕焼けが照り返し、犬たちのからだを、赤く、黄色く染めあげている。

ぼくはまた、ティンパニをきく。暗い倉庫に置かれた木造のステージ。楽器はほかに一台もない。いちばんうしろの高いところで、誰かがひとり、ばちをにぎって立っている。顔はよくみえない。おじいちゃんだろうか。それとも、ぼくのしらない打楽器奏者。次にばちをふるうまでの長いあいだ、ティンパニ奏者は背をぴんとのばし、誇らしげに頭をあげてじっと立ちつくしている。

ぼくは鐘《かね》をきく。なぐりあいは波をひくようにおさまり、赤コーナーのボクサーがた

んかで運ばれていくのがみえる。リングのまわりには、おおぜいの水夫、また彼らのこどもたち。リングに立っている審判は、用務員さんに似ている。

つづけて、街じゅうにひびく時報。霧《きり》のなかの汽笛《きてき》。

階段のくらがりからこつこつ音がする。

「素数《そすう》だ、まちがいない」

と低い声がささやく。

ぼくは雨音をきく。ねずみじゃない、ほんとうの雨粒が運河にふりしきっている。傘もささずに、上等な玉虫色のスーツをきた男が、あふれそうな運河をながめている。まうしろにとめた自動車のボンネットにも、雨粒がふりおちる。男は肩をすくめ、真っ黒な自動車にのりこむと、雨にけぶる舗装路を走り去っていく。

赤ん坊の泣き声がきこえる。

「みどり色ってつけたんだ」

と女性のかすれた声がいう。

「わたしのいちばんみてみたい色なのよ」

湿《しめ》った地下室の天井に赤ん坊の声が反響する。先生は枕元《まくらもと》でお祝いのためにチェロを鳴らす。ゆっくりと、大波のように高く、つぎには低く。


たとえば、流星のおちる音。

おうむが内心ほんとうにいいたかったことば。

それに、盲導犬の生まれながらのほえ声。

これらは、今のぼくにはきこえない。音がしないんじゃない、遠すぎる。要するに、距離の問題だ。ひとははじめからきこえる音でやっていくしかない。きこえるべきものは、そのときがくればちゃんと耳にとどく。

熟練《じゅくれん》のティンパニ奏者のように、ぼくは待つことを学ばなけりゃならない。それはなかなかにむずかしい。ばかといわれても、へんてこ呼ばわりされても、けっしてばちを捨てず、ステージのいちばんうしろでじっと立っていること。そのときをきき逃さぬよう、ちゃんと耳をかたむけて。

ずっと長いあいだ、ぼくのまわりには音があふれてた。

そして今もあふれてる。

でたらめなこの世の騒音は、たったひとつのリズムがきっかけで、目の覚めるような音楽となる。

とん、たたん
たたん、とん
ぼくははっとする。クーツェの足音？　ちがう、これはなにか、ひとのからだからでる物音。

花のように耳がひらく。

にゃあ、にゃあ！

ぼくの胸の奥でそれは鳴っていた。

にゃあ、にゃあ、にゃあ！

そして、そのリズムは、手術室の外からきこえる音と完全に調和していた。

先生の、海のようなチェロ。

犬たちの鳴き声、みどり色の見事な鳴き真似《まね》。見事なシャドウボクシングのリズム。

そして、女性たちのふぞろいな大合唱。まちがいなくきこえる、この世の音楽。

看護婦だろう、女のひとの金切り声が、

「先生、この患者《かんじゃ》、生きてます、生きてます！」

そう叫んでいる。「ほら、足が動いてる。手術台を、ほら、素足で蹴《け》ってますわ！」

外科医と助手たちがぼくのからだにいっせいにとりつき、刃物できりさいたり、綿で押さえたり、太い注射を打ったりと、大騒ぎしはじめるのがわかる。彼らのあわただしい動きを、ぼくはぼんやりと感じている。先生の率いる合奏隊の演奏に、かすかに指先を動かし拍子《ひょうし》を合わせながら。

灰皿

ストレッチャーで手術室からはこびだされるとき、通路にいたのは、先生とみどり色だけじゃなかった。鏡なし亭のおばさん、十五人の娼婦《しょうふ》。国立ホールの音楽主任、五人の打楽器チーム。家政婦さんに、うすみどり、きみどり、ビリジアン、草色、むらさきみどり、あおみどり、ふかみどり。

そして、珍しくそろいの上下をきた、立派な風体のちょうちょおじさん。

あとでしったことだけども、先生はしばらく前から、ちょうちょおじさんに演奏会の計画をはなしていたらしい。火災がおきた翌日、おじさんは港についた。その足で、赤色(みどり色)のこどもたちとぼくに会うため、まっすぐに先生のうちをたずねた。そして家政婦さんから事故のことをしらされた。

なつかしいひとびとと七匹の犬にかこまれ、ぼくはリングからはこびだされる人気ボクサーのように廊下をすすんだ。

演奏会まで一週間を切っていた。が、ぼくはあせらなかった。からだのなかには、手術中ずっと感じていた、さまざまなリズムが鳴りつづけていた。みどり色やちょうちょおじさんが、朝晩と病室にきて、あれやこれやとはなしをしてくれた。みどり色はかすり傷ひとつ負っちゃいなかった。

ぼくの受けた手術のあいだじゅう、部屋の外での演奏に加わっていたのは、チェロの先生、打楽器の五人、みどり色と犬たち、ちょうちょおじさん。それに娼婦たちによる即席《そくせき》の鼓笛隊《こてきたい》だったという。家政婦さんは裏声でうたった。

「鳴らせ！　なかまをすくえ！」

先生は叫んだらしい。「やつのしてくれたはなしをおもいだして、なんでもいいから声をだすんだ！」

病院長は先生のチェロの大ファンだった。犬を連れ込まれるのには、さすがに顔をしかめていたが、ぼくのはいった手術室の前でなら楽器をならしてもいいと許可をだした。鏡なし亭は三日休みをとった（開店以来はじめての休みだったそうだ）。娼婦たちは鏡以外のあらゆる家財道具を病院へはこんだ。手術の最中、看護婦に手をひかれてちょうちょおじさんがあらわれ、先生になにもいわれないうち上着を脱ぎ、病院の廊下でシャドウボクシングをはじめた。犬たちはとびあがって、おじさんのまわりをえんえんと踊りつづけた。

「みたかったなあ」

とぼく。「ものすごい楽団だったろうね」

「ものすごかったわ」

とみどり色。「白黒だと、おばさんたちのお化粧って、お祭り装束《しょうぞく》かなにかにみえるの」

「もう二十年もずっと、このままでいるが」

ちょうちょおじさんはサングラスを指さし、「あのときくらい、目がみえずに悔《くや》しいとおもったことはないね」

数日分の新聞や手紙もみどり色ははこんできてくれた。百貨店の火災は、むろんもっともおおきなニュースだった。少女と犬を救ったあと、靴《くつ》がはさまって九階からおちたぼくは、どの記事でも、この世にふたりとないまぬけとしてえがかれていた。ぼくとみどり色はくすくす笑いながら、ちょうちょおじさんに記事を読んできかせた。朗読が終わると、はさみでそれらを切り抜き、スクラップブックに貼《は》った。

火災の原因は、やはりたばこの不始末だったらしい。三階の工事現場から、しっぽの折れたスカンクの残骸《ざんがい》がみつかっている。

生まれかわり男は、百貨店のお客たちを誘導する最中、命をおとしていた。新聞によれば、まるでベテランの警備員をおもわせる、見事な働きぶりだったという。売り子や事務職員を正面玄関まで導いていくと、生まれかわり男はなぞめいたほほえみを浮かべ、百貨店の戸口で立ちどまった。と、放水をあびて建物の外壁からとれた金看板が、彼の上へまともに落ちかかった。自分にはもう、明日はない、そういってた。生まれかわり男には、自分の生まれかわる日が、はじめからわかっていたのだ。

あたらしい手紙によれば、吹奏楽団はもうすぐ、久しぶりに演奏会をひらく予定らしい。みんな張り切ってるよ、と郵便局長は書いている。打楽器パートが何十人もいるんで、会場をどこにするか、いまだ物色中なんだそうだ。おじいちゃんは相変わらず金物の修理とティンパニにあけくれている。

「ところで、かなしい知らせがある」

と局長さんは書いていた。「おとつい妹が亡《な》くなった。脳溢血《のういっけつ》だった。朝の五時、お菓子屋の厨房《ちゅうぼう》で倒れてるところを再婚相手がみつけた。床にはいちごやら焼きりんごやらが転がっていた。妹の口のなかには、新製品のパイ生地がみつかった。再婚相手がいうには、焼きたてを試食してみて、うまさのあまり卒倒したんじゃないかって。そいつもそのパイをくってみたそうだが、うますぎて、くらくらきちまったって。なあ、ねこ、たしかにかなしいことだけれども、陰気な部屋にとじこもってくたばるより、とびきりおいしいお菓子をくって死ねた、ってのは、救いだよ。救いどころか、おれにはなんだか、神様が妹を気に入っててくれた証拠みたいにおもえてならないんだ」

ぼくは手紙をとじる。神様がどう、とかいうのって、やっぱりぼくにはわからない。ただ、ぼくにはおばさんも、生まれかわり男と同じように、多かれ少なかれ、最期《さいご》の居場所を予感していたような気がした。早朝のお菓子屋でパイをかじった、その瞬間おばさんの耳には、いったいどんな音がきこえたろう。

演奏会の三日前、退院の許可がおりた。手術を担当した外科医は、ぼくの回復ぶりにあきれてるようだった。

「玄関にはゴシップ紙の記者が待ち受けている、裏口からでてはどうだね」

と彼はいった。

「かまいません」

ぼくはこたえた。病室には先生とちょうちょおじさん、みどり色と犬たちがいた。先生はちょうちょおじさんに、

「やつらがみどり色にさわったら、かまうこたない、ぶんなぐってやれ」

といった。「あごがおれたってさ、ここですぐにまた、つないでくれるだろうから」

病室からでる間際《まぎわ》、ぼくは外科医に、心臓の音が自分の耳にきこえる、って病気はあるかときいてみた。淡々《たんたん》と一定のリズムでつづく、まるで足ぶみをするようなその心拍《しんぱく》を、そのひと自身の耳がききとるなんてことは実際にあるのか。

ほんの少し考えたあと、

「ありえないね」

きっぱりと外科医はいった。「神経医学もいちおう学んだけれど、そういう症例は、一度だってきいたことがない。それにばかげてもいる」

ぼくは礼をいって病室を去った。

エレベーターの扉がひらくと、記者や患者たちの悲鳴がきこえた。先生は待合いのソファにのぼり、逃げまどう彼らの背に、スチール製の灰皿をなげつけていた。

七月六日のスクラップブックより

＊

明日、国立音楽ホールでの定期演奏会が催される。市制四百年を記念し、プログラムはいままでになく斬新《ざんしん》なものとなっている。予定される曲目はつぎのとおり。

第一幕　打楽器アンサンブル

すべてはてこところのおかげ
なげく恐竜のためのセレナーデ
赤い犬と目のみえないボクサーのワルツ
（以上、世界初演）

第二幕　国立オーケストラ

チェロ協奏曲第二番

世界に冠たる巨匠《きよしよう》が一年ぶりにわがホールに登場するわけである。一等、二等席のチケットは完売。三階の後列には若干の空席がある模様。なお、演奏者一同の希望により、聴衆はそれぞれ、ひとりが一個ずつ、なにか音を発するものを持参すること(楽器はもちろん、玩具《おもちゃ》、家事用具のたぐいでも可。ただしサイレンのみ禁止)。

七月八日のスクラップブックより

＊

昨日おこなわれた市制四百年記念の演奏会は、まったく奇妙なものであった。かの巨匠は透き通るかのようなチェロをならし、オーケストラも彼に引っ張られるように、熱気にみちた演奏をきかせてくれた。私がこれまできいたあらゆるチェロ協奏曲のなかで、もっともすばらしい出来と断言してもよい。

また、一幕目の打楽器アンサンブルも悪くない演奏だった。瞬間瞬間、ちがった打楽器がなりひびき、まるでこどもが遊んでいるようで、それでいてすべての楽曲は見事に構成されている。これが初舞台という指揮者の青年は、堂々としたタクトさばきだった。この街でおそらくもっとも背の高い、若き指揮者は、あらたに発掘されたかがやかしい才能といえる。

奇妙というのは、第二幕が終わったあとのアンコール演奏のことだ。喝采《かっさい》がなりひびくなか、突然、照明が消された。ホール内は真っ暗である。ざわつく聴衆たちに向け、ステージから、それぞれがたずさえてきた「音のでるもの」(私はホッチキスをもっていった)をだすよう、おそらく若い指揮者の声がいった。暗闇《くらやみ》のなか、客席にさまざまなものをとりだす音がひびく。家畜用の鈴、食器、おもちゃの笛、自転車の呼び鈴、空気ポンプ。それに無数のはさみ。

ざわめきがおちつくと、ステージでチェロがピチカートを鳴らしはじめた。一音ずつくっきりと、ゆるぎのないたしかなテンポで。このままずっときいていたい、私がそうおもった瞬間、ステージのあらゆる楽器がそのテンポにあわせ、おおきく、ちいさくなりひびくのがきこえた。ティンパニも、ヴァイオリンも、オーボエもホルンも。そのうえ、ねこの鳴き声、ねずみのおもちゃまでがちゅうちゅうと鳴りはじめたのだ。すべてが同じリズムでである。

気がつくと、客席のひとびとも合奏に加わっていた。皿がたたかれ、玄関鈴がりんりんとなる。まわりではさみが、しゃきしゃき、しゃきしゃきと打ちあわされる。私もいつしか、ホッチキスをにぎりあわせていた。音のでるものをもってこなかったひとびとは、薄闇のなか、ホールの床をふみならしていた。たちあがってボクシングの真似《まね》をするやからまでいた。

みな黙って、一様に、音を鳴らしつづけた。やがてチェロのピチカートがゆっくりと遠のいていき、ホール内に照明がともされた。ステージの楽団員たちはみな姿を消していた。客席に残された我々は、たがいに顔をみあわせ、少し気恥ずかしそうに笑いあったあと、足音をしのばせ帰途についた。

私は今も、ふしぎでならない。何千人が鳴らしていたのにもかかわらず、まるで狭い部屋で気の合う仲間たちとうち明け話をかわすように、ごくつつましやかにきこえたのだ。それなのに、あのリズム、あのテンポのピチカートは、たった今、本稿を書きすすめる私の耳に、とりついてはなれようとしないのである。

今にしておもえば、薄闇のあのホール自体が楽器だった。私はまるで、自分が暗い楽器のなかにひそみ、それがたてる音をきいていたような気がする。

音楽評論を寄稿して四十年にもなるが、私は昨夜の公演により、音楽についてまったく基本的な、しかし本質にかかわることを改めて教えられた。それは、

「合奏は楽しい」

ということである。冗談《じょうだん》ではない。音楽をきくよろこびはたしかに大きい。ただ、いつのまにか私は、楽器を鳴らすよろこびを忘れていたのである。昨夜、アンコール演奏に加わったかたばかりでなく、誰《だれ》にだっておわかりいただけるとおもう。はじめて楽器を手にしたこどものころをおもいだしさえすれば。

「合奏は楽しい」

おそらく、歴史上はじめて音楽をならした人類でさえ、この意見にはうなずいてくれることとおもう。音楽のよろこびの大きな部分を合奏のたのしみが占めている。なにかにつながっていること、それをたしかめたい、信じたいがために、音楽家はこれまで、そしてこれからも、楽器を鳴らしつづけるのかもしれない。

ものすごくからだのおおきな女性

次回の演奏会も、同じ構成でいきましょう、と主任さんはいった。用務員さんのを二曲、それにぼくの新曲をひとつ。十月には間に合わせてね、と彼女はやんわりと念をおした。先生はまた売春宿通いをはじめ、みどり色は学校にもどった。ちょうちょおじさんは、むらさきみどりを連れ（おじさんから離れなかった）ぼくのふるさとへと帰っていった。やがて再開される盲学校で教官をつとめることがきまったらしい。

ぼくは毎日、国立音楽ホールの資料室にこもった。そこには過去三百年にわたる楽団の歴史について、あらゆる資料がファイルされてあった。けど、ぼくには、ほんの十数年前までの資料でことがたりた。それに室長ばかりでなく、ホールで昔から働いていた職員で、ぼくのおじいちゃんをしらないものはなく、八日の記事をかいてくれた記者や大学の先生たちからも、ぼくが生まれる前、この街でふたりが暮らしていたころのはなしはたっぷりきけた。火事の前に買った生まれかわり男のエッセイにも、父さんとおじいちゃん、そしてぼくの母さんは、とりあげられていた。

ふたりはこの街の生まれではなく、ずいぶん寒い北の地方から、父さんがまだこどもだったころ、街へうつりすんできた。おじいちゃんはすこぶる腕のいい大工で、いくつものホールで内装をてがけるうち、舞台専門の名工として知られるようになった。国立音楽ホールの床板をはったのも、ぼくのおじいちゃんそのひとだった。

「金槌《かなづち》やかんなの扱いばかりじゃない」

と資料室長はかたっている。「耳がとびきりよかった。まったく信じられないほどにな」

おじいちゃんがステージに手をくわえると、その音響は劇的によくなった。たとえば、舞台の裏に板をうちつけるだけで、ヴァイオリン奏者たちは、自分たちの腕が急にあがったんじゃないか、とおもいこんだほどだ。いってみれば、おじいちゃんはステージの調律師だった。さらにおじいちゃんは、やたらオーケストラの練習に口をだすことでもしられていた。ホルンやオーボエがわずかでも音程をまちがうと、舞台の床がとんとんと鳴る。ステージの下にひそんだおじいちゃんが、木槌やのこぎりの柄でたたいているのだ。

あるとき、当時の音楽監督がおじいちゃんにたずねた。

「あんた、自分では演奏しないのかね」

「演奏ね」

とおじいちゃんは肩をすくめ、

「自分にとっちゃ、舞台そのものが楽器なんで。おおきなおおきな、打楽器なんでね。まあ、この仕事にあぶれたら、どこぞの楽団にでも、拾ってもらおうとおもっていますよ」

そういって舞台の下へするすると姿を消した。

老いた音楽監督はなつかしそうに煙草《たばこ》をふかしながら、

「あんなに誇り高い男はいなかったよ」

とぼくにいった。

おじいちゃんは、いつもひと仕事おえると、背筋をぴんとのばしてステージにのぼり、反響の具合を試すように舞台をふんでみせた。まるで田舎の踊りのようなリズムで、まっすぐに足をあげて。

とん、たたん、とん

とん、たたん、とん

「なんの拍子《ひょうし》だね、それは」

誰かがたずねると、

「ふるさとの、つまらない民謡《みんよう》ですよ。おはずかしい」

そういってまた、足ぶみをつづけた。

父さんが数学にめざめたのは、おさないころおじいちゃんにつくってもらったおもちゃの楽器がきっかけだった。板きれに五本の絹糸を張って、駒を動かせばそれぞれの音程がかえられる。駒の位置を工夫すれば、ときどきここちよい協和音が得られる。

「すべては数の比率だよ」

父さんはよく同僚にかたっていた。

三十になるころ、小学校で教鞭《きょうべん》をとりながら、父さんは大学で研究をつづけてもいた。人づきあいの悪さ、偏屈《へんくつ》さは、当時からだったみたいだけれど、数学への情熱は誰もがみとめるところで、教授連中も、父さんの才能には一目おいていた。だから、ある研究発表の日、ほとんどうわの空で何の発言もしない父さんの様子に、数学科のひとたちは首をひねった。さらに翌日、ひとりの女性が研究室にやってきて、父さんに、

「忘れ物よ！」

弁当箱をわたしたものだから、みんなたまげた。

「ものすごくからだのでかい女のひとだったたな」

と大学の助教授はぼくにいった。「それからずっと、週に二、三度は弁当を届けにき

た。いつも、にこにこと深い笑みをたたえていてね。まわりのいろんなものにまでうつっちまいそうな、おおきな笑みだった。でかい焚《た》き火みたいなさ」

そのおおきな女性は、父さんやおじいちゃんと同じ、北の寒村の生まれだった。でたらめな配色の、色とりどりの服をきていて、またそれが実によく似合っていた。既製服では寸法があわないので、たくさんの布をはりあわせ、自らつくったものらしかった。

田舎なまり丸出しの口調で、道ゆく誰にもおおきく手をふってあるいた。

助教授のきいたところによると、おどろいたことに、バス停の列にならんでいるとき、父さんのほうから、買い物袋をかかえた彼女に声をかけたんだそうだ。

「信じがたい比率にみえた、と、そういっていたっけ。その女性のからだについてね。まったく見事な調和をなしていた、とね。ことばのなまりから、同じ村の生まれと気づくや、いきなり彼女はトマトや玉ねぎをほうりあげて、きみの父さんを胸のなかへと抱きしめたんだ」

彼女はやがて、研究生や教授たちの弁当もつくってくるようになった。外見だけじゃない、と助教授は当時をふりかえり語っている。君の母さんは、あらゆる点でゆるぎなく調和のとれたかただったよ。まるで一年じゅう陽ざしのあふれる、どこか遠くの、よく肥《こ》えた畑地のように。

母さんと父さんは一年近くいっしょに暮らした。仕事場にこもってばかりだったおじいちゃんも、しょっちゅううちをたずねてくるようになった。

資料室長はかたっている。

「きみのおじいさんは、あの女性を気に入ってたはずだ。自分でそうはいわなかったね。あるとき、めずらしくあくびなどしているから、きのうも徹夜かいってきいたんだが、息子のうちで、朝までふるさとのはなしをさせられてね、ってぼやいていたっけ。なんともうれしそうに」

ぼくが生まれた朝も、母さんはぴんぴんしていた。お産がすむとすぐとなりの食堂にでかけ、オムレツを三人前たいらげた。そしてうちにもどり、右の二の腕をぺんぺんとたたくと、生まれたてのぼくをそこへ結わえた。

母さんは毎朝、太い両腕をゆらしゆらし、二の腕の赤ん坊をあやしながら散歩をした。午後には港湾の力仕事へでかけていく。父さんの当時住んだ街路に、その姿をみおぼえてないひとはひとりもいない。食堂のおかみさんはこうかたっている。

「五人、十人だって、腕にぶらさげたまま歩けそうなひとだったね」

この食堂のオムレツを母さんはとりわけ気に入っていて、なにかうれしいことがあると、店に来ては三人前をぺろりとたべた。おかみさんは、ある日店の厨房《ちゅうぼう》をのぞきこんでいる父さんの恥ずかしそうな顔をおぼえていた。

「どうかしたかね」

おかみさんがたずねると、父さんはぱちぱちと目をつむって、

「たまごを上手に焼くのに、秘訣《ひけつ》はあるんでしょうか」

メモ帳を片手にそうききかえした。


父さんの勤める小学校には、お金持ちの子が多かった。その寄付金から、冬の発表会用に音楽堂を建てよう、ということが決まり、建設工事の指揮はおじいちゃんに任された。完成したのは、ぼくが生まれて三ヶ月後だ。こけら落としは、小学生の鼓笛隊《こてきたい》による打楽器アンサンブル。そのあと、国立ホールから招かれた弦楽《げんがく》アンサンブルとソプラノ歌手が出演する。


できあがったばかりのぴかぴかと輝く舞台に、こどもたちは大きく目をみはり、登るのがもったいない雪山をみあげるみたいに客席に立ちすくんでいた。そのうしろから、

「あがんなさい」

とおじいちゃんは声をかけた。「皆さんが音をだすために、私らがつくったんだ。きみたちのためのステージだ。あがって、音をたててごらんなさい」

こどもたちはおずおずと登った。女の子が軽く靴《くつ》をならす。こーん、とこだまのような音が場内にひびく。また誰かの靴音。つづいてぺしゃぺしゃと舞台をたたきだす音。

やがてすぐ、音楽堂のなかは、こどもたちのたてるさまざまな騒音でいっぱいになった。当時の校長先生はかたっている。

「うれしそうだった。きみのおじいさんはじっと目を閉じ、うっとりとしてきいていた。私は驚いたよ。ふだんは耳やかましいこどもたちのいたずらやふざけあい、そういったものすべてが、こんなにも豊かな音を奏《かな》でてるってことに」

完成記念コンサートにはおおぜいのひとが招かれた。母さんはたんすの奥からとっておきのドレスをだしてきた。金銀の房がいたるところについた、むらさき色の夜会服だ。同じ色の布を少しずつ少しずつ集め、長い年月をかけ縫《ぬ》い上げられたものだった。

「生まれてはじめて音楽会にいくんです」

近所のひとに母さんはドレスをみせてまわった。あんたなら似合うだろう、みな口々にそういって、おっかなびっくり房飾りをさわった。

当日の夜七時、ざわざわとにぎわう客席に父さん、大学の研究仲間、そして両腕に赤ん坊を抱いた母さんははいっていった。席はステージ正面の十一列目、まわりにはこどもたちがぎっしりといる。

「あたし、いちばんうしろでいいわ」

と母さんはいった。「あたしがこんなとこにすわっちゃあ、うしろのひとがよくみえないでしょう」

「Kの十七番。この席がきみの席だ」

と数字には厳格な父さんは布ばりの椅子《いす》を指さした。母さんは顔をしかめ、椅子の下へと懸命にからだをもぐりこませた。

舞台袖《そで》では、出番前の鼓笛隊メンバーが、がまんしきれずぷーぷーとらっぱをならしていた。国立オーケストラの精鋭は、こども用とはおもえない、輝かしいホールをきょろきょろとながめた。このうちのひとりが生まれかわり男だったことになる。同じくそこへ招かれていた専属ソプラノ歌手は、舞台袖にかけこんできた録音係のことばをおぼえている。彼はおじいちゃんの姿を認めると、深刻な表情でいった。

「マイクの調子が悪いんです。音の拾いかたがとぎれとぎれで」

「なんだと?」

おじいちゃんはカーテンから首をつきだし天井をみあげた。旧式だけれど頑丈そうな、立派な集音機が梁《はり》にさがっている。真っ黒く塗《ぬ》られた、旅行かばんほどの四角い箱だ。梁の上には、うすくらがりのなか、ぐねぐねとコードが伸びている。

おじいちゃんは舌を打ち、

「またやっつけ仕事か」

とつぶやいた。「おととい仕上げの電気工事がはいったんだが、どうりでやつら酒くさかった。ちょっと待ってろ。私がみてくる」

そういって舞台の裏手に消えた。

やがて天井のすみからおじいちゃんはあらわれた。まさに熟練《じゆくれん》の大工の身のこなしで、するすると梁を伝って、まっすぐに集音機めざし進んでいく。

「あれはちょうど」

とソプラノ歌手はぼくにいった。当時から二十年近く経《た》つのに、きんと張りつめた氷のような声で、

「開演の五分前だったわ」

録音係も、学校の関係者も、舞台袖で楽器をならしていた少年たちも、新聞記者のインタビューにこたえ、あれは大工さんのせいじゃない、そう異口同音にかたっている。彼が悪いんじゃない、大工さんの指がふれるかふれないかのときに、集音機がぐらりとゆらめいた。大工さんは両足を梁にまきつけ、あのでっかいマイクを抱きつかもうとした。

その指先をあざわらうかのように、マイクは一度キーンと耳障《みみざわ》りな音をたて、おおきく横にかしぐと、客席めがけてまっさかさまに落ちていった。バランスを崩し、梁から足を滑らせたおじいちゃんが、そのすぐあとにつづいた。

キーンという音でみんないっせいに天井をみあげた。ほとんどのひとが、なにが起きたのかわからないままでいた。しかし母さんは、すばやく椅子の下から飛び出し、周囲のこどもたちをかきあつめ、そのおおきな胸元に抱きいれて、客席に伏せた。父さんも立ち上がり、手をさしのべようとした。でも間に合わなかった。

十メートル近くの高さから、旧式の集音機が、母さんの後頭部を直撃した。ものすごい音がしたという。おなかの底をふるわせるような黒々とした低音が、その古いマイクを通し、音楽堂の場内に反響した。悲鳴はすべてかきけされた。舞台袖の出演者も、客席をうずめるひとびとも、みなたったひとつの音、不吉な残響のなかで、こおりついたように立ちつくしていた。

K十八番の席では、父さんが頭をおさえ倒れ伏していた。母さんのほうへ身を投げ出そうとした瞬間、ふってきたおじいちゃんの膝《ひざ》が、父さんのおでこをかすめたのだ。母さんのからだの下には、十人の小学生、そして、赤ん坊のぼくがうずくまっていた。そして母さんの背中には、膝をかかえてうんうんうなるおじいちゃんがいた。

救急車で運ばれる途中、母さんはもうろうとした口調で、

「はじめての音楽会なの」

誰《だれ》にともなくつぶやいたらしい。車内には救急隊のほか、頭に包帯を巻いた父さん、

足に添え木をしたおじいちゃん、小学校の校長がすわっていた。

「こどもたちは無事かしら」

母さんのことばに、校長は大声で、だれもかすり傷ひとつ負っちゃいません、と叫びかけた。母さんはおおきくうなずき、うっすらと笑った。

救急車が病院にすべりこむ直前、母さんは息をひきとった。むらさき色に金銀モールのドレスは、脱がさないままでいい、と父さんは葬儀屋にいった。おじいちゃんは葬式のあいだじゅう、ずっと左右に頭をふりつづけていた。まとわりつく目にみえないなにかを、懸命に払いのけようとしてるみたいに。

父さんはおじいちゃんを責めなかった。ほかの誰だって、おじいちゃんを責めるひとはいなかったようだ。当時の音楽監督は、早く接骨医にかかるよう、強くすすめたことをおぼえている。

「医者には行ってます、と、そういうんだ。でもね、葬式から三日経《た》っても添え木はずっと古いまんまだ。あとでわかったことだけれど、君のおじいさんは、ずっと耳鼻科にかよってたんだな」

その耳鼻科もまだ当時の場所にあった。

「耳なりがする、ひどい残響がえんえんとぎれない。そうおっしゃっていましたな」

しわしわの顔でお医者はぼくにいった。

「火がついたような勢いでね、私にくってかかるんですよ。治せないなら、耳にさっさと穴をあけてくれ、って。さあ早く、って。いやはや、おそろしい患者《かんじゃ》さんでしたな」

一週間が過ぎるころ、おじいちゃんの右膝は、添え木のつけられたままのかたちでほとんど曲がらなくなっていた。

また小学校の校長は、とある夕方遅く、誰もいるはずのない音楽堂に灯りがともっているのに気づいた。おおきな扉のすきまからのぞくと、前から十一列目の席に、もじゃもじゃ髪の父さんがいた。父さんの髪の半分は、真っ白くそまっていた。Kの十八番だ、と校長は気づいた。父さんは事故の瞬間、自分のすわっていた席について、誰もいないとなり、K十七の席をただじっとみつめていた。微動だに、まばたきさえせずに。校長も扉のうしろで動けなかった。やがて父さんはうしろにもたれ、天井に向けて、おおきなため息を深々とついた。それはホールじゅうにひろがっていった。

「ぞっとしたね」

と校長はぼくに眉《まゆ》をしかめつぶやく。

「あんなため息は、金輪際《こんりんざい》きいたことがない。なんというか、腐《くさ》った磯《いそ》からふきよせる風音のようなね。喉《のど》に穴があいたみたいな、湿《しめ》っぽい息なんだよ。それを何度も、何度もね。いたたまれないというより、私は正直、気味が悪くってね」

数日後、父さんは小学校に辞表をだした。とある外国の大学で、数学講師のなり手を求めているらしい、と、まわりにはそういって。研究室の誰も、そんな大学の名前にはききおぼえがなかった。おじいちゃんは大工道具を売りはらった。どっちみちあの足じゃあ大工仕事はおぼつかなかったろうが、と音楽監督は回想し語っている。なんだかふたりとも、早いところこの街から出たがってるようにしかみえなかったね。少なくとも私の目には。

赤ん坊のぼくを連れ、おじいちゃんと父さんが乗りこんだ汽船を、おおぜいのひとが見送りにやってきた。小学生たちは制服に喪章《もしょう》をつけ埠頭《ふとう》にならんだ。生徒代表が父さんにノートを、おじいちゃんにはがんじょうな銀色の杖《つえ》をわたした。ふたりとも肩をすくめ、めいめいの贈りものを受け取ると、足早にタラップをあがっていった。汽笛《きてき》がぼうとなりひびくなか、小学校の鼓笛隊は、あの演奏会で奏でられなかった打楽器曲を、真っ赤な顔で鳴らしはじめた。

甲板でおじいちゃんが立ち止まる。波止場から大だいこが打ちならされ、トライアングルの高音がひびいている。おじいちゃんはさっとふりむき、もらったばかりの杖を甲板の手すりにおもいっきり打ちつけ、そして怒鳴った。

「おまえら、それが音楽のつもりか！」

こどもたちも、見送りのひとびとも息をのんだ。楽器を取り落としてしまう生徒さえ何人もいた。手すりをかんかんと杖で打ちながら、おじいちゃんは怒鳴りつづけた。

「そこのトライアングル！　耳がないのか！」

「もっと大きく腕をあげろ。ちぎれてもかまわん！　休むな！」

「右から三番目の大だいこ！　腕がちぢこまってる！　小だいこ、なんだそれは、そんなのじゃ誰の耳にもとどかんぞ！」

小学生たちは泣きじゃくりはじめた。けれどおじいちゃんは、休むな、つづけろ、そうくりかえしては、杖を力まかせに、何度も、何度も打った。数日前まで彼らの先生だった父さんは、軽く首をすくめると、なにもいわずにデッキのひとごみへ姿を消した。おびえきったこどもたちへの雷鳴のような怒声は、いつ終わるかしれなかった。杖をふりまわすおじいちゃんを甲板へ乗せたまま、汽船はしずしずと埠頭をはなれていった。

ぼくに話してくれたひとたちはみんな親切だったし、誰ひとり、ふたりを悪くいうひとはいなかった。ほうぼうで出されたお菓子やサンドイッチは、けしておじいちゃんのいったような、おそろしくまずい味なんかではなかった。ふたりがこの街で過ごした十数年間は、一見「ひどい暮らし」にはみえないかもしれない。ただそれも、音楽堂での事故がおきるまでのはなしだ。

集音マイクが母さんの頭にぶつかったときホールじゅうにひびいた、ひどい音。おじいちゃんの耳にとりつき、父さんの胸に巣くった、吐《は》き気がするようなその残響。ぼくにはわかるような気がする。たったひとつの「ひどい音」、一瞬の音とそのこだまが、あらゆる吹奏楽の音色、それまで過ごした生活すべての彩《いろど》りを、真っ暗に塗り替えてしまうってことが、この世ではまちがいなく起こり得るのだ。

麦畑のクーツェ

夏の盛りの砂利道を、ごとごとと古いバスはいく。

道路の両側は一面の畑地。そこには、まだなにも植わってない。時刻は正午過ぎ、雲ひとつない空からふりそそぐやわらかな陽ざし。真夏となれば、北の果てのこの地方で、陽が暮れるのはずいぶん遅いらしい。一番うしろの席から身をのりだし、ぼくは二列前にすわった農夫に、まだつきませんか、とたずねてみる。年老いた、でも頑健《がんけん》そうな男。鼻からしたをおおうのは真っ白いひげ、それを綿糸みたいにつまみながら、農夫は窓の外をちらりとみやり、

「そうだな、もうじきにつくようだよ」

ぼくは憤然と鼻を鳴らす。一時間ほど前も、同じこたえがかえったんだ。ぼくのとなりでは、半袖のみどり色が笑い声をかみ殺してる。ぼくも彼女も、まあたらしいこげ茶の靴《くつ》をはいている。農夫の足には泥だらけの長靴。ななめから陽のさしこむ板ばりの車

内に、乗客はぼくたち三人っきりしかいない。

だだっぴろい大地のまんまんなか、真っ黄色な砂塵《さじん》をまいあげておんぼろバスはすすむ。みどり色はサングラスに双眼鏡をおしあて地平線をみている。ねこ車をおしたおばさんに、ときおり運転手から、クラクションのあいさつがおくられる。

一見無口にみえた白ひげの農夫は、話題がいったん農作業におよぶと、つばをとばしてしゃべりはじめた。外の景色はあいかわらず、はるかかなたまでつづくまっ平らなぼうず畑。その中央を、バスはがたごとすすんでいく。おじいちゃんたちのくらしていた寒村までは、まだうんと距離がありそうだ。

このあたりでは、毎年十月の第一週に麦の種まきをし、翌年の五月に収穫期をむかえる。冬はずいぶんきびしいらしい。空気は氷みたいにきんとはりつめ、悪くすれば大雪だってふる。農夫たちはだだっぴろい畑のうえに、麦わらを編んだ防寒むしろを手わけしてしきつめる。

「麦ふみだって？」

と農夫は鼻をこする。「いまはだいたいローラーをつかうがな、うちじゃ最新型の機械を買ったぜ」

「そうじゃなくて」

とぼくはくいさがる。「横ばいになって、一歩一歩ふんでく、その麦ふみってやらないんですか」

ふうん、と拍子《ひょうし》ぬけしたように口をとがらせ、それでも農夫は、昔ながらの麦ふみについて熱心におしえてくれた。だんだん興にのって、しまいには身ぶりまでつけて。

「霜《しも》のおりた、晴れの日をえらんでふむのが多いね。霜で土がもりあがるだろ、そうすると、若い麦の苗もいっしょにもちあがっちまう。おれたちは畑のうね一筋ごとに立ち、横ばいに、麦ごと泥土をふみかためてあるいてく」

「麦ごと？」

とぼくはきく。

「ああ」

と農夫はばたばたとバスの床をけり、「麦の若苗ごとな、霜のまじった泥のなかにぎゅっとふみつぶす」

「なんで？」

と目をまるくするみどり色。「はえてきた麦をわざわざふみつぶすだなんて、どうしてそんなひどいことするの？」

「ひどいって……。そのほうが、よく育つんだよ」

と農夫は苦笑ぎみにいった。「冬のうちちゃんとふんどかないと、弱っちい麦になっちまう。春がきたって実りもすくない。泥から顔をだしたおさない苗をふみつけんのが、娘さん、ひどいこととおもったかね。そんなことかんがえもしなかったな。おれたち農夫にとっちゃ、収穫こそが命だからな」

「だって」

と不満そうなみどり色。「そのままぺちゃんこになっちゃうのもあるんでしょ」

「まあね」

と農夫。「でもな、いい麦か、それともだめな麦かなんて、収穫まではだれにもわからんのさ。つぶれちまった苗も、畑の肥料になるんだしな、だめな麦なんておれは一本だってないんだとおもうがね。麦は要するに、ぜんぶ麦だ。全部おなじようにふんでいくのが、おれたちの冬の仕事なんだ。いまはもちろんローラーでやってるんだが」

「いい麦も、だめな麦も、ないってこと？」

みどり色がたずねる。

「ああ、そのとおり」

と農夫はこたえる。「いい悪いってことはないよ、麦ふみをするのに」

それからひとしきり農夫は、自分のこれまで育てたいちばんおおきなじゃがいもについて、自慢げにはなしていた。ぼくたちはそれをききながら、うつらうつらと居眠りをした。

やがて、おりるんならはやくしてくれ、と低い声がきこえた。目をうっすらあけると、たばこをくわえた運転手がぼくたちをふりむいているのがみえた。バスはいつのまにか畑のまんなかに停まっている。農夫は外をながめながら、ここいらがたしかそうだよ、あんたらのいってた村の近くだ、ひげをしごいてそうつぶやいた。

タラップをおりて車外にでる。陽ざしはおもってたより強く、サングラスをつけたみどり色は、頭の上からさらにタオルをかぶった。バスはぶるっとふるえ、真っ黒いガスをぼくたちに吹きつけると、左右にゆれながら砂利道をのろのろすすみだした。

そばに停留所をしめすものはなんにもない。四方はただ、黄色い海のように平らな大地で、地平線までの途中に、ぽつりぽつりと四、五軒の農家がかたまってみえた。ぼくたちは畑のあぜ道を歩きだした。木なんてみあたらないのに、どこからか、元気のいい蟬《せみ》の声がきこえてくる。北国でも夏はやっぱり夏なんだ。

午後の集落では農婦が十数人、のんびり歌をうたいながら井戸のまわりでガラス瓶《びん》を洗っている。頭には、みおぼえのあるむらさき色のショールをかぶっている。おそらくこの地方の名産だろう。港の管理局で、ショールをかぶった母親に手をひかれ、船にのった女の子は、いったい今どこでなにをしてることだろう。

ぼくたちが近づいていくと農婦たちはうたいやめ、目配《めくば》せしあいながらじっとこちらをみつめた。彼女たちにはショール以外にもうひとつ共通点があった。十数人の農婦は、みな、いままでぼくがみたどんな女のひとより、からだがおおきかった。

農婦のひとりがうっすらとわらい、ぼくたちのために場所をあける。みどり色とぼくがたらいの前にすわると、もうひとりがガラス瓶ごと井戸水をすすめてくれる。水は舌の奥にきんと冷たい。

夏の午後はひまで、土づくりと、果物を漬《つ》けておく瓶を洗うぐらいしか仕事はないらしい。男はみな缶詰工場にでてる。こどもたちは夕方まで学校でいない。土づくりとは、枯れた畑土に肥料をまぜ、あたたかい陽ざしにさらしておくこと。やがてくる、長い長い冬のために。

ぼくはかばんからスクラップブックをとりだし、膝《ひざ》のうえにひろげる。農婦たちはショールをまるめ、つぎつぎとうしろからのぞきこむ。

「クーツェだ」

とりわけ年のいったひとりの老婆《ろうば》がいう。

「ほんと、クーツェのだんなだよ！」

「どれどれ」

井戸水をくれた白髪の農婦がおじいちゃんの写真に目をちかづけ、「たしかにクーツェだんなだ、年くったね」

ぼくは呆然《ぼうぜん》としている。

やっとのおもいで、おじいちゃんはそんな名前じゃない、そういうと、

「名前ってことじゃなくて」

農婦のひとりが説明してくれる。クーツェとは、このあたりじゃ昔からあるいいまわしで、ずいぶんなかわりもの、ぐらいの意味でつかうらしい。あのひとまったくクーツェだね、とか。おまえいいかげんクーツェからさめな、だとか。どうしてそんなふうにいうの、みどり色がそうたずねると、みないっせいに首をふって、そんなことはしらんね、といった。

「とにかくこのご主人は」

と白髪の農婦はふるえるひとさし指で写真をたたく。「まったく、すじがねいりのクーツェだったよ」

男手ひとつでひとり息子を育てあげたおじいちゃんは、のらくらとあそんでばかりいて、ほとんど農作業を手伝わなかったそうだ。仕事といえば、ときどき農機具を修繕《しゅうぜん》するか気まぐれに屋根にのぼり釘《くぎ》をうつくらいのもので、あとは日がな一日こどもたちと歌をうたってばかりいた。

「あのだんなが畑にでてやることはたったひとつ、麦ふみだけだった」

と白髪の農婦はいう。まわりの女たちはくつくつと笑い声をあげる。

「それも、一年じゅうやってるんだ」

「一年じゅう？」

とぼく。

「ああ」

と年老いた農婦。「雪の晩や、春の朝、季節かまわず畑土をふむんだ。息子とならんで、一歩ずつ横ばいに。まったくなんてクーツェぶりだったろう！」

農婦たちはいっせいに笑った、まるで草花がゆれるみたいに。

「その畑は」

とみどり色。「その場所ってどこですか？」

家畜小屋の裏手まで、とりわけ背のたかい農婦が案内してくれる。指さされた場所に、古ぼけたかかしが一本立ってるのがみえる。そのかかしの向こうに広がる一面の黄色い土地が、おじいちゃんのもってた畑だそうだ。いまは村の住民共有の麦畑になっている。おじいちゃんが村を去るとき、そうしてくれ、とたのんだらしい。

農婦は井戸端へもどる。やがて歌声がきこえはじめる。また瓶洗いがはじまったのだ。ぼくとみどり色はあぜ道から、まだなにも植わっていない麦畑にでていく。バスできいたはなしによれば、麦の種まきは十月、まだふた月ほど先にあたる。

かかし、といわれなければ、それは折れた柵《さく》の残骸《ざんがい》かなにかとおもっただろう。黄色い穴だらけの帽子に、麦わらで編んだむしろ。十字に組まれた棒きれには、空き缶、さびたフォーク、くるみの殻など、集められるかぎりのがらくたがぶらさげられてある。畑地をわたってくる風がかかしをなぶり、ぶらさがった品々をかたかたと鳴らす。

裏にまわってみる。黄色い土にしっかりうがたれた柱の背に、こどもっぽいおおきな字で、

「クーツェ」

と彫《ほ》られてある。

「ねえ、ねこ」

とぼくのうしろでみどり色がいう。「土にさわってみて、すごくあったかい」

ぼくは土をつかむ。肥料のまざったせいか、夏の陽ざしのせいか、たしかに畑土はほかほかとあたたかい。この土に、やがて種がまかれる。冬には霜柱が立ち若苗ごとふみしめられる。春にはあたり一面がみどりに色づき、やがて黄金色《こがねいろ》の麦穂が青空めがけまっすぐに立つ。

つかんだ手をはなすと、おりからの風にとばされ、あたたかな土は畑地じゅうにちらばっていく。まるで、黄色い雨のように。光の種みたいに。ぼくは透明な空気を胸いっぱいに吸いこむと、夏の陽ざしをななめに浴びながら土の上をあるきはじめた。横へ横へと、淡々《たんたん》としたリズムで。おじいちゃんとまだおさない父さんが、ふたり並んでそう

やったように。みどり色がすぐとなりにきて、ぼくに歩調をあわせすすみだす。靴はすぐ真っ黄色にそまる。

とん、たたん、とん

とん、たたん、とん

家畜小屋のむこうから、おばさんたちの歌声がひびいてくる。そよ風にのり、ききおぼえのある歌詞がぼくの耳にとどく。

ふめよ、ふめふめ、麦ふみクーツェ

歌にあわせてぼくたちは土をふんだ。一歩一歩、麦ふみにはむかない靴を、せいいっぱい高く青空にあげて。

しろくろ茶色、ぺっちゃんこにふんで

来年、島へみどり色と先生をつれて帰ろう。

おじいちゃんはみどり色に会っても、たぶん表情をかえない。なんの楽器ができるんだね、きっとそうたずねるはずだ。彼女が喉《のど》を鳴らしてみせると、銀の杖《つえ》をかつかつ鳴らしてこんなふうにいう。音程はまあまあだが、リズムが不安定だな。犬の呼吸をつかみとっているとは到底いえん。明日からわしがみてやろう、みっちりしこんでやらなくてはな。

とん、たたん、とん

みどり色はタオルをとって汗をぬぐう。靴音は高い空にひびき、やわらかな夏の陽ざしに溶けていく。

とん、たたん、とん

ぼくとみどり色のちょうどいい合奏。

とん、たたん、とん

黄色い土が足元にもうもうとまいあがる。

「あんたたち、そこにはなんにも蒔《ま》いちゃいないよ！」

ふりかえると、白髪の農婦があぜ道までやってきている。

「まったく、なんてクーツェぶりだ、あんたら。あきれたね。麦ふみのこと、まったくなんにもわかっちゃいないじゃないか！」

ぼくのうしろでかかしが風にふかれ、からからと甲高い音をたてた。ぼくの耳には、まるで楽園のこどもが笑ってるみたいにきこえた。

すべての話のつづきとして

栗田有起

この本に、こどものころ出会いたかった、と思う。どんなふうに生きればいいかわからなくて、不安で、きょろきょろとお手本を探していたあの当時、もしもこの本を読む幸運に恵まれていたら、きっと夜は安心してぐっすり眠ることができたにちがいない。じぶんがここにいることの不思議さや、元気すぎる同級生、理不尽な命令ばかりくりかえす大人たちを、あれほど恐れなくてもすんだだろうに、と思う。

けれどもちろん、これはこどもだけのために書かれたお話ではない。この物語は、大人とみなされる人間でなければ理解できない魅力に満ち満ちている。ここでいう大人とは、生きることに疲れ、とことん倦《う》んだ経験のある者のことだ。死にたくなるほどおのれの運命を嘆いたことのある者、かけがえのない人との、出会いと別れを味わった者のことだ。

いしいしんじさんの描く物語は、そうした者たちが憩《いこ》い、あらためて現実を生きる勇気を授けられる場所である。そこには、命が生まれたときから途切れることのなかった時間もまた流れている。千年以上もまえに語られた話がいまだに人の心を打つのとまったくおなじ力が、その世界を支配している。

この物語の主人公は、とある海辺の街で、祖父と父親と三人で暮らしていた。彼の父親は、オムレツを焼くのが得意な数学者、祖父は音楽家だ。彼は祖父の手引きで、なかば楽器として育てられ、やがて指揮者としての勉強をはじめることになる。少年は「ねこ」と呼ばれている。彼の「にゃあ」は、ほんもののねこより、ずっとねこっぽいからだった。

彼は生まれつき、音楽を体現する素質を備えていた。と同時に、人からぎょっとされるほど大きな体と、無理のきかない、かよわい心臓の持ち主でもあった。

みずからの定めを、おのれのすべてを受けいれて生きていくのは、簡単なようで、なかなかむずかしい。まずは、じぶんの定めがなんであるのか、つまりはじぶんが何者であるのか、知っておかなくてはならない。

おのれを知るのは、骨が折れる。遠くはなれた星々を眺めることはできても、自分の後頭部を肉眼で見ることができないのとおなじくらい、ややこしい。

そうした、目に見えない、この世のからくりのようなものを、いしいさんは、私たちに馴染《なじ》みのあるものに置き換えて、くわしく表現する。

「ねこ」少年の奮闘ぶりをとおして、私たちは、ややこしさを生きることが生きることそのものなのだ、と気づかされる。

その気づきは、厭世観《えんせいかん》をともなうものではない。むしろ逆だ。

少年は青年へと成長する段階において、しかるべき場所でしかるべき人物と出会い、しかるべき経験を重ねてゆく。それらは運命と呼ばれるものである。

運命を受けいれていくほどに、彼はじぶんが何者であるか理解するようになる。そしてその理解のぶんだけ、おのれの才能を捧《ささ》げる、音楽へと近づいてゆく。徐々に徐々に、彼は音楽の核心を成すものへ近づき、やがて、彼自身が音楽そのものとなる瞬間を迎える。

そのとき、それまでは負担でしかなかった、家族から受け継いだ、才能や、大きな体つきやらが、一生をかけて愛すべきものとなる。与えられていたにすぎなかったものが、じぶん自身の意志により選びとった役割、へと変わる。

何度も読み返してしまうのは、用務員さんが卒業式に鳴らした鐘の場面と、父親がオムレツを焼くきっかけとなったエピソードだ。彼らもまた、おのれの運命を生ききった人たちだった。生きることに意味があるのかどうかよくわからないけど、生きていないことには、素晴らしい出来事にも巡りあえないんだなと、しごく当たりまえだけれど、しみじみ思わされる。

そうか。そういうことなのか。読んでいる私たちは、青年や彼を取り巻く人々の奮闘を目《ま》の当《あ》たりにして、みずからの人生を振り返る。そうして、じぶんが今ここにいる意味を、深く納得するのだ。

いしいさんは、目に見えないものについてとてもお詳しい。音や匂《にお》い、風の動き、さまざまな闇《やみ》について。それらの存在がひとつひとつ明らかにされていくうち、いかに私たちが、目に見えず、手に取ることもできないものに囲まれているかわかる。

たとえば闇は、ただの真っ暗、で片づけられるものではなく、いろいろな質と形を持っているということを、いしいさんはその闇ごとに、丁寧に書き分ける。

大人になってからかなり鈍感になってしまったが、こどものころ、私にもそれらの闇の区別はついた。

月のない夜の海の、そばにいたら気の狂いそうに巨大な闇。その闇から隠れるために逃げこんだ、体をすっぽり包み込む布団《ふとん》のなかの、暖かい、じぶんだけの闇。

いしいさんは、闇のなかの陰影を繊細に書き分けながら、闇そのものの正体を探ろうとする。きっとそれは、気の遠くなる、しんどい作業にちがいない。私たちは、彼が見つけ、言葉によるふるいにかけられた美しい闇の様子だけを、享受《きょうじゅ》すればいいだけなのだが。

いしいさんの書く物語はどれも、それぞればらばらにあるのではない。過去に語られ、書かれた、有名無名を問わないすべての話の続きとして生まれ、未来のすべての話につなげるものとしての役割を持っている。そう思わせるだけの、普遍性がある。この本にしばしば登場するクーツェの言葉に、森羅万象を見通し、万物を貫く真理を会得《えとく》した詩人のような響きがあるのもそのためかもしれない。

だからだろう、いしいさんは、ご自身が作りあげた作中の登場人物たちに、つねに節度を持って接している。ご自身の仕事を黒子に徹することとわきまえ、ただ彼らの生きる世界を文字に写しとることだけに専念しているように見える。いしいさんにとり、物語はご自身だけのものではないのだろう。まぎれもなく、私たちのもの、なのだ。

書き手に敬意を払われるがため、登場人物たちは、その内面をいたずらに暴《あば》かれる心配をしなくてもすむ。彼らは思うがまま伸び伸びと振るまうだけでよく、書き手の真摯《しんし》な姿勢と巧みな言葉づかいのおかげで、読者は、彼らの浮かべる表情や温かい息吹《いぶき》を、手に取れるほどまぢかに感じとることができる。

あまりの近しさのあまり、ついつい私は、少年たちの暮らす街をいつ訪れようか、と旅行の計画を立てたくなってしまうほどだ。

街の所在が世界地図のどの辺りなのかは、明らかにされていない。もしかしたら地図には印刷されていない場所にあるのかもしれない。

見たことも、訪れたこともないのに、その街の風景はなぜだか容易に目に浮かぶ。しかも、ひどく懐《なつ》かしい気持ちで思い描くことができる。こどものころ強烈に憧《あこが》れた、実在しないかもしれないけれど確かにあると信じられる、だれもが求めずにはいられない景色を、いしいさんは忠実に描写する。

ぜひ見てみたいと思う。船乗りの家に生まれ、けんかじょうずの血を引くこどもたちが、えんえんとなぐりあうところ。ねずみの雨、なげくきょうりゅう、世界中の事件が集められたスクラップブックの山。ずる賢いのだけどどこか憎めないセールスマンがやすやすと荒稼ぎできてしまう、どこかにあるはずの、海辺の街を。

そこで、花火を見上げたり、住民たちの手による楽団の演奏に、街の人たちと一緒に耳を傾けることができたら、どんなに素晴らしいだろう。あるいは、「ねこ」が指揮する演奏会で、私も一緒に何かを鳴らせたら、どんなにいいだろう、と夢見がちに想像する。

合奏は楽しい、らしい。らしいといわざるをえないのは、学校に通っていたころ音楽の授業で経験して以来、合奏なるものをここ十数年まったくしていなくて、その楽しみをまるで覚えていないためだ。
「ねこ」たちと合奏したある人は、こう綴《つづ》っている。

音楽のよろこびの大きな部分を合奏のたのしみが占めている。なにかにつながっていること、それをたしかめたい、信じたいがために、音楽家はこれまで、そしてこれからも、楽器を鳴らしつづけるのかもしれない。

しかたないので、私はいしいさんの物語を読む。物語をとおして、みんなでひとつの喜びを分かち合う幸福を堪能《たんのう》し、ひとりぼっちでいることのさびしさを忘れる。読書とは、文字による合奏に参加することだ。いしいさんはそのことを、押しつけがましくなく、けれどありありと思い出させてくれる。日々の暮らしのあれこれにまぎれ、合奏の機会に恵まれない私たちには、彼の描く物語が、今どうしても必要だと、切実に思う。

そして、布団にくるまり、「得体のしれないもの」どもと戦っているこどもたちに、そして、いまだ格闘をつづけている大人たちに、あまねく届けばいいなあと、心から願うのだ。

（二〇〇五年六月　作家）

この作品は二〇〇二年六月理論社より刊行された。

麦《むぎ》ふみクーツェ

新潮文庫　い-76-2

平成十七年八月一日 発行
平成十七年十一月二十日 二刷

著者 いしいしんじ

発行者 佐藤隆信

発行所 株式会社 新潮社

郵便番号 一六二―八七一一
東京都新宿区矢来町七一
電話 編集部(〇三)三二六六―五四四〇
読者係(〇三)三二六六―五一一一
http://www.shinchosha.co.jp

価格はカバーに表示してあります。

乱丁・落丁本は、ご面倒ですが小社読者係宛ご送付ください。送料小社負担にてお取替えいたします。

印刷・東洋印刷株式会社　製本・株式会社大進堂

ISBN4-10-106922-0 C0193